美沙酮门诊

MEISHATONG MENZHEN

戒毒工作实录

李 华 著

GUANGXI NORMAL UNIVERSITY PRESS
广西师范大学出版社
·桂林·

图书在版编目（CIP）数据

美沙酮门诊：戒毒工作实录 / 李华著. —桂林：广西师范
大学出版社，2019.6（2020.9 重印）
 ISBN 978-7-5598-1799-0

Ⅰ．①美… Ⅱ．①李… Ⅲ．①纪实文学－中国－当代
Ⅳ．①I25

中国版本图书馆 CIP 数据核字（2019）第 096226 号

广西师范大学出版社出版发行

（广西桂林市五里店路 9 号　邮政编码：541004）
（网址：http://www.bbtpress.com）
出版人：黄轩庄
全国新华书店经销
广西民族印刷包装集团有限公司印刷
（南宁市高新区高新三路 1 号　邮政编码：530007）
开本：880 mm × 1 240 mm　1/32
印张：8.125　　　字数：175 千字
2019 年 6 月第 1 版　　2020 年 9 月第 3 次印刷
定价：45.00 元

如发现印装质量问题，影响阅读，请与出版社发行部门联系调换。

另一扇门

一天早上我坐在咨询台旁，看到对面墙上的挂钟，还有一刻才到8点，这时门外已有很多人说话，那声音很大也很嘈杂。他们早早就到这里等候服药，有的提前半个小时就到了。当时针刚好指到8点整，门诊的大门立刻响起了"嘭嘭"的声音，响声愈来愈大，震耳欲聋。这声音我早就习以为常。我知道平常哪怕是推迟开门10秒钟就会听到门外的叫骂声或敲门声。今天是特殊情况，推迟开门是因为录入数据的电脑出了故障。我隔着两层门对外面大声喊："电脑坏了，请稍等！"刚说完保安就从里间走出来开门。推拉门只开了一边，卷门也只拉了一半，靠门等候的几个人立刻猫着腰钻进来，待门全开后大家便一窝蜂地拥进来。那都是一张张焦急的脸，挤进门后便争先恐后地往里跑。我看到其中一个人的一只拖鞋掉在地上，他已跑出有三四步远，才又无奈地回来捡起拖鞋，光着一只脚匆匆往里赶，口中还愤愤地骂。他们按先后顺序排着队，队伍一直从服药间延伸到外面的咨询室。服过药的人脸上显出轻松的样子并慢慢从里间走出来。还在排队等候的人一个个往前移动，有的十分烦躁，不时把头探出来，看看前面的人，总希望能快些轮到自己；有的则躁动不安地跺着脚，嘴里不停地嘟哝着。

一大早就来服药的人有两种情况：一种是上班族，急着赶去上班；一种是药效的持续时间已到，再不来服药就会出现难以忍受的戒断症状。大约20分钟后，突然听到从服药间传来骂声。我心里一惊，心想这一大早的又有人在吵架，千万别打起来啊！这是我们工作人员最害怕看到的事。我提心吊胆地正想走进去探个究竟，里间已恢复了原来的平静。阿弥陀佛，我轻松地舒了一口气。可不到五分钟，我看到从里间匆忙出来几个已经服过药的人，他们的脸上都现出激愤的表情，其中有一个人还挥舞着拳头，咬牙切齿，一副怒不可遏的样子。一出大门他们就更激动，一边商量着什么，一边东张西望，然后他们几个分头奔向东、西、北不同的方向。我心想：一场恶斗已经拉开序幕，唉！后来我向同伴支持员打听才知道，之前在排队服药的时候，有一个病友插了队被后面的人纷纷指责。插队的人不露声色，只见他把衣服下摆掀开，露出藏在腰间的刀，这是无声的警告：你们再啰唆我这家伙是不认人的。后面的人只好暂时忍受，但他们把拳头握得紧紧的，以此来强迫自己安静地等待服药。因为他们如果不服药将难以忍受毒品对自己的折磨。但他们越想心里就越窝着火，觉得那个插队的实在是太狂妄了，他们骂了句，然后小声嘀咕：大家都是喝汤（服美沙酮）的，有本事怎么不去吃狗肉（吸海洛因），却在这里欺负哥们？服完药他们几个人决定去教训那个插队的狂妄者。后面到底发生了什么事，我们都不得而知，也不想知。这样的故事时常在门诊内外上演。我们的工作人员几乎每天都担心害怕，对他们既同情又无奈。在这里我挨过惊吓，受过委屈，感到迷茫，觉得心痛。当然也有令我快乐、令我欣慰、令我感动的场面。

这事就发生在N市某医院美沙酮门诊里。我在这样的环境里工作了六年多。每天与他们零距离接触，与他们沟通交流，常讲到喉咙发不出声音，累得直流泪。在这里我听到了各种粗言秽语，看到了可怕的刀光剑影，目睹了社会最低层弱势群体的生活。在这里看到一个个受毒品摧残的人，我痛心；在这里看到了一个个吸毒家庭的悲剧，我震撼；在这里看到了最原始的纯朴，我感动；在这里看到了艾滋病患者的不同人生——是他们为了某种追求而迷失了方向，是他们给自己人生坐标定位错误，而陷入了困境。他们悔恨了一辈子，甚至葬送了一切。在这里他们之中的年轻人醒悟了，振作起来，重新扬起了生命的风帆；年长者醒悟了，他们已经过了风华正茂的年纪，经历了岁月的沧桑，步入了垂暮之年，但在这里他们要每天服美沙酮才能摆脱毒魔，得以安度晚年。在这六年多的时间里，所经历的那些人、那些事，是我平生闻所未闻，见所未见的。我为这些药物人群伤怀、痛心、忧虑、担心。

在这里我也看到了爱，这是一种强大的力量。亲情，爱情，友情，社会、政府的关爱，从各方汇集而来，正是这强大的爱，使昔日的瘾君子走上了新的生活。在这里我看到了生命的顽强，更感知到了母爱的伟大。我慨叹，慨叹生命的奇迹，也慨叹生命的脆弱。我有了收获，收获了人生的财富——感悟，感悟社会，感悟人生。这些年在生活、工作中，每当我遇到困难和不顺心，就会想起他们这些药物人员，社会最底层的人，是他们中的一些人对生活的执着使我变得坚强，是他们和家人的重托，使我每一天都把工作当成使命去完成。这些年，这些事像河里的石头，时间的流水总也冲不走，一直沉积下来就成了灵魂的一部分，所以我要把它们记下来。这就是这本书诞生的原因。它像一本日记，记录着我对自己在这个特殊岗位上所走过的那些路、所遇见的那些人的点滴感悟。

往事就像落日映照在河面，我拣闪光的珍藏在心里，退休后记下了点点滴滴。

或许看完了我的这些经历和真实的记录，大家对生命、对生活会有另一番感悟与认识，因为这是在生活中留下的真实，对这些，你哪怕只有一分钟的沉思，也不枉我做下的记录。

目　录

特殊门诊

2005年1月，因丈夫从部队转业到N市工作，我也从某县教育局随调到N市，被安置在一所医院工作。一开始我在饭堂做洗碗洗菜等杂活。第二年我被安排到收费处做收费员工作。不久我被调到本院的美沙酮门诊，负责给前来参加治疗的海洛因成瘾者收费。在接到去美沙酮门诊工作的通知时，领导让我先考虑再答复。经了解得知，在我之前领导已叫了两个人去那个岗位，但他们都不愿意去。原因是，不想整天看到那些吸毒者，在那个岗位上工作，既不轻松又不安全，更没有什么发展前途。关心我的人悄悄对我说：好的岗位其他人怎么不愿意去？怎么办，我去还是不去？几十年来我一直是一位一切服从领导安排的人，这应该是我工作的最后一站了，我想既然领导安排了就应该服从，再说别人能在那里工作我为什么就不能？

我到那里的第一个月是做收费和电脑录入工作。每人只收10元钱，很简单，无须多动脑。但电脑的录入工作不能忽视，有时因为录错一个数据就得从头认真检查，简直是大海捞针。从第二个月开始，门诊主任把我安排到咨询岗位，可能是她觉得那个岗位更需要也更适合我。就这样，我在那里一干就是六年多。每一天的工作我都非常用心，正因为是这样，我心中留藏着一个个让我终生难以忘怀的故事。

从事教育工作近30年的我，服务的对象是学生，每天接触到的是一张张天真可爱的笑脸，受到学生的尊敬和爱戴。每天我脚下踏的都是一片净土，感觉空气是那样的清新，阳光是那样的明媚，内心充满着朝气和新的希望。而在美沙酮药物维持治疗门诊工作，每天服务的对象是吸毒人员。过去我曾听说社会上的偷、抢、杀人等案，有百分之五六十是吸毒者所为，于是他们在我的脑子里就是一个非常可怕的群体。那只是听说，但从未见过吸毒的人，更不用说与他们有过接触。现在我却要每天与他们零距离接触，并给他们服务。刚开始时我的心里感到非常不安，甚至是恐惧。可我又在想，有的同事在这坚持了两年，我为什么就不能？这工作对我来说是一种磨炼，也是一种挑战。因为服务对象不同，我必须首先学会转换角色，改变自己。安心工作后我感觉每天都有沉重的负担，同时也感觉这是一种责任。在往后的工作中，我有了一种体会：负担越沉，我的生活也就越贴近大地，越是靠近真切和实在。

在美沙酮门诊，我们把吸毒人员称为病人。从法律角度看，吸毒行为是直接违反治安管理处罚法、违反禁毒决定的，并且在客观上还诱发了许多违法犯罪行为，所以吸毒人员是违法者；从医学的角度看，吸毒成瘾的人，大脑神经功能受到严重损伤，脑部有病灶，顽固地反复发作，所以吸毒成瘾者又是脑疾病患者；从社会学角度看，吸毒成瘾对身体、心理都造成了严重损害，每当毒瘾发作时就会痛苦不堪，还会出现行为失控等不少问题。可见，吸毒人员具有违法者、病人和受害者三重身份。我们是医务人员，就应该把他们当成病人来治疗，无论是他们的生理还是心理，都需要治疗。

我每天的工作职责是接待前来咨询的人，包括吸毒者及其亲属、朋友。这些工作虽然只是动动嘴皮，但我深知语言的力量所在，而且每个人都可以是语言的魔法师。在这个特殊的工作岗位上，我当然要发挥语言的特殊功能了。我想门诊主任从收费岗位把我抽调到这个岗位正是这个原因。每天我向咨询者介绍美沙酮的作用、艾滋病的传播途径、远离毒品及预防艾滋病和其他传染病的方法；给病人办理入组，即前来参加美沙酮药物治疗的手续，告诉病人参加治疗后出现的身体、心理变化等状况；当他们参加治疗后，了解他们吸毒的原因、疾苦，告知他们毒品对人类健康的危害，给他们宣传法律、政策，讲述健康的重要及生命的价值。其实病友们咨询的内容大大超出这些范围。这一工作琐碎，需要细心更需要耐心。对前来咨询美沙酮治疗的问题，我通常采用形象的讲解方法，用海洛因与美沙酮作比较来回答。如使用海洛因，每天的费用至少50元，多的要500—1000元不等，开支大；用针具注射每天1—5次不等，易感染其他疾病，严重危害身体健康；购买时心理承受极大的压力，偷偷摸摸，常被拘拿；不能工作，众叛亲离。服用美沙酮：费用低，每天只需10元钱；口服安全，不会感染其他疾病，副作用小；光明正大参加治疗，得到家人和朋友的支持；政府帮助，社会关爱，边服药边工作；在生活上确实有困难者，可向政府申请补贴。通过这样一比较，他们就知道参加美沙酮治疗的好处，于是正犹豫不决的人就立刻打消了顾虑，毫不犹豫地选择参加美沙酮药物治疗。来参加治疗以后他们感觉不适时，如头昏、恶心、呕吐、肚子饿、睡不着、胃不舒服、便秘，以及遇到什么时候加药、什么时候适合停药等问题，都到咨询处来咨询，因为他们已经把我们当成了这方面的权威性人物。对他们的这些咨询，我不认为他们啰唆，而觉得这是对我们工作的信任，他们需要得到我们的帮助。

我做咨询工作还不到一周就目睹了一件可怕的事。那天上午来了一位病友，他长得又高又瘦，走起路来晃晃悠悠的，面容暗黄，没有一点血色。他一到门诊就走到医生面前要求医生给他加30毫升美沙酮剂量，医生不答应。因为门诊有规定：为了病人的安全不能一次加30毫升，只能每天依次加10毫升，特殊情况可加20毫升。医生对他说："剂量过大会造成药物反应，如果严重还会令人呼吸困难或昏迷不醒导致生命有危险。我们要对你的生命负责。"可这病友就是不听。当时我看到他两眼发红，鼻涕流出，手臂上的汗毛已经一根根地竖了起来，很是可怕。医生说完话他虽没有反驳，但突然随手抓起一张方凳对医生大声吼："你加不加量？不加我就把凳子砸过去！"保安看到这情景立即冲过去夺下凳子，才避免了严重事件的发生。当时我紧张得两腿直哆嗦，很久才回过神来。过后一位在门诊长期工作的老医生对我说:"这种情况我们早已司空见惯,没有什么可怕的,更可怕的事情你还没有遇到,以后会慢慢适应的。"我们的门诊于2004年6月开诊,这些年工作人员不知受到了多少惊吓!面对如此惊心的场面,他们是那样的镇定自若,都是在门诊里经过了许多风雨历练的结果。我生性胆小,看到血都会头晕,以后每天都得面对这一人群,当时我在问自己:能胜任这一工作吗?

夜,已经很深,十分安静,白天那可怕的一幕一直在脑海中浮现,我辗转反侧难以入睡。小区的路灯从窗外映入房间,我双眼直瞪天花板,脑子里出现我第一周在门诊里看到的情景:那一张张蜡黄、灰暗、惨白、焦虑、恐惧的脸,使我感到害怕,心里不禁打了一个寒战。一个病人由拄着拐杖、白发苍苍的老妈妈陪同来到门诊,那情景令我感到很是悲伤;另一个才31岁,是他的妻子陪他一起来的,只见他的妻子一脸愁容,那样子让人感到十分痛心。还有些是由满脸的怨恨和哀伤的兄弟姐妹陪同来;有些是由脸上写着无奈的朋友陪同来;有些是由充满期待的老父亲陪同来……我感到自己肩上的责任重大。更使我没有想到的是,在这里竟还能看到不少俊男美女,他们正处青春年华,但在他们的脸上我没有看到阳光、活力、自信,看到的只有颓废、沮丧、百无聊赖,令人惋惜。他们不少人外表光鲜亮丽,与他们的内心是那样的格格不入。他们都是毒品的受害者,沦为毒品的俘虏。他们来到这里就是为了得到帮助,摆脱毒魔。想到这些,我觉得我的工作很重要,要做好这份工作必须具备一颗强大的内心。这颗强大的内心包括：爱心、诚心、耐心、恒心、信心、包容心。我决心用自己的微薄之力去做好这份工作，帮助他们远离毒品。

第二天清晨，一上班我就看到前一天要用方凳砸医生的王病友，他一到门诊就主动向医生道歉，说自己昨天是毒瘾发作内心失控所致。当时情绪冲动，不考虑后果，只想尽快解决毒瘾的折磨，请医生原谅。他还写了保证书，以后绝不再有此事发生。出于治病救人的目的，以及门诊的人性化管理，尤其是对这一类特殊的病人，门诊领导和那位医生也不再追究此事。通过这位病人主动道歉一事，我觉得他们并非无可救药。从那时开始我心里就知道往后应该如何做好自己的工作。

咨询处是门诊的窗口，是前来咨询者的希望和梦想。每天有不少病友和家属抱着希望来到这里咨询、办证治疗。很多人到这里来以后，都把这里当成他们自己或家人远离毒品恶魔改变命运的地方，我们的门诊是他们走向新生活的希望。

常言道"一朝吸毒，终身戒毒"，"戒毒十年，吸一口还原"，这就表明了戒毒之路的艰辛。究其原因，主要是吸毒者的内心发生了很大变化，他们被毒品控制，不仅在生理上产生依赖，更在心理上产生依赖。美沙酮是海洛因的替代品，也是一种预防复吸的药物。我明白，戒毒工作的意义远比防治一般疾病的意义更为重要。要把这份工作做好，必须学习、掌握美沙酮的知识，以及一系列戒毒、治疗方法、参加治疗的病友身体康复和心理康复变化的过程。

更要掌握这类病人的心理，了解他们的内心世界，并掌握与他们沟通交流的方法、技巧。心理学家大多清楚，要了解病人的移情表现和心理冲突，治疗者首先要认清自己的移情和冲突，即他们从每天热衷于享受海洛因的欣快感，转移到每天要服用无味、无精神享受的美沙酮，这样的心理得有多大的障碍需要克服。所以做他们心理工作的我，也要学习和自律，甚至接受必要的心理治疗的体验。可以说当时我虽然有忠于这份职业的心，却没有这方面的智慧。所以我把掌握这方面的知识当成首要任务去完成。但我不可能有机会离职去学习，只能通过平常自学和参加短期的培训（周末和晚上），再从工作中认真观察，掌握相关知识，积累相关经验。从理论上我了解到，吸毒人员由于长期吸食海洛因，大脑的中枢神经系统遭到破坏，抑制大脑皮层神经，产生吸毒后的欣快感，出现嗜睡、行动迟缓、表情冷漠等现象，时间长了就形成了一种慢性脑疾病，所以他们就成了病人。吸毒人群的性格主要表现为：不乐观，消极，情绪低落，喜欢独处，少言寡语；不严谨，做事马虎，容易出错；心胸狭窄，为人计较，易怒，冷漠；不自信，无所追求，精神颓废。在人际关系上表现为：以自我为中心，自私，虚假。在办事中表现为：犹豫，盲目，拘谨，急躁，冲动。在平常的工作中，我逐渐发现，这些病人如果不能及时服用美沙酮，无法控制戒断症状，他们就会出现兴奋、流泪、流涕、出汗、震颤、呕吐等现象，从而导致过激行为。所以他们比一般的病人更需要心理治疗。

　　每个人的生长发育，健康疾病，衰老死亡，不仅受到生物因素影响，也会受到各种其他因素的影响，如社会、环境、心理、生活方式、习惯等。吸毒人员更是受到毒品所带来的心理、生理上的影响。所以我们应该把他们与其他病人等同看待，在某一方面又要区别于一般的病人。所有病人都会由于疾病的折磨、治疗环境的变化、新的人际关系等，产生一些独特的生理压力和心理需要。吸毒人员也同样是这样，因此我们在与他们语言交流，对他们进行心理护理，健康教育的同时，不能对他们产生歧视。要尊重他们，关心他们，这样的交流会使他们备感亲切，并为之动容。当他们和真正关爱自己的人在一起时，觉得这才是值得信任并可以用心去交流的人，从而接受我们的建议，并下决心远离毒品。

毒魔缠身的悲痛

（一）

　　我的咨询台设在靠近门诊大门处，目的是方便咨询者。因此，这里每天有什么人来，门外发生什么事，只要我不离开岗位，都是第一个知道。每天这里都有不同的故事发生，每一个故事都会触及我的内心。在此之前，我看到的刀光剑影都是在影视剧里，没想到我在这个岗位上工作后，看到了现实版的刀光剑影，而且就在我的面前发生，那场面是那样地令人心惊胆战。

　　2010年夏天，一个沉闷的下午，我正在等待一位病友来办证，之前已经与他约好，下午4点前必须来到门诊，否则将要等到第二天。这就意味着，他要多吸一天毒品。已经到了4点，我左等右盼都没有看到他来，正在我十分不安的时候，突然看到一位姓陈的女病友一脸慌张地从外面跑进来，立刻拉住刚从里间服药出来的男友（姓张）焦急地告诉他什么，我预感到他们可能遇到了麻烦，恐慌的气氛已经笼罩着整个咨询间。我不敢坐在门口的咨询台，连忙走到里面背靠着墙，朝着外面看。因为我不能离开岗位，要时刻关注着眼前事态的变化，以便随时处理。张病友很紧张地跑上前把大门掩上，他明知道这大门是不能关的，可能他是在慌乱中产生的一种习惯性防范。他把门虚掩好，其实他那样做丝毫也起不了作用，只是他本能的一个动作和心理安慰罢了。掩上门他不敢转身向里面走，应该说他是害怕外面的人进来，从后面对他进行攻击，只见他一步步地朝后退去。他的两条腿不停地颤抖，因为过度紧张他在后退的过程中竟仰面朝天跌在地板上。但他立刻跃了起来，然后再后退到服药间的台阶处，时刻做好防卫的准备。在外面的几个人凶神恶煞地冲进了门诊，张病友立刻用自己的身体把女友挡在身后。冲在最前面的那个大高个，是在门诊里服药的一位刘姓病友。只见他杀气腾腾，瞪着那双血红的眼，边大声吼"今天我非要把你们打得哭爹叫娘不可！"边举起手中一根又长又粗的木棍，使劲地向张病友冲去。张病友已经没有退路，他唯一的选择只有应战，他利索地把手上的头盔戴在头上，咬紧牙迎上去。刘病友举起手中的棍棒，使劲敲打在他的头盔上，发出"咣啷"的响声。张病友也毫不示弱，我不知他突然从哪得来一把约60厘米的长刀。只见他奋力挥着手中白光闪闪的大刀，也涨红了脸大声喊："你来吧，我砍死你！"张病友挥舞着长刀奋力向刘病友砍过去。在刘病友后面的几个人也大声喊着"打！打！"给他助威，木棍碰击大刀发出"哐哐"的声音。于是叫喊声、搏斗声、杂乱的脚步声响作一团，我惊骇得不知所措，两条腿直哆嗦，竟不知道报警。在门外的病友见到这样的场面也不敢进来，他们的脸上呈现出各种不同的表情。有惊恐的神色，也有欣赏的表情，同时也有幸灾乐祸的样子。当我突然意识到要报警时，姓刘的病友和他的同伙已经掉头跑出了大门。我低头一看，只见鲜血从我的咨询台前一直滴到门外……幸好这场打斗不到两分钟就结束。我看到张病友的头盔已经被敲扁，所幸的是他没有受伤。应该是姓刘病友中了他的刀，所以地上留下一条长长的血滴痕迹。这是我平生第一次近距离看到真实的最可怕的刀光剑影场面。每当回忆起那次打斗场面我都感到心惊肉跳。为避免他们再次引发血案，门诊领导将张病友和他的女友转介到别的门诊治疗。第二天刘病友来服药时，我看到他头上缠了一圈纱布。幸好，他被砍那一刀不致命。

按国家工作组要求，我们每年都要免费为在治人员抽两次血检测艾滋病、性病、丙肝等传染病。我们门诊当时有700多个病人，每次抽血的时间都要持续一两个月。其中有60%以上的病人配合得较好，但有些就是不理解、不配合。因为他们长期注射海洛因，已找不到手臂上的血管，这就很难抽到血，只能从脖子、大腿抽大动脉，所以他们很不情愿，不是说没有空，就是找借口说感冒、身体不适等。有的人还辱骂我们，说我们是吸血鬼，抽他们的血去卖。每到抽血的时候我们工作人员都承受着巨大的压力，精神高度紧张，身心十分疲惫。为了完成工作任务，我们要想尽办法，磨破嘴皮，忍受辱骂。记得有一次，一男病友到期限的最后一天才勉强让护士抽血，抽完血后我看到他气呼呼的也不说话，但他要发泄心中的不快。突然他从腰间抽出一把刀，"啪"的一声打在我的办公桌上便扬长而去。当时我们所有在场的人都被这突如其来的声音惊呆了，那一刻我的心脏仿佛已经停止了跳动。当我定神后抬起头一看，天呀！他手上拿的竟然是一把足有40厘米长的明晃晃的大刀，他正把刀藏进腰间的刀鞘里悠然自得地走出大门。据说他们这些人，随时随地都有"武器"来武装自己。

（二）

小黄刚参加工作没多久，是一位胆小温柔的女孩。有一天门诊进行尿检工作，我和她早早就站在咨询台前。看到很多病友进来服药，小黄就提醒大家："请大家注意，今天做尿检。"几分钟后一位姓张的男病友服完药出来，只见他铁青着脸走到小黄面前停下脚步，怒目圆瞪厉声斥问："你喊什么喊？"我和小黄对这突如其来的斥问感到莫名其妙。小黄怯生生地回应："我没有喊什么呀！"我立刻走过去先向他道歉："小黄刚来这里工作不懂情况，如果有不对的地方请多谅解。"为了不让对方无端生事，我只能委屈自己这样对他说。那病友觉得没理由再发泄，只好走出去。但由于他的不满没有得到发泄，于是边朝外走边回头对小黄恐吓道："你找死啊，你算什么？你算老几呀？你有什么了不起，以为我不敢打你吗？"小黄被吓得脸色都变了，我也觉得奇怪，这人怎么随便恐吓人呢？

当时我安慰小黄让她别把此事放在心上。过后她慢慢回忆，原来两天前这位病友在门诊里抽烟，小黄看到后就对他说"请别在门诊里抽烟"，当时他只是不高兴，没有想到已经过去了两天，他对小黄劝他别抽烟那句话还耿耿于怀，且大发雷霆。小黄越想越觉得害怕，后来她一个人在宿舍里忍不住又哭了起来，她说自己觉得委屈又害怕。我极力安慰她，说他们是病人所以才这样，让她别往心里去。据说有一次因为其他事而得不到满足，那位病友便说要打我们的工作人员，这位工作人员也是一个女孩。过后我们大家都很替她担心，让她晚间别出门，如果实在要出也得结伴而行。

一天下午即将下班的时候，进来一位叫林成（本书病人姓名皆为化名）的男病友，当班医生对他说："你已连续超过七天不来服药而被退出，需要办理复入手续才能继续服药。"他把头一昂怒气冲冲地反问："我有事外出不是有意不来服药，你们凭什么不给我服药？"当班医生又一次给他讲了门诊的规章制度，让他办理复入手续后服药，他非但不听还"嘭"的一声使劲用拳头捶了一下桌子，然后气势汹汹地恐吓道："今天你们必须给我服药，否则我就与你们同归于尽！"说完一屁股坐到办公桌上。面对这种突发的可怕事情，大家面面相觑，一位到这上班不到一个月的年轻姑娘被吓得赶紧跑到我的背后并紧紧抓住我的手。那天刚好门诊主任出差，当班医生便给主任打电话汇报这一情况，主任回复说："时间已不早，先让病人服药，但明确告诉他，明天必须来办好复入手续才能服药。"医生和我分别与他沟通，他答应了。但是，在服药时他又公然违反门诊的有关规定，把一部分药倒给自己的女友喝，那动作迅速得令我们无法阻止。因为下班时间已到，要把药送入库，我们暂不与他多说道理。第二天下午他还是在同一时间来到门诊，仍不办理复入手续，炮制头一天的方法，如果继续给他服药，以后他会更加肆无忌惮，不给他服药他可真要动手打人怎么办？就在我们束手无策的情况下，一位姓韦的工作人员急中生智说："报警！"林成的消息十分灵通，在警察还未进门诊的大门，他已悄悄地溜出去了。原来是外面有人给他通风报信。自那以后，很长时间没有看到他来门诊服药。

大约是两个月后的一天，林成的姐姐来到门诊，说他弟弟肾脏有问题正在我们医院治疗并准备做手术，要求我们给他服药。他姐姐对前不久其弟两次闹事表示歉意，让我们别计较她弟的偏激行为。我们门诊的宗旨是治病救人，林成虽然曾两次在门诊无理取闹，并恐吓、威胁过我们的工作人员，但我们也没有因此把他拒之门外。门诊主任立即让医生与林成住院的科室联系，了解其病情后让他姐姐帮办理复入手续，并对他姐姐说，以后每天让弟弟坐在轮椅上（他已不能行走），让专人从后门推进来服药。我们的工作人员不计前嫌，没有一声怨言，没发半句牢骚，还特别用心地为他服务，觉得只要他不再使用毒品就是好事。大家对病人的关爱不是用口说出来，而是表现在每一天的工作中、每一个细节上。可令人深感遗憾的是，林成由于长年吸食海洛因，导致了多种并发症，医生们已尽了最大的努力，最终还是无法挽救他的生命。在他短短30多年的人生中，因为迷恋毒品，只好跟着毒品走进了人间地狱。

　　每一位病人服用美沙酮的剂量都不尽相同。这是根据各人吸食海洛因的时间、数量和自身的体质、耐药性等来确定的。使用抗病毒药的病人，如艾滋病病人、结核病病人等，他们使用的剂量会比一般人大，在80毫升以上，有的人每天要分两次服，但每次间隔时间必须在四个小时以上。已使用海洛因或安定就不能同时服用美沙酮，要服用美沙酮也必须间隔四小时。为了避免病人出现药物中毒，门诊医生都遵守以上规定，平常也对病友讲明这个道理，并反复重申其重要性。但有的病人就是无视这些规定，如果不立刻给药就要找医生的麻烦，甚至对医生进行恐吓或打骂。

　　2012年3月的一天下午，有一位病人服药间隔不到四小时就到门诊来要求服第二次。医生告诉他间隔时间不够，服药会引起药物中毒。他不听劝告，说自己已经出现了戒断症状，必须服药才能控制。根据这位病人平常服药记录显示，他服药的时间、剂量都很稳定，医生猜测有可能这位病人在当天偷吸了海洛因或用了其他药物，为避免服药后不良情况的发生，医生还是坚持让他等够时间才服药。没想到这位病人竟发起飙来，立刻踩上凳子，跳到桌面，翻过围栏，冲进医生的办公室，抬起脚要去踹一位女医生。所幸的是，在这位病人伸出的脚刚要碰到这位医生的那一刻，冲上去的两位工作人员立刻拦住了他。这一脚尽管没有给这位医生造成肉体上的伤害，但给她的精神带来很大的伤害。她说直到现在每每回忆起那件事就不寒而栗。在这之前也曾有一位病友也是因加药不能如愿，随手拿起凳子砸向当班医生，就在凳子即将落下时，我们的医生及时避开，好惊险的一幕呀！如果我们的那位医生被方凳打中，后果将不堪设想。这也是一位女医生，她曾两次避开病友用凳子砸中的危险，退休以后每当回忆起那种场面，她说仍然还感到魂飞魄散，真不知道当时是如何挺过来的。对做出这样危险行为的病人当然要处理。终因其是病人，门诊只是暂且停了他的药，让其反省。为达到真正治病救人的目的，待其悔过后还是让他们服药。

在这样的环境下工作，并不是每一个人都能适应。我们工作人员每天都在这样的环境下工作，如果说没有压力，心里没害怕和担忧，那都不是真的，况且有几位女医生手无缚鸡之力。可我们克服了种种困难，每天都以无私的胸怀，宽容的心态，饱满的热情，积极的态度，高度的责任感投入到工作中，为的是减少一个吸毒者，让社会少一个不幸的家庭，少一份不安定的因素，多一份和谐、幸福。

按国家工作组规定，病人连续七天或在三个月内累计15天不到门诊服药就被视为自动退出，需另办手续方能继续服药。我们门诊有规定，在办复入体检后如果查出得了结核病，就要转诊到专治结核病的医院做复查。如果检查结果是开放型的结核病人，为避免其感染他人，就让保安把药送到门诊外让他们服用。为方便病友，我把到专治结核医院的所有公交车线路写在纸条上，再复印若干份，谁初检出结核病我就把这张纸条交给谁。如果有家人陪同来，遇到这样的病情，家人就陪同病人去做检查。如果没有家人陪同来他们大都不愿去检查，有的是因买毒品把钱花得精光再也支付不起检查费；有的是不在乎健康，只在乎毒品，宁可用这笔钱去买毒品也不愿去检查；有的是去检查了没耐心等到结果出来。每遇到这样的情况，就有不少病人把所有的怨气都出在我的身上。无论我如何解释检查的理由、门诊的制度，他们都不听。有的还要要赖，坐在咨询台前胡搅蛮缠，骂得唾沫横飞，天昏地暗。

有一天，一男病友在初检时被发现得了肺结核，医生就让他到其他医院复检以便确诊，并告诉他等结果出来才可以服药。第二天一早他就到门诊来要求服药，我告诉他要把结果拿来给医生才行。他左一个要求我行行好，右一个指责我无情不讲人道。我给他讲了门诊的规章制度，又对他讲了结核病传染的严重后果，讲得我喉咙几乎发不出声音，胸部如同被一团棉花堵住，他仍然不听。当时我始终压住心中的火，保持温和的语气对他说："我理解你服美沙酮心切，但一定要等复检结果出来，这是必须的。"没想到他却发怒起来了，用粗话大声骂我，还说我是在故意刁难他。其他医生过来劝说他也不听，同伴支持员觉得他的行为实在让人难以忍受，便多次去劝说，他仍是要闹，一直到了中午下班时间他才不得不离开门诊。下午他又来纠缠，为了对大家的健康负责，我还是坚持原则。后来他觉得在我这一关无论如何也不能通过，就趁我离开去取化验单之际（我也正好趁去拿化验单之际喘一口气），口罩也不戴（我们规定有结核传染的病人进里间必须戴口罩）径直奔服药间找医生，并撒谎说我已同意他进里间服药。因为他的谎言导致医生对我产生了误会，认为我自作主张让传染病人进去服药。尽管他已经进到里面，但医生也坚持原则不破例让他服药。他在里面同样也是蛮缠，不达目的不罢休。负责接待这一个病人的医生，觉得这个违规的病人不但把病菌带进去，还在里间扰得大家无法工作，心烦之至刚好看到我把化验单取回，指责我说病人的检查结果没有出来，不应该让他进来服药。那一刻我的心里好难受，心想我已被病人折腾了将近一整天，心中的苦衷无法诉说，非但得不到理解，还受到指责。于是满腹委屈，满眼的泪水顿时如同决堤的洪水奔涌而出。

我们的工作人员每天都是与高危人群打交道，有些潜在的危险我们看不到，有时还会突然发生意想不到的事。如2010年春的一天，我们一位即将退休的护士长给病人抽血检测，当她给病人抽完血解开止血带时，针头突然反弹回来扎到了她的手上。如果当时在抽血的那个病人是艾滋病感染者，那就危险了。后来这位护士长及时采取处理措施，为确保安全，疾病控制中心还让她连服了三个月的AZT(Zidovudine)药物。半年后她再次去检查，没有发现什么异常，那时悬着的一颗心才放下。

在这样的环境下工作，只有认真、耐心、忍让远远不够，更多的是要对他们表现真诚、关爱。诚心是建立起友谊、信任的桥梁。

要与他们建立起信任和友谊，有时还得有技巧，设法让他们开心。记得我们一位姓马的咨询员曾说过："我们每天跟他们在一起，与他们打交道时要有智、有勇、有谋才行，否则不但无法说服他们，还反而被他们个别人钻空子。"是的，与他们交流的方式、方法必须好好斟酌，每一句话都不能随意说出口。

我们有一个病友，有好几次含药出去被工作人员发现，后来就减了他的药剂量。他很生气，每天到门诊来都说他的药量不够，嚷着闹着要医生给他加药，不加他就赖着不走，骂不停口。门诊要开展什么活动他不配合，与他说话他也不理睬。有一天我们一位姓马的咨询员看到他一早就到门诊来，就热情地对他说："陈哥今天那么早就到了？"他立刻回应："没有事做就来早些，总之每天都需要来一次。"当时我觉得无法理解，马咨询员分明比他大，怎么反而称他为哥？过后我对她说："他不是比你小吗？怎么反称他为哥？""这样让他高兴嘛，你看刚才他就很好地回话了，要不平常他不是发牢骚就是骂人，我不愿意让他骂。"经她这么一说我茅塞顿开。平常只对他们态度好还不行，在恰当的时候来一下"甜言蜜语"，他们心里高兴，就不好意思再骂人。多说些称赞他们的话，他们会愿意接近我们，主动与我们沟通、交流，配合我们的工作。

2010年12月30日，也是最后一天给病人抽血检测，我看到一直不肯抽血的一位姓李的病友，服完药后在抽血台前踌躇片刻转身要走。我抓住这一瞬间的机会，热情地与他打招呼："我好久没看到你了，现在见你的气色比以前好了很多，也胖了，一定是坚持每天来服药的效果吧！""是吗？"他高兴地回过头来问。"来，帮你抽血做健康体检，看你的身体还有没有毛病。"他虽然有十二分的不情愿，但还是在抽血的护士面前坐了下来，边伸出要抽血的手边说："一年抽两次血，我们的血很难抽，打大动脉又痛，真是烦死人！我们都很害怕抽血。但你们知道现在我为什么愿意给你们抽血吗？""当然是为了配合我们的工作。"我边笑边回答。"因为你说的话使我心里舒服，刚才得到你的表扬我高兴。我有丙肝，但没有梅毒更没有艾滋病，没必要抽血检测，只是为了配合你们的工作！"这位病友的话给了我深刻的感悟。吸毒人员也是人，他们不仅需要关心、帮助，更想得到鼓励和称赞。他们自吸了毒以后，不是被公安机关抓，就是被家人骂或赶出家门，还有社会对他们的偏见，朋友对他们的歧视，人们见到他们就像是躲避瘟疫似的。他们从未得到过表扬，一句表扬的话足以让他们开心感动，他们心里高兴自然就愿意配合我们的工作。从此后我又积累了工作经验。与人交往的技巧是学习赞美他人，特别是我们这一特殊的工作性质，这样做会起到意想不到的效果。

有一天一位男病友停了两天后才来服药，医生告诉他："据资料显示，你累计三个月有15天不来服药，已经被退出，要办理复入手续才能服药。"这位病友立刻大声吼起来："我没有少那么多天不来，是你们搞错的！"我们一位姓李的男医生见状就面带微笑地对他说："兄弟，你先别急，可能是你工作太忙了有时忘记来服药，所以有多少天不来也记不起，我把你的服药记录拿来让你看。"这位医生拿出服药记录让他看，在事实面前他不再争辩，但还是不服气，他又反问："为什么你们不及时通知我，现在才说?"医生又笑着对他说："兄弟你可能是换了新的号码了，我们打电话过去听到说是空号，你这几天又不来我们到哪去找你?"对方自知理亏再也不敢生气，我们的医生给了他一个台阶，他便顺水推舟说："对不起，上个月我是换了另一个号。"医生接着说："以后你要多注意，有事记得来请假就不会被退出。"后来这位病友便自觉地去办理复入手续。像这种情况常有发生，他们被退出却不承认是自己不来，而是寻找各种理由来责怪我们，我们必须有理有据才能说服他们。他们给门诊留的电话通常是空号，但我们又不好当面揭穿他们，只能换另一种表达方式。

在平常的工作和与病人的沟通、交流中，我了解到长期吸食海洛因的女性，多数出现月经紊乱、停经或闭经，导致她们产生抑郁、自卑、烦躁、焦虑不安等情绪和易发脾气等现象。她们变得心胸狭窄，疑心重重，相互攀比，妒忌心强，缺少包容。有时会因对方一句不中听的话而引起争吵，继而大打出手。

2010年4月12日上午，两位女病友边从服药间出来就边对骂，我不知道引起她们对骂的原因是什么。当时我听到A在挑B的长相毛病，B也不甘示弱，奋起反击，数落A的丈夫或孩子长得如何不好看。她们先相互揭对方的短，继而是诅咒对方的家人，那些脏、臭、恶毒的语言不堪入耳。当时我叫她们不要在门诊里吵闹，劝她们出去，可双方已骂红了眼。骂了还不算，她们竟在门诊里动起手来。两个女人就这样你扯我，我扯你，扭打成了一团，打着打着便滚到了地上。只见 A 扯住了 B 的头发死命拖住不放手。B 也不甘示弱，用脚狠踢 A 的身体。我的心越发着急起来，我什么也顾不上了，立刻冲到她们俩中间，想用自己单薄的躯体去阻止她们。但双方已经打红了眼，哪会就此善罢甘休，她们避开我，撕扯得更加厉害。于是我赶快把 A 扯住 B 头发的手掰开。可那只手死死抓住不放，我要是扯住 A 的手 B 的头发会被扯得更痛，我只好用手把 A 的手指掰开。谈何容易，A 不仅用手扯还用脚在不停地踢向对方。我费了九牛二虎之力好不容易才把她们拉开。也许是她们打累了，才停手，并听了我的劝告出了门诊。她们终于走了，我长长地舒了一口气。当我回头看地上时，却看见了一绺凌乱的长发，我的心就像这些长发一样杂乱而无头绪。

有一天一位病友刚从外地出差回来，还没有到家就先到门诊来办理复入手续服药。我查看了他的资料，他距离上次的体检已经超过半年时间，我对他说必须先体检才能办复入手续。听到这，他的脸上显出很难过的神情，只见他十分着急地对我说："我身上所有的钱已经不够体检，怎么办？"我看出他是真正想服药的人。那天已是周五，如果当天不能办好手续就得拖到下一周，这几天他必须去吸毒。为了能及时服药不去吸毒，他便主动提出向我借100元钱去体检。门诊领导曾对大家说过，不能随便借钱给病人，因为他们是特殊人群，以防引发其他意想不到的事情。但我觉得这位病人平常的操守及各方面的情况表现都较好，此次是因出差而被退出。于是我决定把100元钱借给他，并给他讲明门诊的规定，借钱给他只代表我个人的意愿，与门诊无关。他明白了我的意思，十分激动地对我表达谢意，并表示周一一定把钱还给我。尽管从他那张疲惫、蜡黄的脸上看到的只是一瞬间的僵硬的笑容，但我觉得自己的诚心已经打动了他。在下班之前这位病友终于服了药，这一次毒品与他擦身而过。后来他一直坚持来治疗，不再使用海洛因。平常我也常把一些小钱借给其他病友，1元至50元的不等。我想这钱不多，就是他们不还给我也没关系，能使他们少一天不用毒品也是一件好事。

2008年12月23日上午，C来咨询办复入手续。看他懒洋洋的样子，不能服药他一点也不着急，反而我替他着急起来。我问他为何停那么长时间才回来服药，他摆出一大堆的理由说："我不是不想来服药，而是没有钱来服药。前几天去偷自行车卖钱，结果自行车没有偷成反而被派出所抓去关了一周才放出来，周六想来喝药但你们不办手续，所以今天才来。"我给他办好了复入手续，让他去服药，他却不像别人那样迫不及待，而是满不在乎地说："我现在没有钱服药，要去找朋友要才行。"我知道他为吸毒家里所有值钱的东西都卖光了，自己又无法工作，也不想再去工作。看到C连

10元钱也拿不出来，当时我想给他，但这种情况我常遇到，如果他没有偷的行为，确实有困难而且一心一意坚持服药，我可以给他钱让他立刻服药，可他是那样的态度，我对他的帮助有意义吗？过了一个小时后我看到C终于回到门诊来。他告诉我说借到了14元钱，哪知到里间服药时，收费员看到其中一张5元面额缺了一个角，让他另换一张完整的，这样他还少1元钱才能服药。我知道这情况后，心想不能为了这1元钱又让他去做缺德的事。虽然他不问我要，我还是主动把1元钱给了他，这对我来说是很简单的事，但帮了他的大忙。不过我借钱给病友也是有度的，因为理智的同情，一次始，二次止。在我们的门诊里，借钱给病友也不单是我一个，平常我们开会或集中学习一起交流时，也曾听到其他门诊的医生说过有借钱给病友服药的。通过这一善意的违规，看到了我们医生的爱心。借给他们钱，虽然说对他们的帮助是微不足道的，既不能使他们永远离开毒品，也无力帮助他们长期交药费，却能使他们在当下立刻解除毒瘾的戒断症状。

2010年4月的两件事，就令我感受最为深刻。月初D夫妇回到门诊要求办复入，我把体检单给他们去体检，后来他们把一部分体检结果拿给我。我让他们拿出体检收据，他们说刚才人多，又做了多项体检，匆忙之中不知将收据放哪儿去了。我轻信了他们的话，不再坚持要看他们的体检收据，就给他们办了手续服药。可当我第二天去取化验单时，竟没有发现他们夫妻的那两项结果，我到抽血室去查找也没有发现他们的底单，我知道他们对我撒了谎。后来找到了他们并让他们再去抽血检查，他们推了一天又一天，总说没有时间。很快就过了一周，我告诉他们再不去抽血检查，按门诊规定要停他们的药。第二周就没有看到他们来服药，他们宁可把钱拿去买毒品也不愿意去抽血体检。

　　E是个年轻、肤色白净又长得帅气的小伙子，4月中旬的一天上午，他从服药间出来就告诉我，里面的医生说他已经被退出，需办复入手续才能服药。我查看了他的病历，发现他需要体检才能办手续服药，于是我对他说去体检才行。他说："里面的医生只告诉我要办复入手续没有说要体检，下班时间快到了，让我喝完药，明天上午我保证一定去体检，今天不能让我再去吸毒了，医生请你通融一下好吗？"听他这么诚恳地说，特别是他说"不能让我再去吸毒了"，我觉得也有一定道理，虽然门诊有原则，但在执行的过程中也可以灵活一点。于是我给他开了体检单，办好服药手续后，一再叮嘱："这是我个人的违规行为，明天你一定要去检查身体，否则后天没有你的检查结果录入电脑，领导就会来追究我的责任，你也会被终止服药。"他一再表示："我一定不会让你为难，我也不愿意被终止服药。"第二天这小伙子来服药了，我问他去检查身体没有，他说服完药就去。第三天为了逃避我的追问，他就趁中午我下班的时间才来服药，第四天下午我没有拿到他的检查结果，也没有看到他再来服药。

　　这样的事情一个月里就发生了两次，我感到非常郁闷，也没法找到答案。当时我想：在工作中为了他们我采取了人性化而违规的操作，他们却如此不守信，宁可不来服药也不愿意去体检，这是为什么？我带着这个问题，向同伴支持员和操守好的病友请教。有的说："一般常被退出再回来服药的人，是在身无分文的情况下才回来的，如果身上还有足够买毒品的钱就不会再回来服药。"有的说："去买毒品100元、200元、500元甚至1000元，他们都可以去做偷鸡摸狗的事，但来喝美沙酮的10元钱他们就不去。还有一种人是没有工作，确实是拿不出钱，来喝一次就算一次，做一天和尚撞一天钟，没有长久计划。如果是一心一意要来服美沙酮的人他就会准备好钱。还有的是家人带来的，有家人的支持和帮助，他们就能坚持来服药。"

美沙酮是一种麻醉药品，国家规定必须在医生的指导、监督下服用，一旦流失出去就是一种毒品。所以国家工作组要求严格管理，病人只能在门诊里服用，不能带出门。但有不少的病友，在服药的过程中，想了各种各样的方法来把美沙酮偷带出去。门诊有规定，一旦发现有偷药行为，就对他们采取批评教育，或减剂量，行为严重的就让其停药反省。但总是禁而不止，有的病人还对揭发他的工作人员大骂或恐吓。有时被保安抓到，人赃俱全，他们却扬言要打保安。曾有两个保安被他们恐吓而主动辞职。种种原因，凡是到我们门诊来做保安工作的，时间都不会长久，他们不愿意在这样的环境里长时间工作。当然也有对工作不负责的保安，门诊曾有一个保安因协助病人偷药而被辞退。偷药现象在不少门诊都有发生，大多为了卖钱，通常卖给那些不敢光明正大到门诊来办证治疗的人，价格每10毫升20—50元不等。也有些人说是因为工作忙，为了不用每天都跑一趟门诊，留下备用，有的人说为了方便出差所以才把药含回去。偷药的人普遍是含在口中出到门诊外就吐出来，含药的人里面既有得艾滋病的也有得结核病的。有的人偷药是两个人合作，一人用身体作掩护，并与工作人员、保安说话，以分散他们的注意力，然后另一人就以最快的速度把药倒到原先准备好的小瓶子里。为了避免有人偷药，门诊采取了多种禁止方法，除门诊四周都装监控外，每一位服药者服过药后都要到保安处报号让保安登记，意在要他们开口说话。如果被抓到偷药就减他们的剂量或停他们的药。尽管这样，偷药行为还是屡禁不止。有的病人在我们的门诊偷药，被停药后便设法到其他门诊重新办理入组手续，继续干这种勾当。为了杜绝这种情况，我们和其他门诊交流，采取了一定的措施来制止。一旦发现偷药行为就先进行教育，屡教不改会将其开除，无论他去到哪一个门诊都会被拒绝接收，这是惩罚的一种方法。

　　林龙生已经50多岁，他从2006年就开始在门诊参加治疗，尽管每个月老妈妈来给他预交服药费，但他还是不能坚持来服药，常有偷吸的现象，每月的尿吗啡检测多数呈阳性。我们与他多次沟通，让他坚持每天来服药，他态度生硬，总是以各种理由说不能坚持每天来。几年来他曾有好几次被退出治疗。在外他主要干偷鸡摸狗的事来买海洛因，但终因没有足够的经济来源支撑，无奈之下又被母亲送来服用美沙酮。据同事们反映，他常有偷药的行为。有一次我看到他嘴巴鼓鼓地从服药间走出来，知道他又是在干那勾当，就与他打招呼。他知道自己一旦开口说话，将无法把药带出去，所以对我的招呼不予理睬。我又叫了他第二次他还是若无其事地走出去，我就一直跟在他的后面直追到门口对他说："我跟你说话有事找你，你怎么不回答呀？"他知道药是偷不成了，才无奈把药吞下去，心里对我怀着极大的不满，转回头对我瞪着双眼，铁青着脸反问："我不说话关你什么事？"接着他便用了最脏最恶毒的语言，把我的祖宗三代都骂了。我知道他在门诊里是一个蛮不讲理的人。开始我强忍住听他骂不与他论理，他还在不停地骂，骂得唾沫直从嘴里喷了出来。我努力克制，实在听不下干脆跑到里间回避。林龙生一直在偷药，有一天一位工作人员又看到他口中含有药，并叫他把药吞下去，他又把那位工作人员臭骂了一顿。只见他瞪着两眼，拉着一张长长的脸，脖子伸出去，用右手的食指指着工作人员大声吼，那样子真是可怕极了，仿佛要把人吞到肚子里不可。门诊里的工作人员对他是既害怕又无奈，想躲又不能躲，为了工作又不得不管。

2013年春的一天，据说一病友偷药被监控录下来，我们医生看到了他偷药的录像，就减了他的剂量。但这病友很不服气，为了不被减量，他竟选择了自虐。他在门诊里当着全体工作人员的面，用刀片割自己的手腕，顿时一滴滴鲜血从他的手腕上流下来。门诊工作人员看到了这一情况后很紧张，立即让急诊科医生过来给他包扎。可这位病友竟拒绝，他宁可让血流出来，也不放下手中的刀片，以此来要挟医生不减他的药量。在医生苦口婆心的劝导下，他最终才同意对伤口进行包扎。时隔两天，有一女病友偷药也被监控录了下来，医生找她谈话让她以后停止这一行为，否则也要减她的药量。没想到，她担心被减药量，使用的阻止招数比前一个病友更胜一筹。她竟然叫门诊领导出来听她"澄清"此事，然后想当着主任的面用刀片割自己的手腕来威胁。真是太可怕了，他们为了达到偷药的目的，竟然选择如此"惨烈"的行为，真是太令人不可思议了！

偷含美沙酮出去的人比原来多了，而且有好几个服药人员竟把含药出去卖当成一种赚小钱的方法。为了杜绝这种行为，公安系统于2014年采取了强有力的措施，一旦发现有人在外出售美沙酮的当场刑拘，然后把其售美沙酮的量按比例换算成海洛因的量，根据贩卖海洛因的量来定刑。有些人就因为含美沙酮出去贩卖而进了监狱。含药出去卖这股风终于被刹住，现在在门诊外再也看不到兜售海洛因和转卖美沙酮的现象了。门诊里偷美沙酮的现象虽然还有发生，但已经没有之前那么猖獗。

我们门诊一直能正常开诊，并能使治疗者守秩序，与公安民警的支持和帮助分不开。如果门诊内外有危险情况，我们只要一个电话打过去他们会立即赶到。正因为有他们做坚强的后盾，我们工作人员才每天都能安心地工作。

对治疗人员进行尿吗啡检测，是作为门诊诊疗的依据，更是检测治疗者的操守依据。治疗者一旦使用海洛因，只要不超过10天，就有可能通过尿吗啡检测出来。因此每个月门诊都要不定时例行一次尿吗啡检测工作，这工作是除抽血工作外的第二个大难题。每个月一到尿检工作，大家仿佛要投入一场紧张的战斗。有的病友作弊被工作人员发现后不高兴，不服气便骂工作人员，有的尿液被检出是阳性就责怪检测的试剂有问题，找出种种理由，并要求重检测一次。有的病友因有复吸行为，担心事情败露或奖励被取消，便要造假作弊，用其他液体替代尿液。门诊里一位姓林的病友，常在尿检中作弊，曾被当场没收假尿液。有一次尿检，他拿着装尿液的塑料杯子走进了卫生间后，边解裤扣边把事先准备好的其他药液，以最快的速度倒到杯里然后再排尿。尽管他已经用身体把这一系列动作遮挡，但负责尿检的工作人员单从他的动作就能判断出他有作弊行为，当即就揭发了他作弊的事实。事情败露后他的态度很不好，差点就跟我们的工作人员发生肢体冲突。

还有一位叫王日章的病友，平常操守比较好，几乎每次尿检都过关，但有一次尿检呈阳性。他一知道这个结果立刻就在门诊里大声说粗话，并说自己从没有偷吸过海洛因，其他新型毒品更没有使用过。他还质疑门诊的试剂有问题。我对他说："同样的试剂为什么别人检测结果又不显阳性？"他还是强烈要求要重检一次。其他工作人员也耐心地跟他讲道理，他不听，反反复复地强调自己没有偷吸海洛因，并大声吼："这样我的奖励就白白被你们取消了。以后你们又上报公安说我尿检呈阳性是因为偷吸了海洛因，让他们来抓我，我要你们重给我检测一次！"看到他闹得太凶，门诊主任便出来耐心给他开导："比如高考，你迟到了30分钟就被取消考试资格，不可能再给你补考。我们做尿检是作为诊疗的依据，并不是要上报公安来抓人。你尿检结果呈阳性我们也不是说你肯定偷吸海洛因，有时你服用了其他药物也会导致尿检呈阳性。此事我们不再追究，也不会上报公安，你也不必为此而大吵大闹。"通过门诊主任出面调解他的情绪才平静下来。

2009年春节刚过不久，又到了门诊例行尿检的时间。一位姓谢的病友从里面快快地走出来，走到我面前他长长地"唉"了一声，我问他："今天有什么不开心的事吗？""没有。""没有你为什么叹气呢？""刚才尿检不过关。""是什么原因自己找出来。""这不是刚过年嘛！"我知道了，他的意思是，过年了，他们那些曾经在一起吸过毒的朋友又聚在一起，用这种独特的方式来再次分享曾经的"快乐"。我问："你不是说早已经把那东西戒了，怎么又抵挡不住？""初三那天一个从外地回来的朋友，很久不见面了，大家聚在一起，他们说过年了，又是很久不见面的好友相聚，提议大家一起来重温一下过去的快乐。我也没有办法，拉不下那张脸。不过医生你放心，今后我真的再也不去用那种东西了，请相信我。""好，我相信你，以后每次我都要注意你的尿检。""OK。"他用食指和中指打了个很酷的手势。当时我很担心他会和其他人一样，有了一次偷吸就会有

第二次，走回头路。所以在之后的时间里我常给他提醒，并连续几个月都在查看他的尿检情况，结果是一切正常。这是个知错能改的人，我为他感到高兴。

每当春节过后都要少一些人来服药。因为他们之中有一些人在春节期间选择享受几天那种欣快感而放弃来服药，结果就超过了被退出的期限。被退出后他们又不想立刻回来服药，担心被公安抓去做尿检。公安人员也掌握了他们的这些习惯，所以那期间常有出其不意的尿检抽查。一旦发现是阳性者就处理，有被罚款的，有被送去强戒的，所以他们要选择最安全的时间来办复入。有时在门诊里服药的人会告诉他们说，现在公安正在抓人去做尿检，让他们过一两天再回来。或者他们知道当前要开展什么运动，如严打等，他们又等避过风头后再回来。总之他们都有自己的理由。但原来一直在门诊服药，从未偷吸过，也从未有被退出过的病友，他们一点都不怕公安，叫去做尿检他们就配合，尿检结果是阴性，当然立刻就能出来了。我跟同伴支持员说，我们应当从这方面去开导刚来参加治疗的新同伴，一是打消他们的顾虑；二是强调不偷吸才是绝对安全。

长期吸食海洛因的人，一般都会有其他病，但他们的精力和钱都用在买海洛因上，哪还有心思和钱去考虑健康问题，眼前毒瘾不发作就好。所以对每一名前来参加治疗的人，门诊规定要给他们做艾滋病、肝肾功能血流检测、胸部透视、心电图等。有一个上午我接待了好几名咨询者，前来咨询的人都很特别。有一个瘦得只看到一双大眼，黑眼珠往上翻，两颊深深地陷进去；有一个是他那双悲凉的无神的眼睛，眯缝着，仿佛睁开双眼就会耗去全身的力气；有一个脸色蜡黄，没有一点血色，瘦削的脸颊上，两个颧骨像小山似的突出在那里；有一个脸色苍白，眼中还带着不少血丝；有一个走路时腿脚蹒跚。看到他们的样子我心里就十分难受，想尽快帮助他们，哪还去考虑他们之中是否有人患上了传染病，要为自己做好防护的措施。第二天他们的体检结果出来后，我竟发现其中有三名是结核病病人，当时我被吓了一大跳，一切都在预料之外。几天后我感觉胸闷并伴有咳嗽现象，便怀疑自己已被结核病菌感染，于是就去做胸透检查。万幸，结果一切正常，虚惊了一场。

　　无论是什么类型的病人，每天到门诊来都是我第一个接触，很多都是毒瘾发作了才来，因此我常看到他们窘态百出的样子。有的是眼泪鼻涕一起流，瞪着一双发红的眼，仿佛是要把人吃掉；有的是喝了酒，醉醺醺的，一身酒气似乎要把人熏得醉倒；有的是眼神呆滞，说出的话颠三倒四，使人难以回应；有的是注射了安定，迷迷糊糊，说话口齿不清，要很费力听才懂得对方表述的内容；有的是几天不换洗衣服，满身的汗味，熏得人喘不过气。在那样的场合下，你就会感觉到，毒品对他们的心灵和肉体的摧残太深。有一天一位来办理治疗手续的40多岁的男病友，坐在我的对面，我很清楚地看到他双眼通红，两个眼角沾了很多眼屎，右眼还流出黄色的液体。我的胃极为敏感，立刻有了很大的反应，已经感觉到食物在里面慢慢移动，但我一直在努力控制自己。我给他办好去体检的手续后，建议他做完体检就到眼科去看眼病。我问："眼病那么严重为什么不去治疗？"他无可奈何地说："毒瘾已经害得我生不如死了，哪还有钱和精力去看眼睛？""你已经来参加美沙酮药物治疗，从今天开始每天只要10元钱就可以控制毒瘾发作，不用再花很多钱去买海洛因了，你一定要把眼病治好。"我还告诉他先去挂眼科医生的号然后再去找医生看，他很感激地向我道谢，并说自吸毒以来从没有人那样正眼地看过他。从他的眼神和表情上看，已经不再像刚进门诊那样忧愁了。在离开咨询室之前他答应我，一定抽时间去看眼睛。

有的病友服药后就出现不同的反应，如胃酸、恶心等。有一次一位病友刚从服药间出来走到我的身边就忍不住发出"哇啦啦"的响声，从他胃里吐出来的东西飘着浓烈刺鼻的酒味，吐在地上的是还没有来得及消化的各种食物。我的肠胃立刻翻江倒海似的，后来实在忍不住了，我立即跑进卫生间，稀里哗啦把胃里的食物吐了个精光，眼泪也流了出来，那时心里实在有说不出的难受。大家都知道小孩尿裤子的事很正常，可成人出现尿裤子的情况就反常了。一天一位男病友从服药间出来后就坐在沙发上休息，我看到他身体十分虚弱，人也显得非常疲惫的样子。可能是觉得太累了，他干脆半躺半靠在沙发上，然后迷迷糊糊地睡去。没多久我就听到呼呼的鼻鼾声，那酣声打断了我的思路。我循着声音看去，只见他的嘴巴张得很大，两条腿伸得直直的，其他服药的人都要绕过他的腿。我本想让他把腿缩回去以免影响其他病友走进里面服药，但又不忍心把他叫醒。突然我发现沙发下面积着一摊水，我好生奇怪，心想，这水从哪儿来呢？我认真查看周围，没发现有水流的源头，真让人百思不得其解。我再仔细地查看一遍，居然发现这位病友的裤子是湿的。他睡着了，全然没有知觉。时隔那么多年，那位病友半躺在沙发上的样子至今还出现在我的脑海里。如果没有亲眼见过，你根本就不会想象出毒品对人类的摧残是那样的残酷。真是：毒品猛于虎，吸它没退路，危害它为首，罪状不可数！正像有的病友自己说的那样："我们这些吸毒的已经是人不像人鬼不像鬼了，有时连自己是谁都不知道，有谁还看得起我们？"每当看到他们不能自己的样子，我的心就感到十分沉重。我时刻都在想：这个世界上如果没有毒品存在，那该多好！

（三）

在我们门诊里的病友，每年都有一些悄无声息地逝去，他们"像风一样地离去"，他们的生命是那样的脆弱。

2011年9月13日上午，虽然已经进入了秋天，但在南方天气仍然像酷暑一样，热得十分难熬，就连狗趴在地上也要伸着长红长红的舌头直喘气。大约十点钟，一位姓陈的病友，精神萎靡不振、步履蹒跚地走进了门诊。他的脚一踏进门诊，我就感觉到有一股浓烈的酒味随着他飘了进来。酒味在闷热的空气里发酵着，弥漫着，令人感到恶心。这位病友常这样，一大早起来就喝酒，喝完酒之后才到门诊来服药。我们跟他说了很多次，刚喝过酒不宜喝美沙酮，易引起中毒，他就是不听。那天看他那样子已经有七成醉意。当时我又告诫他以后来服药之前不要再喝酒，否则就让医生停了他的药。他那张涨得如同猪肝色的脸上，镶着一双呆滞无神的眼，只见他翕动着双唇对我说："好，好，以后——不喝了。我知道，知道——你最——关心我。"他的舌头已经有些僵硬，说话有些含糊不清。他的身上仍和前两天一样穿着那件米色衬衫，显然好些天不曾换洗过，米色几乎变成了灰色，皱巴巴的十分肮脏。过后一连三天我没有看到他来服药，就打电话去催，听到电话里的语音提示说"该号码是空号"。一周过去了，仍然没有看到他的身影，于是我向其他病友打听，他们说他已经离开了这个世界。这消息太出乎我的意料了！

　　我们常听到某某离开的消息。有的是海洛因注射过量引起，有的是艾滋病所致，有的是各种并发症造成，还有的是斗殴导致。刚开始听到这样的消息，我总是感到害怕和震惊，时间长了便习以为常，也麻木了。常有不少病友在我面前感叹："我们吸毒人的命是很贱的，活一天算一天，哪一天突然死去都不知道。"还有些人也深感生命的可贵，一旦失去就再也没有机会复活。所以每次抽血检测艾滋病没过几天，就急切地来问我："检测结果出来没有？"他们担心自己得了艾滋病。也有的人对我这样说："如果是我得了艾滋病就干脆不活了，生还不如死了好。活着受罪，受折磨，死了可以得到解脱。"遇到这种心态的人，我都会给他们开导，叫他们勇敢去面对现实，珍惜生命。可他们有的不是这样想，只有海洛因才是他们的最爱。再说他们有的人也没有那种能力和精力去关心和照顾家人，不成为家人的累赘就好了。

他叫程权，还不到30岁，每次服完药签名时他的手都微微抖动，一笔一画地像小学生刚练习写字一样，非常困难地写下自己的姓名。后来他签自己的名字至少要用半分钟的时间才完成，那支笔随时都有从他手中掉到地上的可能。再后来他那只抖动的手连握笔的力也没有了。有一次我刚好从他的身边经过，他服完药后让我帮他写下自己的姓名，我征得药师的同意后很认真地在服药登记表上代他写上"程权"两个字。之后为了减少他的负担，也为了不影响后面的人服药，药师破例代他签名。他妈妈常为他的事到门诊来，有时为他请假，有时为他预交服药费。这是一位从医疗工作岗位退休了10多年的老妈妈。因为儿子长年吸毒，这位妈妈过早地衰老，非常憔悴。她脸上布满了一根根藤条似的皱纹，背还有点驼。有一次，她为儿子请完假后就坐在咨询台前，随便用袖子拂了拂布满皱纹的脸又摇摇头自言自语地说："累了，休息一会儿再回家。""阿姨你放心坐吧！"我说。"老了不中用啰，只是这儿子让我放心不下。唉，儿子这些年因为吸毒，几乎所有的钱都被他吸光了。到你们门诊服美沙酮后我们才缓了一口气，至少我每月有退休金，除了交他300元的服药费外我们一家人的生活还不成问题，可以喘喘气了。可这老天实在不长眼呀！"我看到她用牙紧紧地咬着没有血丝的嘴唇，她的脸像一张被暴风雨吹打后即将凋落的老树皮，眼泪像断线珍珠无力地落下。她继续说："让他的脑子里又长了一个肿瘤，开始我们不知道，总以为他是因吸毒体弱，导致全身无力。后来他的手越来越没有力气，我就带他去检查，才发现他脑子里长了一颗瘤，肿瘤使神经受到压迫致肢体乏力，他的手连拿碗吃饭都没有力。现在我让他住院看看能不能做手术。以前他每天都是自己骑电动车来服药，后来他连用手扶电动车都困难，只能每天坐公交车来服药。再后来他神智已经不是很清醒，也不能单独一个人到门诊来服药，我只好每天请一辆三轮车和他一起来。我毕竟是70多岁的老人，腰又不好使，走起路来一摆一摆的，不能每天跟着他来，只有出钱请三轮车工人把他拉来，再由三轮车工人代他按指膜交钱，真作孽呀！"此刻这位老妈妈满脸的痛苦。我安慰她说："事已如此，只能顺其自然。您已经尽到做妈的责任，请多保重自己！"大约一个月后，我再也没有看到程权坐着三轮车出现在门诊外。难道真的如他们说的，服美沙酮要服到死的那一天为止，哪一天不见人来服药，说明这个人已经到了极乐世界。

2012年6月7日下午，我刚在咨询台前坐下，就看到一位60多岁的妈妈搀扶着一个40多岁的男子艰难地一步一步走上台阶，我知道他们肯定是为参加药物治疗而来。安顿他们坐下后，老妈妈喘着气带着满脸的怨气说："这个是我的儿子，吸毒已经很多年了，早就叫他来你们这服美沙酮他就是不。看，路都走不动了才同意跟我来。"我问："他为什么不能走？""说是被人打了，刚才我们是乘的士来的。"我打量了他的儿子，一头蓬松杂乱缺乏营养的长发遮住了那双深深陷下去的眼睛，眼睛下面是一张青而瘦削的脸。他说是肚子疼，我觉得不像，如果是肚子疼走路不会那么艰难，显然是他的腿有问题。于是问："你的肚子疼怎么会影响到腿走路？"他知道隐瞒不下去，赶忙避开我的目光，怯生生地道出了实情："我是大腿疼，已经有一个多月了。""是什么原因？"他把头低下很难为情地用微弱的声音说："针头断在里面，可能是发作了，很疼。"我知道，这是在大腿的大动脉上注射海洛因造成的。他妈妈在一旁听到了十分生气，狠狠地瞪了他一眼后说："要是不疼你还不会来这里，总骗我说是被人打了！""你没有去找医生看？""没有。"我告诉他们母子，在这里治疗每天都要来服一次药，他的腿连走路都不行，怎么能坚持每天来服药？况且要先检查身体后才能办手续服药。我建议他先到福利医院买几支可以带回家服用的美沙酮，然后到医院检查，看是否能把断在肌肉里的针头取出来。听了我的建议后，母亲又搀扶着儿子一步步艰难地走下台阶，在门外找了一辆出租车走了。听说吸毒者在注射时，针头断在血管里这样的例子还不少。断了的针头在肌肉里发炎，或针头会随着血液的流动而移动，血管破裂就会导致人死亡。过了几天我听其他病友们说，有一个艾滋病人在注射时针头断在肌肉里，取不出来，然后肌肉发炎肿得很大，到医院就诊，医生不敢接收。他又去了艾滋病医院，艾滋病医院也不敢接收。大概是医生已觉得无回天之术了。我想这个人应该是前几天我曾经接待过的那位40多岁的病人。他走了，也是一种解脱。

2012年9月6日上午来了一位老人，他的头发已经脱落了很多，前面剩下稀稀疏疏的几根。当他张口说话的时候，我看到他的牙又黑又黄，前牙牙龈已经萎缩。他给人的感觉是一名将近70岁的老病人，可我看了他的身份证，刚好是60岁，当然也算是门诊里较大年纪的病人之一。与他的交谈中，我发现他不知道海洛因对人类的毒害，更丝毫没有因为吸海洛因而感到懊悔。他对我说："我是独自一人生活，因为吸了毒，老婆前几年离开了。我有两个儿子，一个在广州，一个在桂林，他们都已经有了工作。每月他们一共给我6000元生活费，加上我还有出租房，每月可收到1000多元的租金，但不够我用。我用海洛因已经有很长时间，今年以来用的量较大，每天要200多元，已经觉得钱不够用了，所以就到你们这里来喝美沙酮。"从他说话的语气和神情看，他不是为了离开毒品而来，而是因为钱不够买毒品。其实和他一样心理来到门诊的有将近半数的人。后来在治疗的过程中，觉得服用美沙酮确实有益健康，不少人才慢慢地主动接受治疗。面对这样一位老人，我耐心地给他讲了毒品对身体健康的危害及服美沙酮的好处。我注意到，他认真地倾听着，然后眨巴着眼，把头往前倾并用怀疑的眼光问我："真的能有这么好吗？"我说："你看，这里每天都有几百人来服药，如果不好怎么会有那么多人来？他们恢复了健康后，一边服药一边工作。你以后也坚持每天来服美沙酮，别再去用海洛因。""好的，好的。"他当即就表示愿意办证来服美沙酮。

下午体检结束，我给他办好服药手续，希望他在以后每天的生活中都能与美沙酮相伴，别让海洛因再一点点地侵袭他的肉体和灵魂，让他能安稳地走到生命的尽头。之后他都能坚持每天来服药，精神面貌也好多了。在我退休后，2014年1月的一天，我回门诊看大家，却没有看到他来服药，就问同事，他们告诉我，他已经有很长时间不来服药，听说是猝死，至于是什么原因大家都不清楚。听了这话我十分愕然。我本以为他能长期服用美沙酮，每月7000多元钱，完全可以轻松愉快地度过自己的晚年，没想到仅服一年多的美沙酮，他就急于离开这个世界，永远离开了海洛因，也永远离开了他的两个儿子。

一天下午，施明泉又来到门诊，他这已经是第七次来办复入，也是复入次数较多的一个。一到门诊他就说："医生，我又来服药了。"看到这个死不悔改的病友，我故意说："不收你了，因为你总是来10多天就走人，最长时间是两个月，这样治疗没有效果。我最担心的是，你边服美沙酮边用海洛因，如果中毒了怎么办？谁为你的生命负责？""这一次我一定坚持服药，以后再也不出去，我决心悔过自新，你就再给我这次机会吧！"听到他这么熟练地悔过，仿佛是在背台词，真可谓是久经考验了，当时我感到悲凉和厌恶同时向我袭来。也为了治一治他，我没有什么表态。他又在不停地求诉："真的，医生，请你相信我吧，现在我已经没有钱了怎么还能去吸海洛因？"我记得，他的妻子已经带他来过好几次。前不久的一次，他妻子把他带到这里后非常激愤地对我说："他经常趁我不注意时就从我的包里拿钱出去买毒品，所以平常我都不敢把钱放在包里。前几天他看到我的包里没有钱就把手机偷去卖。家里所有值钱的东西都被他卖光了，这日子我实在没办法跟他过下去。这么多年来他都是这样，一次次说改却一直不改。这次在来门诊之前我就对他说，我最后给他一次机会，以后要是再不改我就走出这个家门。他说一定改，我就带他来办手续。"那次以后没有多久，他又经不起毒品的诱惑，把曾经的誓言抛到九霄云外。他又离开了美沙酮门诊，他的妻子觉得没办法就离他而去。后来是他那近80岁的老妈妈带他来办复入手续。

其实像他们这类吸毒品的人，有很多夫妻都没有走到头，都是带着一颗伤痕累累的心，不得不离开那个家。到后来只有自己的老母亲陪伴他们到最后。当时施明泉还恬不知耻地对我说："老婆已经跑了，这一次我一定坚持服药，不去想那个东西。"我心想老婆都跟你说过无数次，以后再不改她就走人，可你仍然不改，每天要几百元的毒资，她能不跑吗？没想到，那次老母亲带他来服药不到20天他又走了，过了六天他才来。我斥责他为什么总不坚持服药，他说："这次是因为与别人打架。有人敢来对我说，让我交保护费给他，我是什么人呀？他竟敢要我的保护费，我受不了这口气就打了那人。这样就被拘留了，一放出来我就来服药。"结果他刚来了两天就又不见了踪影。没想到这人是那样的顽固不化，我当时还真的怀疑他的脑子是岩石做的。海洛因在他的脑子里已经挥之不去。妻子、妈妈都在关心他，但他就是不当一回事，毒品才是他的命。在亲情和毒品的对抗面前，他竟然选择了毒品，太不可思议了！他只要手上有钱，或还能有机会"找到钱"，是绝不会来找我们的。面对这样一个对毒品死心塌地的人，我只能这样想：就是他愿意喝一天美沙酮我也给他办手续。两个月后门诊里就再也没有看到他的影子，听说是为了毒品与别人打架，已经命归黄泉。归根到底，都是毒品要了他的命。

一位女病友姓覃，年龄还不到40，是个 HIV 感染者。她和姐姐一起在门诊参加治疗，但她治疗的依从性和操守都不如姐姐好，因常不来服药而被退出，问她原因她总是说带孩子没有时间来。每次她来办复入手续我都对她强调，要设法坚持来服药，再使用毒品既使健康受到影响又造成经济负担过重。她满不在乎地说："钱不是问题，只是每天都要带孩子没有那么多时间来服药。"我看到她每次来门诊的时候，确实带着孩子来。她的小儿子，长得很招人喜爱，大家都夸赞她的儿子。"孩子已经两岁多了，能随便行走，像现在你带他一起来就很好。以后记得要坚持来服药，身体健康比什么都重要。"我说。"我尽量争取来吧。"她漫不经心地回答。据说她的丈夫因她生了两个儿子非常高兴，常对她说："只要你为我带好这两个儿子就行，钱的事不用你操心。"所以钱对她来说就不是问题了。也正因为钱不是问题，她才犯了一个严重、致命的错误，甚至给她带来终生遗憾。因为有钱买海洛因，不需每天来服美沙酮，海洛因一天天在毒害、侵袭着她的身体，她的健康每况愈下。有一天突然听说她躺在床上再也起不来了。尽管她的丈夫有可观的收入，她却再也没有机会和家人一起享受。

门诊里有一对近40岁长得比较高大的双胞胎姐妹。因为她们的工作很忙，每天都是在即将下班的时候到门诊服药。从平常的交谈中得知她们在做手艺工作，在经济方面自然就比较宽裕。记得她们在刚参加治疗的前两年，稍有不如意就找工作人员的麻烦。我们知道了她们的性格，交流时就根据她们的性格、爱好等来寻找话题。有一天突然听病友们说姐姐疯了，结果就没有看到姐妹俩再来服药。经过了解得知，姐姐的一个与她在门诊参加治疗的女朋友，有一天晚上突然死了。前一天下午她的朋友还来服药，她们还在一起聊天，可到了晚上11点这位朋友的生命就走到了尽头，之前什么征兆都没有出现。我们都觉得很奇怪，也不知道她得的是什么病，据说罪魁祸首还是海洛因。我记得，姐姐每天都带一条白色名贵的狗到门诊来服药，有时还让狗亲她的脸，让狗叫她做"妈妈"。没想到过不久，这位"妈妈"却像风一样走了，那条小狗永远失去了"妈妈"。姐姐听说朋友突然永远离开了自己，便怀着十分悲痛的心情为朋友料理了后事。过后她觉得心里越来越难受，然后变得惶恐，每天如同丢了魂似的。不到一周就听说她疯了，姐妹俩从此也没有到门诊来服药。为什么姐姐的朋友死了她自己会变疯呢？一直到现在大家都觉得这是个谜。后来又听说，经过一段时间的治疗、调节，她慢慢地恢复了平静的状态，再后来一切又恢复了正常。在门诊里，又看到她俩的身影。

在门诊里有一位姓王的27岁的男孩，他已经坚持服了近七年美沙酮。这男孩善良，守纪。他性格有点内向，服药几年我从没有看到他与其他病友在门诊外喝酒聊天，也不会与他人发生什么不愉快的争执。门诊开展服药奖励机制他常获奖励免费服药，平常门诊里开展的各项活动他都积极参加。2015年5月的一天清晨，听说这个年轻的男孩已经离开了这个世界。经了解得知这男孩2015年以来，常跟其他人在夜间到娱乐场所使用新型毒品。毒品用多了，他的大脑受到了损伤，甚至产生了幻觉。据说他曾到过专治精神分裂症的医院治疗。我们门诊医生也曾找他谈过心，告诉他新型毒品的危害，让他别再去玩那东西，可他说自己没有去。就在前一天他还参加门诊里的小组活动，在活动中还主动协助医生分发纪念品给同伴们。可是，第二天早上他的大脑又突然产生了幻觉，便从自家的五层楼房跳下去，一个年轻的生命就这样结束了。门诊里的工作人员都为他感到惋惜。这个小伙子，参加美沙酮维持治疗，曾使他过上正常人的生活。幸福的日子正在向他招手，可他却无法抵抗新型毒品的诱惑，最终悲惨地离开人间。

（四）

吸食海洛因的人群各式各样，没有出身的高贵与低贱之分，只有对生活的态度、观念不同，辨别是非、判断能力的差别。我在工作中发现，小学到初中文化、无固定职业的吸毒者占多数，也有极少数具备高学历、有很好工作单位、出身高干子弟的。

2010年夏天，有一位家长带他的儿子来参加治疗，她很生气地跟我抱怨："本来我的儿子不知道这些毒品，他在大学里跟那些高干子弟在一起玩，然后就跟他们一起学会了吸毒。最后书也读不成了只有退学，很令我伤心。以前我总教育孩子，不要跟社会上的散仔在一起，那些人没事做就容易学坏。平常他都是跟那些高干子弟在一起，我就很放心，没想到他竟跟着他们沾上毒品。据说把毒品带到学校里去的就是部队某参谋长的儿子，真的太出乎我的意料了。他把毒品带到学校里，我儿子和两个同学就跟着他一起吸。放假回来，他们又常聚在一起，出入娱乐场所，那时我怎么也不会想到他们聚在一起是为了吸毒，还总以为他是跟好人在一起，唉！"从她说话的语气里，我觉得她把儿子吸毒全归咎到他人身上，如果他的儿子自己有一定的是非判断能力，会去跟别人吸毒吗？

有一位从上海转诊来，具有大专学历的男病友。他与朋友一同在N市开有公司，由于工作的原因不能常回家，他的父母为此很不放心，常从上海打来电话向我询问他儿子的情况。偶尔两位老人也会来 N 市看望儿子，每次来都要到门诊了解儿子的情况，有时还帮预交服药费。当了解到儿子尿检很少呈阴性时，这位年过70的老父亲（曾是某军的一位副师级干部），当年驰骋疆场的英雄豪气已经荡然无存，取而代之的是满脸的痛楚和哀伤。

有一次我如实告知他儿子的尿检呈阳性后，他很悲观地对我说："这个儿子我决定放弃了，自从他吸上毒品以后，多年来我和他妈就没有过上一天安心的日子。当时我们以为给他换一个新的环境就能使他离开毒品，没想到他还是离不开。现在我们都老了，哪里还有那么多精力去管他？"听他这样说我难受极了，毒品不知道毁了多少个幸福的家庭！我宽慰这对老人道："大叔，你们不要灰心，我们和你们一起努力帮助他，只要坚持就有希望，哪怕是有百分之零点一的希望，我们也要付出百分之九十九点九的努力。"老人点点头后又告诉我："我们家附近就有美沙酮门诊，在上海他还有了女朋友，但现在他就是不愿意回去。其实这里的工作他做不做都没关系，当初我们同意他出来，是认为让他换一个环境也许能戒掉毒品，没想到有时他竟然躲在卫生间里偷偷地注射，我们说了无数次都没有用，太令我们失望了！"这位老军人一脸的酸楚。

从此后连续半个月，几乎每一天我都在关注这位病人，看他是否已经来服药，或找机会与他交流。记得有一次尿检他竟然作弊，过后我找他谈话，他是这样说的："怕尿检后暴露偷吸，所以用眼药水代替尿液。""你每天都来喝药为什么还要偷吸？"我问。他的回答令我很吃惊，真没想到他的心瘾竟是那样的另类而让人无法理解。他说："我是每次看到海洛因注射进入血管后，血就在血管里回流成一条移动的红线，既舒服又好看，于是心里总想再寻找那种感觉。虽然服了美沙酮可以控制海洛因发作，但注射海洛因后的舒服感和血回流的样子使我无法忘却，加之没有人在身边阻止监督，我就无法控制自己的行为。""一周用几次？""2—3次。""如果你父母在你身边监督你，还会那样做吗？""少些，但他们都老了，身体也不好，不能总在我的身边。""你能体谅父母年老，说明你还有孝心。以后只要你一想起要感受那种注射海洛因后血回流的样子和快感，你就想那是父母亲的心在流血，是你自己全身的血，是流向死亡的血，那样对你的那种行为会有一定的约束。""好的，我尽量从这方面去想。我想转诊到一个不知道到哪去买海洛因的地方。"他说的也不无道理，但我是这样回答他的："关键是你自己，如果你不能战胜自己，到哪里都没有办法改变自己。我觉得你还是回上海，那样你年迈的父母也放心，平常他们也可以对你进行监督。""我这里还有工作，不能离开。"其实他是在找借口，我建议他往后每天到门诊服药只要看到我都跟我打招呼，把我当成是他的监督人，他很高兴地接受了这个建议。在往后的日子里，他能把每周使用两三次海洛因变成一次，甚至不用。我不断地鼓励他，之后他在尿检时常呈阴性，这就是进步的表现。每一次他父母通过我的电话得知儿子的尿检呈阴性的消息时，都非常高兴，我在电话的这一头感觉从话筒里传过来的"好，好……"是激动而震颤的。

没有经历过，是不可能体会到那种心情的。有一次我在与这位病友闲聊时，他也为自己的行为感到非常痛苦。他说："我无法摆脱那东西，要不然它就不叫毒品了。唉，父母哀我不争气，我也知道给他们丢了脸，但我很无奈。现在后悔也没有用，只好每天来服美沙酮了。"一次这位病友因外出工作没有请假也没有转诊而被退出，而他正要到门诊来办理复入手续的那天，在路上不幸被小偷抢走了包，里面所有的钱和证件都被拿走了，他说自己追了一段路没追上，就到附近派出所报了警，但也没能立即拿回包，他便风风火火地赶到门诊来。这人很聪明，还带来报警的凭条做依据。他的特殊情况我向领导汇报，领导同意给他免费办理复入手续，并让他继续服药。2013年春节前他已回上海，不知道现在他的情况如何，但愿在家人的关爱和监督下，他能远离毒品。

　　25岁的靓女刘小芳，我们都为她走上吸毒道路而感到惋惜。工作人员曾私下议论，说她是门诊里最漂亮的一个姑娘，我们称她为门诊一枝花。记得有一次我与她比较深入地交流时，她告诉我，她父母是南下干部，10多年前又回到了北京，她说以后也要回到父母的身边。我问她当初怎么不跟父母一起回去。她说原因有多方面，主要是自己已经到了工作的年龄。当时她在艺术学校读书，毕业后被分配到Y市工作。她的男朋友不让她去，原因在于他父亲是N市公安局的一位领导，说以后让他父亲想办法在当地给她找工作。她听了男朋友的话，就没有去Y市工作。之后他们俩就整天泡在一起，因男朋友是吸毒的，近墨者黑，她也沾上了毒品。吸了毒以后就什么事也不想做，只想两个人每天在一起，一次又一次地享受那种瞬间的欣快感。没想到吸了这种东西后，精神颓废，意志消沉，哪还有心思去找工作？他们吸毒的事被男朋友的父亲知道了，这位老公安父亲知道毒品的危害，他要挽救自己的儿子，于是立刻让儿子去了广东。她说一个人在N市，感觉世界末日即将到来，工作当然更没法找了。想不再吸毒那也是不可能的事，非但停不了而且越陷越深。没有了爱，她只能把所有的关注转移到毒品上。后来就被抓进了戒毒所。她长叹一声后提高了声音说："在里面，到了晚上我总是翻来覆去，怎么也睡不着觉，痛苦得精神几乎崩溃了。经我同意医生给我注射了适当的安定，是从臀部注射进去的。由于注射的时间较长，周围的皮肤发炎难以治愈。出了戒毒所后我也在治疗，但仍未见好转。虽然从戒毒所出来了，因为没有工作，感觉很无聊，海洛因整天在脑子里出现，挥之不去，所以又复吸了。2010年我又交了一个男朋友，就是他介绍我到这里来参加药物治疗的。两天前是他陪同我到医院去做切割手术，把注射过安定周围发炎的肉清理出来。"她说了我才意识到，原来每天和她一起来服药的那个就是她的男朋友。刘小芳有一双巧手，平时靠扎网丝花、编小动物换取生活费。她扎的网丝花很漂亮，我们一位工作人员曾让她帮扎了八朵红牡丹，她只收取成本费100元，她说如果拿到市场上去卖可卖到将近一倍多的价格。她还告诉我，她妈妈准备给她找一个铺面，以后可以在自己的铺面里边做边卖，就不用那么辛苦跑到外面去兜售。我觉得她是一位比较开朗、健谈、单纯而热爱生活的女孩。2011年我介绍她参加PSI工作，大约工作了一年的时间，不知什么原因她离开了工作岗位，但她至今仍在美沙酮门诊参加治疗。

　　2013年10月26日的早上，我在菜市场买菜，向摊主问了芥菜的价格，只听到卖主很和善地说："你先买完豆角再说吧。"我抬起头，是他！我马上认出他是在我们门诊里治疗的一位病友，叫张军。真是又惊又喜，惊的是在这突然看到他；喜的是，他能来卖菜说明他是一个自食其力的人。他告诉我："我们夫妇两人经营的农场共有18亩地，有六名工人，还养有鸡。地里种有花生、黄豆、蔬菜等。我们比较辛苦，每天白天在农场干完活晚上还要回到较远的家里。农场虽然有房子住，但因孩子才九岁，晚上我们得回去照顾他，每天都是这样早早就出来农场。有菜卖的时候我得把菜拿出来卖，如果卖不完就分给亲友们。"我说："如果你把菜批出去，就不用每天跑市场，不是省事吗？""批出去的价格很低，每斤才1元钱，我到市场来卖每斤可多挣3至5毛。再说我的农场离市场也不远，卖的时间也不长，一个多小时就可以回去了。"我与他聊了可能有半个小时，了解到他和妻子经营农场的艰辛和回报的情况。他说每年有15—20万的收入。刚开始是得到岳父母的扶持，往后要好好回报他们。从这话题又引出了他岳父母的一件伤心事。他说："上个月我的大舅子遇车祸不幸身亡，岳父母悲痛欲绝，老年丧子是人生中最痛苦的事，儿子留下一个尚在读初中的儿子。为了处理大舅子的后事和安抚两位老人，我们整整停了一个月的工。老人原来给予了我们帮助，往后我们当姑姑、姑父的要承担起抚养侄子的义务。"没想到在一位曾经的吸毒者身上，我仍能看到我们中华民族的美德，这是很令人欣慰的事。

我们的话题自然又回到了他年轻的时候。他说："我原来也是一名公务员，有很好的单位，我们家就住在地委。10年前我还是一名足球运动员，当年体质很好。那时候我是进娱乐场所才沾上这个东西的。吸了以后，遇到一些麻烦事，我不好意思在单位干下去，就这样出来了。我知道如果再吸，就会使我的人生走向不归路。我决定戒掉这个害人的东西。于是我决心远走他乡自己戒毒。以前我们家在桂林有住房，为了戒毒我到那里去硬是生戒（不需要任何药物）了八天的时间，回想起当时的情况，现在我都感到后怕。戒这种东西真的很难受，先是感觉有蚂蚁在身上爬，又痒又痛，接着是全身的骨头都痛，痛得我在地上直打滚，甚至要用头去撞墙，那种痛苦真的无法形容！但我咬牙鼓励自己，坚持，再坚持，就是死也要坚持。正因为有坚持的信念，再加上当年年轻有毅力，后来总算成功了。戒后没有多久，由于环境的影响，加上自己的约束能力差，又复吸。开始我提醒自己，以后别再吸了，否则白戒得那么辛苦。但两次过后就又没有了约束，在那种场合下，哪里还去管什么日后，那个时候除非警察出现在面前，否则任何方法都无法抵挡住诱惑。海洛因占去了我大部分的生活，这是我最后悔的一件事。因为吸毒原来的老婆离我而去，后来我再婚，并有了孩子。八年前我去参加了美沙酮治疗直至今天。我的老婆及家人对我都很好，不然我怎么能创办农场？基本的资金总是要的。"我问："现在还是坚持每天去服用美沙酮？""去，每天干完活下午就去服药，然后再回家。""你可以戒断美沙酮吗？""这不是那么容易的事，戒断要一定的时间，身体也会受到一定的影响。现在我还要忙农场的活，服了这么多年反正也习惯了，等以后时间、心理上都有充分的准备再找适当的机会戒美沙酮。"

（五）

很多海洛因成瘾者，离开戒毒所回到家的第一件事就是迫切找到海洛因。他们到美沙酮门诊来参加治疗后的情形却不同，有了药物控制，加上有门诊规章制度限制，复吸的概率就大大减少。可为什么仍然还有那么多复吸的人呢？根据我们的调查得知，大多数人是因为还有心瘾。其次是有了钱就不到门诊服药，用他们的话说是出去"吃狗肉"不来"喝汤"。再次是经不起诱惑，朋友们聚在一起或娱乐时，看到别人如痴如醉、飘飘如仙的样子就无法控制自己。还有一个原因是，有一部分人由于自己没有收入，也没有得到家人的支持和帮助，不能坚持来服药，于是就选择了小偷小摸，得来的钱全用来买海洛因，决不会用来喝美沙酮。这是他们自己说的。一旦复吸以后，他们的心瘾就更难以摆脱。

2010年的夏天，一次我到农贸市场买东西，走进一家杂物批发店，突然看到一个熟悉的面孔，想起来他曾在门诊里治疗，叫王耀生。没想到他也看到了我，我们彼此打了个招呼。"好久没有看到你了。"我说。他不想让别人知道他的过去，就走出店来悄悄地对我说："这是我的店，半年前我已经戒断美沙酮了，你哪里还能看到我？"我看到他店里又有顾客来了，知趣地让他去招呼客人，本想与他多聊几句，见他很忙我只好说先离开。他说："下次你来我再和你好好聊聊。"我心想，一定要找时间和他聊聊，了解他如何戒掉美沙酮后能做到不再复吸，这对我的工作有帮助。

一天我特意去他的店铺找他，看到他正在忙，我就站在店外等候。他看到我在门外，就向店里的另外一个伙计交代了几句便出来了。他说："不好意思让你等久了，我们到僻静一点的地方说吧。"到了僻静的路段，我们边走边聊，他说："我两年前就想要戒断美沙酮，只是戒了不到一周就复吸，看到别人在吸就是无法控制自己，理智无法战胜生理上的反应。门诊我已经是三进三出了。"我问："为什么这一次又能戒？"他说："最后一次我用了很大的决心才戒断。我吸取了前几次的经验，看到朋友们在吸或在说那种东西我转身就走，无论他们怎么说我都坚决不停下脚步。有时在外看到曾经和我一起吸粉的人，我都尽量回避，以免自己立场不坚定而受到他们的诱惑。就这样我又回到了吸毒前的自由生活。现在我觉得自己的生活很轻松，每天不用海洛因也不用再去服美沙酮了。"我很高兴地对他说："你的意志力很坚强，令人佩服。以后有谁再问我如何戒断美沙酮，我就把你的经历和经验告诉他们，让他们向你学习。"我转了话题："你的店生意还不错吧，我两次来看到你都是在不停地忙。""是的，除我和老婆外，还请了一个人帮忙。老婆主内，我主外。除了进货，几乎一整天都要在这里，光一个人有时是忙不过来的。今后不再去玩那种东西我家的生活会——"我立刻接过他的话："奔小康了！"他无不自豪地说："是的。想起过去我要找钱解决毒瘾发作的那些日子就觉得很可怕，现在好了，每天可以自由自在地和家人一起享受生活。"

　　一年后的某一天，我刚出差回到门诊，远远看到一个似王耀生的身影从服药间走出来，但这个人已是形销骨立面容憔悴，比我一年前见到的那个王耀生苍老多了。我带着心痛又生气的口吻低声斥问他："你又回来服药，这到底是怎么回事？"他垂头丧气道："别说了，都是腰包鼓起来惹的祸。"我还清楚地记得，一年前他曾说过"一年后生活可以奔小康了"，却没想到，他最终还是抵挡不住毒品的诱惑。我只能鼓励他："你能及时来服美沙酮就好，以后再慢慢又戒吧。""我也是这样想的。我要是不来这里，那个店就没了，以后恐怕连命都没了。"他酸楚地说。过了两个月后我问他："准备戒断美沙酮了吗？"他无奈地摇了摇头："没办法，年纪越来越大，已经没了年轻时的那种毅力，身体也难以承受那种痛苦。"他说的是实话，是的，随着年龄的增长，人的意志力也在逐渐地衰退。"坚持服用美沙酮，不再去吸那种东西就好。"我说。"只能这样了，还能有什么办法呢？都是因为我多次复吸造成的。今后绝不会再去，否则我就要搭上这条命了。"此刻他的脸上才现出勉强的笑容。

蓝小娥35岁，长着一张娃娃脸，当初是丈夫和她一起来参加治疗。如果她不说我还以为她没到30岁。更没想到后来她与丈夫竟然分道扬镳。记得那是2011年春的一天，她丈夫向我咨询这样一个问题，他说："有一个人，原来也来服过美沙酮，现在她说不用再服美沙酮也可以，目前没有发现有多大的戒断症状发生，你说她能坚持下去吗？"我问他这个人已经有多少天不服药了，他说有一周。我对他说："听其他过来人说，能坚持一周已经基本上度过了戒断后最艰难的反应期，只要再坚持两三天就能挺过去。但以后不能偷吸，哪怕是偷吸一次也会前功尽弃。"

　　两个月后，看到这位曾经来咨询过我的丈夫带着妻子来办复入手续我才明白，原来之前丈夫是为妻子来咨询的。没想到仅戒断美沙酮两个多月的时间她就又回来服药了，说明在这过程中她已经在复吸。我问她停服美沙酮后多久又复吸，她不回答，都是丈夫在替代她回答。知道了她的情况后，我要给她办复入手续，她却走出大门什么也不说。也许她不愿意来，是丈夫非要她来。她丈夫紧跟出去，与她说了些话，似乎在央求她，她却对丈夫使性子，毫不领情地走了。这个女人太有个性了吧，我心里这样想。她丈夫再回来对我歉意地说："算了，随她吧，过几天再说。"当时我想：她丈夫对她那么好，把她领到门诊里她却一句话也没说，在这种情况下丈夫仍然对她如此有耐性和风度，在这些治疗人员中是很难找到的。过了一周，我再次看到蓝小娥的丈夫带她来门诊办复入手续。这一次蓝小娥配合得很好，再也不像上次一样使性子。之后蓝小娥每天都随丈夫一起来服药。

　　大约持续了一个月，我就很少看到他们夫妇俩一起来服药。再往后在门诊里我又看不到蓝小娥的影子了。我在想：这个蓝小娥到底是能停美沙酮了还是又复吸了？我要找个机会问她丈夫才行。没想到有一天我在门诊里朝外面看去，好像发现蓝小娥在门外。她的那张娃娃脸已经不再了，昔日的娇嫩容颜也不再了，取而代之的是憔悴、灰暗，并现出无助和乞求的神色。我轻轻地说："上次你丈夫带你来治疗得好好的，怎么又出去复吸？"她淡淡地回答："他跟我离婚了。"我顿时感到十分惊讶，这是我始终未料到的事，立刻问："是什么原因？""他外面有了女人。"她很平静地说。虽有忧伤，但没有眼泪，我想她一定是深深地痛过了。我猜测丈夫离开她最大的原因可能是她又复吸了。"是因为你复吸才导致他要离开你对吧？往后你要爱惜自己，否则他更看不起你。远离毒品，振作起来，只有自己才能救自己。"我说。"是的。开始我很难过，就把他给我的一笔补偿费用来吸海洛因。我痛苦，我伤心，我无聊。今天我想通了就回到门诊来服美沙酮。"我说："你做得对，不能再用毒品来伤害、麻醉自己。以后要学会善待自己，出去找些活干，就不会觉得无聊。""我现在都不知道去找什么活来干，我还能干活吗？""怎么不能？你还年轻，有健全的四肢，怕什么？只要有信心。工作慢慢找吧。记住，以后别再吸海洛因，坚持来服美沙酮。""好的，医生我一定会记住你的话。"她能从失败的婚姻里走出来，又再次从海洛因这个陷阱里走出来继续参加美沙酮治疗，这本身就是一件极不容易的事，至少可以说明她是个有勇气的女人，一旦认定了目标后也就不会轻易改变。

蓝小娥刚从失败的婚姻走出来，没事做，感到无聊。我把她的情况记在心里。两个月后，PSI组织招聘工作人员，又让我物色人选，于是我找蓝小娥交谈，让她去面试这一工作，她很高兴地同意了。我把她推荐上去，经过面试，她被录用进入PSI组织工作。有了工作，每天又坚持进行治疗，蓝小娥渐渐地恢复了往日的容颜，白里透红。有一天我问她参加工作了有什么感想。她说："有了工作真的很充实，我再也不会感到那么空虚、无聊。"蓝小娥找到了自己今后的人生方向。这一年多来，她在坚持美沙酮治疗的同时，也在治疗失败婚姻带给她的伤痛，不管她是在疗伤也好，反省也罢，最终她还是远离了毒品，这是一件幸运的事。蓝小娥开始不听丈夫的劝告，直至失去了丈夫，她才大彻大悟，后来坚持来服用美沙酮，逃离了毒品的魔掌。在服药期间她又参加了帮助他人传递爱心的活动，使自己的人生变得充实而有意义。

2010年3月18日，我听到病友们在议论，说前两天又有一个姓唐的病友走了。这人我记得很清楚，在这之前他已经被退出七次，在门诊里他是复入次数最多的一个，是个什么也不怕的人。他的妻子曾跟我说过，有一次在家里他趁妻子不注意的时候把她的手机拿出去卖钱买毒品。在带他来办复入手续时，妻子当着我的面说："如果他还有复吸行为我就坚决离开他。"可他仍然我行我素，终究没有醒悟过来，结果妻子真的离他而去。后来便是他年迈的妈妈陪他来服药，并为他交费服药。尽管这样，他还是把毒品排在第一，不正常来服药，常去买毒品，没有钱就借，借多了还不起，就设法做偷鸡摸狗的事。听说他因没有钱还给别人，别人到他的家里去追债，发生了争吵，继而打斗起来，然后被对方用刀捅死了。我还听说事发的当时，他的妈妈也在场，但也没有办法制止。大家都认为，其实他死了给他妈妈减轻了负担，否则整天问他妈妈要钱，家里的东西能卖的都被他卖完了。他剩下的只是一个躯体，毒品使他没有了人性，没有了灵魂。他妈曾两次流着泪，十分痛苦地对我说过这样的话："我愿意他早点离开这个世界，不想再有这个儿子，也不想看到他整天受到毒品的毒害，更不想知道他整天去做偷鸡摸狗伤天害理的事，他留在这个世上就是个祸害，使多少人不能安宁啊！"这样的话我也听到不少的家属发泄过。试想，如果不是毒品使他们变成作恶多端的人，家人怎么会说出这样的话呢？

几年来，我一直为一件事感到自责，为一个小伙子感到惋惜，因为我没能力把他从毒魔中解救出来。这事要追溯到几年前，一天早上我刚上班，一个叫张强的小伙子无精打采地走了进来。他从未坚持在门诊服药长达一个月时间，并曾有过三进三出的经历。那天早上只见他头发凌乱，脸色灰暗，穿着一件蓝色长袖球服和一条黑裤子，他这一身邋遢的衣服我估计应该有一周没换洗过，那个样子十足一个流浪汉。我知道他又处于无路可走的境地，否则不会带着满脸的沮丧到这里。我明知故问："你又回来服药?""是的。""还记得上次你说，过半个小时就回来，结果我左等右等都不见，下班后我在什么地方遇到你?""在××广场桥下。"没想到他还记得有那么一回事。那次他也是说回门诊服药，我给他办好复入手续后他对我说出去半小时就回来服药，结果一直没看到他回门诊。谁知我在下班回家的途中却看到他手里提着一瓶葡萄酒，当时我很生气地问他为什么不去服药，他说是朋友让他去买酒……

　　他知道我还记得那天的事，担心我不给他办理手续，就很着急地说："医生这一次我真的要回来服药，以后再也不出去了。"我看到他态度诚恳就答应给他办理。当时他的脸上又现出为难的神情，眼眶里已含有泪水。他说："请你帮我一个忙，给我妈打电话……"我听他叙述了事情的原委。因为吸毒他几次进了戒毒所，这一次他已经是第三次回门诊了，原来他父母已说过，以后再也不管他。他的父母已经离异，父亲另组建了新家，母亲还是单身，但也不跟孩子一起生活。每天都要去干体力活挣钱，生活极不易。张强也是一个人生活，家里除了一张床和一口锅外什么也没有，更不用说值钱的东西。听了他的话我感到很心酸。看到这些深受毒品残害的失足人员的期盼和渴望，我心想，吸毒人员是违法者，也是受害者，需要社会、家庭的挽救与关爱，我一定要设法让他的亲人来关心、帮助他。我先拨通了他母亲的电话，电话里传来闹哄哄的声音，我知道她母亲身在闹市，我介绍自己的身份，她说现在忙让我等一会儿再说。过了几分钟我再拨电话过去，把她儿子的情况详细地对她说。她说已给过儿子很多次机会，每次他都说改，可一直不改，她对儿子已没有信心。她自己的生活也不易，哪有那么多精力再去管他？我走到里间避开她儿子，与她电话沟通足有10分钟，我非常恳切地说："再给儿子一个机会吧，能摆脱毒品就有希望，否则孩子将是个废人！那样你将一辈子觉得心里不安。"我听出电话的那一头有母亲哽咽的声音，凭我的感觉，这位母亲已被我说服。我与她约定11点在门诊见面。为防有变故我赶紧把电话给他的儿子，让他与母亲说话。这位高大的男孩几乎是带着哭腔向母亲乞求，我再也无法克制住自己的情感，只觉得苦涩的液体直往嘴里涌，鼻子一酸，两行泪珠啪嗒啪嗒滚落下来，那一刻我背过脸擦拭抑制不住的泪水。待他们母子通过电话后我又想，如果把他父亲也叫来，一家人在这团聚，让做儿子的看到父母仍没有抛弃自己，就会更坚定远离毒品的信心。再说父母看到儿子能回头，他们那颗冰冷的心也会被融化。我问小伙子要他父亲的电话号码，他很沮丧又小声地说："我爸讲过再也不管我了，他不会来的。"我非常自信地说："我叫他，他会来的。"在我的一再坚持下他还是把父亲的电话号码给了我。

我拨通了张强父亲的电话说明了原因，对方立刻说："我们已给了他无数次机会，但他每次都撒谎，这个儿子我再也不想管了。"我与他谈吸毒者的心理，特别强调，他们比一般人更需要关心，今天的样子都是被海洛因毒害所致。我们能为孩子做的最好的事情就是给他们更多的爱与亲情。既然孩子已决心彻底戒除毒品，我们应该给予更多的支持与帮助。末了我说："他母亲已同意11点钟到门诊来，你无论如何也抽时间来门诊一趟，给孩子增加远离毒品的信心，毕竟孩子与你是血脉相连。"这位曾经说对孩子死了心的父亲终于答应了我的要求。11点小伙子的父母如约来到了门诊，我很高兴。父母坐下后，儿子站在一旁，当然父母少不了数落儿子一番，说他是如何会撒谎，说了无数次改过的话，一直没改，是个不可救药的人。他们没有表态说要给儿子办手续并支付每天10元的服药费用，可能是他们因关系改变了，所以有相互推卸责任的想法，或是他们觉得已为孩子付出太多却没有看到他的悔意，因此不愿意再去做那件徒劳的事。我看到他们的儿子几乎是哭丧着脸，用一双充满着乞求的眼睛对着父母表态、忏悔。他说："从此我再也不去吸毒了，爸妈，你们给我最后一次机会吧！之前我很对不起你们，现在我知道错了，这次一定改过，坚持每天来服药。"那声音微弱得像一只蚊子在叫。这位惶恐不安地站在父母跟前的孩子，此刻多么想得到自己父母的关心和帮助！他父亲终于对他说话了："我的心脏病就是因你所致，以后你再不改过我就会被你活活气死！"这个24岁1.75米高的孩子站在父母的前面是那样的拘束不安，如同一个犯罪分子站在法官前面接受审判似的。我觉得已是决定办手续的时候了，就告诉他们，今天是周末，最好是在下班之前办理好手续，否则拖到下一周又要多吸几天毒品，你们办好手续，可预交一个月服药费，门诊替他保管，他每天来服药即可。很多家属都是这样做的，既方便又不用担心他们拿钱去买毒品。等他服药一段时间后就可以去找活干，自食其力。后来我还给他们举了门诊里类似的例子。他们都很赞同这样做。可他们都说没带够钱，下午再来办理。

吃过午饭，我就期待着时间快些过，以便能让张强快点服用美沙酮。下午张强和母亲很早就来到了门诊，我很高兴，觉得张强有救了。看到他妈妈一个人来，我就问："他爸呢？""他不会来的。"她淡淡地回答。她给儿子预交了一个月的服药费，并叮嘱儿子要坚持服药，否则以后她再也不管了，说罢她就匆匆地赶去上班。通过母亲的帮助，张强终于又回到门诊参加治疗，他自然对我万分感激。为了约束他，我让他每天到门诊服药时先到我这报到，即给我打一声招呼，让我知道他已经来服药了。以后他每天都坚持来服药，脸色也渐渐好起来。在他的身上再也没看到邋遢的样子。

大约过了一个月的光景，一天早上我在自己的岗位上忙碌，有一位穿着制服的年轻帅气的小伙子突然站在我的面前，他用一双特别有神的眼睛专注地看着我，静静地不说话，但那一刻他的心里一直有一种期待。我觉得很奇怪，这个年青帅气的保安怎么到我的前面站着不动也不说话？当我从忙碌中停下来，我脱口而出："哎呀，小伙子是你！刚才我还以为是哪一位帅气的保安跑到我这里来呢！"我既惊讶又兴奋，当时只差没有过去牵住他的手。只见张强笑吟吟地说："我故意不说话看你是否能认出我。"接着他兴奋地告诉我，他在一所高校找到了一份保安的工作，每天工作八小时，月工资1200元，试用一个月后工资每月1500元。我鼓励他好好干，有了钱要自己交服药费。他说自己早已想好，以后领到工资就交给母亲。几天后他的母亲也给我来电话说儿子离开了毒品，她很高兴，并说非常感谢我对他儿子的关心。我能感受到这位母亲，经历过精神上痛苦的煎熬，终于有了轻松、愉悦的心情。从张强的经历可知，家人对吸毒者的关心、帮助非常重要。因为亲情、血缘的关系是任何人都无法替代的。

张强能正常来服药又有了工作，与之前的吸毒生活对比，他感觉自己很幸福，每天的心情都非常愉快，因此他对我几乎是无话不说。第一次领到工资就告诉我，除了自己的服药费、生活费，还要给正在上高中的妹妹一些。还有最近母亲脚痛住院，他要用下班时间去探望。他上班的时间有改动就来找我商量如何才能使上班、服药两不误。我常提醒他有了钱别再与粉友们在一起，以免再次受到诱惑。他表示一定不会再去。

对张强我就特别注意，他刚回来门诊的两个月里，几乎每天我都关注着他，看他是否来服药，关注他的尿检情况。每次尿检一结束我就去查看他的结果。一次尿检我发现他的结果是阳性，当时我的身上好似被一条鞭子狠狠地抽了一下。第二天我立刻找他问原因，他坐在我的对面，头始终不敢抬起来，更不敢与我对视。他知道我为了能让他再次来服药，可以说已经是使出了浑身解数来说服他的父母，为此他也感到十分愧疚。当时我对他的行为既生气又伤心，在我的一再追问下，他才如实地承认前两天领了工资，晚上便与朋友到娱乐场所，看到朋友们吸了海洛因他不能控制自己。他在告诉我这些情况时，始终不敢把头抬起来。他更没有勇气用眼睛看着我说话，但他表示以后再也不跟朋友们到娱乐场所去了。

有一天他与我商量说不想再服美沙酮，父亲也叫他不要再服下去，担心以后要一直服用美沙酮。我理解他们的心情，一年365天，每天都要来服一次美沙酮，对于一个年轻人来说确实难以坚持。但如果不来服药，他能有毅力远离海洛因，能忍受毒瘾发作的折磨吗？我非常清楚，很多病友就是这样，他们出去不到一周就要找海洛因。我告诉他，先做好充分的准备，以后再说。建议他服美沙酮先采用递减方式，以后再尝试慢慢戒断，他采纳了我的建议。

大概又经过了半个月的光景，已经三天没看到张强来服药，我心里很着急，多次给他打电话都不通。第四天终于看到他来了，他说学校安排他到乡下的分校去工作，往返路程远，不能回来服药，并说这几天自己还能挺过去。大约一周后，他说又要到分校去上班，我说："不能服药怎么办？""没关系，我能挺得过去。"他说。当时我已察觉到他缺少了坚定的目光，我预感到，这个小伙子离开毒品的希望非常渺茫。自那以后，他只连续来服了几天药，之后我就再也没有看到他来过门诊。给他打电话不接，后来话筒里传出了"该用户已停机"的声音。我拨他母亲的电话也一直没有人接。

有一天我在下班回家的途中，张强突然出现在我的面前，他身上已经没有昔日英俊潇洒的保安的影子，而是一副憔悴、醒醒、邋遢的样子。我问他的情况他不愿意说，只说自己肚子很饿，已经一天没有东西吃，向我要10元钱吃饭，那天我刚好买了其他物品剩下不足10元钱，就给了他。当然他也没忘了对我道谢。他还这样对我说："我们这种人在社会上已经不是人了，谁都看不起我们，也不管我们，活着真没有意思！"他感觉社会已经将他遗忘，所有的爱都离他远去，所以他没有办法离开毒品。其实大家一直在关心、帮助他。几天后我听一同伴说，有一次张强拿了家里一个盆来说要卖给他换取10元吃饭钱，他已经同乞丐没有什么区别了。那位同伴没有要他的盆并给了他一包面条拿回去煮。张强又复吸了，还失去了工作，在他父母的心里刚燃起的一点希望之火，又像泡沫般再次破灭了。我感到很难过，为什么自己对他倾注了那么多关心还是无法使他改变？其实对吸毒人员的帮助仅凭一个人的力量是远远不够的，要靠整个社会。如果他边服药边工作，并在工作的过程中有心理医生对他的心理、行为给予疏导、干预，他还会是这样吗？如果他还有一个完整幸福的家，得到父母的关爱，他还是这样吗？

吸毒者在走投无路的情况下会去偷、去抢，他们只有通过这样的方式才能买到毒品，才能生存。这样做他们必定要受到法律的制裁。所以有的病友曾对我说："愿意被抓去坐牢，在里面可以不愁吃不愁穿。"

2013年12月25日，我特意回到门诊看看，在复入的名单上看到了张强，我很高兴，一年多来，我一直为此事而自责的心，终于可以放下了。当即我问工作人员要了他的联系电话，结果是他妈妈接的，他妈说听到声音就知道我是谁，并说张强不久前从戒毒所出来又回到门诊来治疗，他去上班已经有10多天，还是做保安。我感觉到从话筒里传出来的是轻松而愉快的声音。她又说："他现在懂事多了，对我说今后一定坚持服用美沙酮，再也不会去吸海洛因。我对他说这是最后一次，以后再去吸那种东西我真的不理他了。"我说："今后你抽时间常去看看他，了解他的工作、生活情况，督促他坚持来服药。""我会的。"希望他真正回归了社会，回到了亲人的身边。

2015年8月的一天，我有事路过门诊便进去坐坐，在与医生和同伴们闲聊时我又问起张强，他们说前些日子他又被抓走了。我真不愿意相信这是事实！张强始终无法摆脱毒魔。毒品已浸透到他的每一个细胞，以至骨髓。

门诊里一位叫王琼的女病友，来门诊参加美沙酮药物治疗的那一年刚满20岁。她的五官长得极匀称，有一双大眼睛，只因吸上毒品，那双本来黑而亮的双眼失去了灵性和清澈。她很注意自己的形象，常常上妆，看上去容貌靓丽、肤色姣好，再加上她有令人羡慕的身材，门诊里人人皆称她为靓女。她性格开朗，但也很任性，是个永远也长不大的女孩。她到门诊治疗已经有七年时间，门诊里所有的工作人员没有谁不认识她。她常不来服药，是门诊里复入次数最多的女病友。几乎每次办复入手续，都是妈妈带她一起来。有一次我问她常不来服药是什么原因。她说自己是夜总会的舞蹈演员，通常凌晨两三点才下班，然后卸妆、洗澡、吃夜宵就差不多到天亮了，第二天下午又要排练，感觉很累所以就不想赶过来服药。我让她设法克服困难，坚持来服药，否则永远离不开海洛因。她当面总是答应得很好，过后也能连续来几天，但坚持不下去，又使用海洛因。

2010年冬的一天，王琼的妈妈带着她到门诊来办理复入手续。这位妈妈显得很年轻，也很漂亮，她们母女俩在一起如同姐妹。母女俩的长相、肤色都很相似，可她们的性格却截然不同。母亲温柔、善良，女儿却十分任性、倔强。这可能是女儿长年吸海洛因心灵扭曲所致。那天因为妈妈坚持要她来办理复入参加治疗，她不想来，是妈妈硬要她来的，已经到了门诊的外面她就是不进来，并当着众人的面数落妈妈，让妈妈很尴尬。妈妈对这个女儿已经是毫无办法。也许这女孩在任性的背后也有自己的底线，最终还是答应妈妈办手续服药。我问妈妈，这孩子怎么停那么久才回来服药？她说："前段时间我把她送到她爸爸那里，以为让她爸爸管教，能有一些改变，能坚持服药，不会再跑出去买毒品。谁知她说在那里没有伴，闷得慌。结果还不到两个月的时间她又自己跑回我这来了。"妈妈总是最疼爱自己的孩子。为了使女儿能正常来服药，又能让她自食其力，不感觉空虚，于是又设法给女儿开了一家服装店。后来王琼有了自己的店，不用再去夜总会上班，我感觉到她的精神面貌也比以前好多了，服药也比以往正常。我们工作人员都为她感到高兴，也为她妈妈高兴。再后来听说她交上了男朋友，并且已经怀孕。但过了四五个月，她的体型仍然没有什么变化，大家都感觉这种情况不正常。过了一段时间才听说，她交的男朋友是个不务正业的人，担心孩子出生后没有能力抚养，会给孩子造成更多的不幸，她们母女俩决定趁早去做人流手术。没多久，王琼的妈妈又带她来复入，在妈妈的要求下，我们让同伴组长专门对她跟进服务。组长很有责任心，如果哪天没有看到她来服药，立刻去电话催促，开始的一两个月她的表现还不错，但渐渐地，她的老毛病又犯上了。王琼已经长期养成不受制约的习惯，更没有自律。我们工作人员和同伴对她只是起到一个督促的作用，一切还得靠她自己的约束。

随着新型毒品的大量涌入，不少年轻人都怀着好奇心，也想体验摇头丸、K粉、冰毒等的兴奋刺激和在旋转的五彩灯光下嗨歌的感受。从不受约束的王琼，自然也加入了这种体验的行列。她又不正常来服美沙酮了，并跟别人一起使用了冰毒。再后来她已经发展到沉迷"冰"不能自拔，"冰"使她的大脑神经严重受损。尽管原来她给人的感觉是任性，但那双乌黑的会说话的眼睛还是讨人喜欢。自用了冰毒以后，她整个人已经完全变了。有时变得痴呆，有时又变得失常。那双美丽的眼睛似乎已经失去了转动的功能。她去服药，有时只知道交费却不知道把药拿起来喝，经过旁人的提醒她才知道喝药。因为冰毒已经伤害到她的神经，使大脑产生了幻觉，回到家里妈妈说的话她不但听不进去，还说妈妈是坏人，她骂妈妈还要打妈妈。有一次她竟拿起刀来要追杀妈妈。这位善良的妈妈已经是痛彻心扉，没有办法只好报警把她抓起来。这就是高剂量或重复使用"冰"而导致的精神问题，表现有被害妄想、幻觉，多为幻视。那么漂亮的一个女孩，真让人惋惜！王琼因为海洛因而迷失了人生的方向，又因为"冰"而使自己变成了一个几乎是精神失常的人。2013年底她又回到自己曾经去过的地方——戒毒所。从此她与亲人和朋友之间真正隔了一层厚厚的冰，无法感受到温暖的阳光，无法享受到家的温馨。

（六）

随着人类跨入新世纪，新型毒品迅速流行。很多人尤其是青少年，都认为这些是娱乐消遣品，而没有意识到它们对健康的危害如此之大。我们门诊面对的治疗人群是海洛因成瘾者，但平常也有不少家属带着他们使用新型毒品的孩子到这里要求参加治疗或咨询。因为家长们不知道孩子使用的是传统毒品（海洛因）还是新型毒品（冰毒、摇头丸、K粉）。对这些人，我都给他们分别讲解传统毒品和新型毒品的危害。有时需要对咨询者进行耐心开导，他们才肯说出实情，比如他们用的是什么毒品，为什么要使用这些毒品，跟什么人在一起用。使用新型毒品到门诊来咨询的人，年纪一般在14—30岁，有相当一部分是在校的学生，他们大多是使用K粉。我告诉他们我们门诊只能针对吸海洛因的人群进行治疗，对吸新型毒品没有作用。尽管这样，家属们都不会立刻离开，极想让他们的孩子能得到治疗，哪怕是得到有关方面的信息也好。

2011年夏季的一天，一对夫妻带着一个瘦得皮包骨的13岁左右的男孩来到咨询室。在现实生活中我是第一次看到一个这么瘦弱的孩子。这孩子站在我对面的沙发旁，只见他目光呆滞，面无表情，来来往往的服药者从他前面经过，他就像是没有看见，连挪动一下脚步也不会。我看到他的双臂在不停地抽搐，心脏跳动一起一伏也看得十分清楚。同样一句话却要问好几次他才能回应。我让他坐在沙发上，也许是太累了，他半躺着使头靠在沙发上，但整个身体仍在不停地抽动。家长说："孩子小便困难，偶尔在尿液里还带有血丝。他反应很迟钝，心总是定不下来，坐立不安，表现出极度的烦躁。有时又乱叫喊，说有人来追赶他，十分惶恐的样子。"我告诉家长，长期用 K 粉会导致神经中毒和精神分裂症状，对记忆和思维能力造成严重损伤，表现为头昏、精神错乱、过度兴奋、幻觉、幻视、幻听、运动功能障碍、抑郁以及出现怪异和危险行为。我建议家长回去后给孩子做一次全面的检查。首先要使其小便通畅，其次是要补充营养，其他方面慢慢调理。每天要有人看着他，千万不要再责骂使孩子受到惊吓，要给他鼓励和信心。当时刚好有一病友从我们身边经过，她一看就知道这孩子目前的状况是 K 粉所致。她说："一年前我的孩子也是这样，反应非常迟钝，但一听到音乐声他就来劲，情不自禁地扭动肢体。后来我想这个孩子不能就这样被毁了，必须想方设法挽救他。于是每天我都在他身边，从给他补充营养开始，到慢慢与他交流，我都极用心和耐心。常把他带到清静的地方散步，边散步边跟他聊些轻松的话题。每天都放音乐给他听，但音乐要选择轻柔的，使他的心情得到放松。就这样坚持了将近一年的时间，慢慢地，他的身体才逐渐康复起来，心也安定了下来。可是他的智商已经无法恢复到从前。"开始这两位家长一直是愁眉不展，这位病友把自己帮助儿子康复的方法告诉他们后，他们仿佛看到了一线希望。真没想到这是一个意外的收获，他们决定回去后，按照这位病友的经验去尝试。我也把这一方法记在心里。

2012年5月21日下午，在门诊里参加治疗的一对夫妇告诉我，他们有一个亲戚刷K粉已经产生了幻觉，并到了发疯的地步。曾跳过江，也跳过楼。常说有公安来抓他，整天神情恍恍惚惚。我就把这种康复的方法告诉了他们，让他亲戚的家人也用那样的方法，每天有家人陪着，给他一个清静的环境，慢慢开导、鼓励他，使他树立生活下去的信心。

下午我刚开完会来到咨询室，就看到同伴支持员小梁把一对母女领到门诊来找我，这女孩的年龄大约25岁。母亲说："女儿自吸了K粉后，有时人变得傻乎乎的，我说她不听，现在带她来让医生给开导开导。"我给母女俩讲了K粉对人体的危害，特别是导致神经中毒，造成精神错乱的危险，叫这女孩立刻停止使用K粉。女孩说担心自己戒不了，没有决心。我就把同伴支持员小梁他们几位如何戒断海洛因，又如何参加了同伴支持工作的经历告诉她们，建议这女孩以后不再跟吸K粉的人有接触，下了班就回家。平常有时间就出去锻炼身体或看电视、逛商场等，别让自己感到无聊。女孩说："要是我心里难受控制不住自己怎么办？"我告诉她可以找朋友聊天或参加其他活动、运动等。我还和小梁商量，把电话号码给她，如果有什么心烦的事就给我们电话。我得知她们的家与小梁家很近，就对这女孩说，如果自己心里感到很纠结的时候可以去找梁同伴聊聊天。通过半个多小时的开导这娘俩才放心地回家。

几天后那位母亲打电话来对我说，她女儿还是出去，并不听劝阻，一讲她就生气。后来我又与小梁商量帮助她的办法。小梁不但是个对工作极负责的人，而且是个做事极用心的人。他说："我抽时间到她们家去看看，最好能当面找那女孩谈谈。"我对他的做法十分赞同。小梁从她们家回来后把情况告诉我："那女孩说当时因控制不了自己，感觉心里非常难受就又出去了。我与她聊了一会儿，通过开导，她对我表态以后尽量不出去。"没想到过了些日子，这位妈妈又再次来到了门诊，并把女儿用来吸K粉的吸管和锡纸也带来了。她说："现在她不常出去了，但她有时关着门在房间很长时间不出来，出来后就到卫生间里长时间地冲水，我觉得好奇怪，认真地观察了几次。刚才她出去了我立刻到她的房间里，在垃圾篓里发现了吸管和这些纸，我就把这些东西拿来给你们看。"后来一位同伴支持员说："这是你女儿用来吸K粉的工具，把K粉放在锡纸上面吸进鼻子里。这就说明你女儿已经自己买K粉并带回家里来吸了。"我对这位妈妈说，让小梁明天趁她女儿在家的时候再到她家去一趟与她好好沟通。过后小梁又到了她家两次与她女儿交谈。她女儿看到小梁对自己那么关心，便很坚决地对小梁表示："以后不再去买这东西回来吸了，否则我会永远对不起你！"从此再也没有看到这位妈妈到门诊来，应该是她的女儿已经不再吸K

粉了。

一天一位60岁左右的妈妈来到门诊。她以为在我们这里也能戒断K粉，就向我诉说了她女儿的情况。她说："女儿今年30岁，一年前因与丈夫离了婚，很伤心，就常跟别人去娱乐场所，听人说她就是在那里跟别人一起吸上K粉的。我发觉她常是迷迷糊糊的样子，心里很难受，就让她过来和我一起居住，目的是想管管她。到我这里住后稍微好些，但她还是出去，我不让她出去，她总是以有事为借口，一出门都是很晚才回来，也有不回来的时候。她心情好就听话，心情不好就骂我。现在她在家里还没有起床，我想给她打电话，让你和她说道理，我说多了她不听，可能她会听你的话。"这位妈妈把女儿的电话拨通交给我。我接过电话，介绍了自己。从她说话的语气判断，感觉她还是很愿意与我交流，只是她的声音显得十分微弱。我与她说了K粉的危害、生命的价值、亲人的担心等，建议她以后别再去吸K粉。她说："我也知道这是毒品，每次出去回来后都是很后悔，但我的心很难受又不得不去，我控制不住自己，一吸了那东西我就兴奋起来，不再去想痛苦的事。"这时我听到对方的话筒里传来了一声声压抑的、痛苦的抽泣，仿佛是从她灵魂的深处艰难地一丝丝地抽出来，接着那嘤嘤的声音断断续续，凄厉声渗进了我的心，我不知说什么好，当我抬起头看到她妈妈双眼盯着我手中的电话时，我才猛然醒过来，忙说："你妈妈还在这呐，她很为你的健康担忧，以后心里难受了，就想到自己还有一位年老的妈妈，为了妈妈你应该振作起来。"她听到我这样说立刻停住了抽泣，我继续说："K粉是毒品，以后要善待自己，别再让妈妈操那么多心。"她的情绪终于稳定了下来，并提高了音量说："我很对不起我妈，以后不再出去了。谢谢你，你叫我妈回来吧。"我告诉她，以后不能再去碰那东西，如果觉得有什么心结，就找朋友倾诉或去参加一些有益的活动，后来我听到"嗯"的一声，对方就挂了电话。我把电话递给这位妈妈，并转告她女儿的话，她已经起床了，叫你快回家。这位妈妈客气地向我道了谢，匆匆地赶回家。

两周后的一天，这位妈妈又来找我，她的心情比第一次来更激动，眼里噙着泪对我说："医生，我女儿要卖房子了，怎么办？前几天我听到她说要把房子卖掉，我担心她吸K粉后糊涂起来真的把房子卖了怎么办呀？"我问："这些天她还出去吗？""去，但没去那么多，有一天晚上在12点钟之前她就回来了，她放下手中的包自言自语地说要把房子卖掉，我说她她就大声对我吼：'不用你操心！'"我说："现在你劝她她也听不进去，当务之急是你设法把她的房产证先收起来，她就没法卖了。""对，下次我跟她到家里去看，想办法把证收起来。""你要设法哄得她把证拿给你看，你才能把证拿到手。""我有办法。"说完她就急急忙忙地转身走了。真是可怜天下父母心！但愿她能阻止女儿卖房，并使女儿远离K粉。往后那位母亲再也没来找过我，希望她的女儿已经离开K粉恢复了正常人的生活。

一天门诊里突然间来了一大群人，有男有女，一共是七个人。他们都是一脸的焦虑和忧郁。我先跟他们打了招呼以后，那位年长些的男子先做介绍，说他是孩子的父亲，一同来的还有孩子的母亲、阿姨、姨父、哥哥和哥哥的同学。他说："我们来自乡下，孩子14岁读初二，为了给他能在市里接受更好的教育，从初一开始就把他放在城里的阿姨家。刚开始孩子表现很好，学习努力，成绩也在班级的中上。但这个学期就不行了，特别是这个月来他特别瘦，饭量比原来少，有时晚上很晚才回来，或是很晚才睡觉。"阿姨说："我问他，他说睡不着，又问他感觉身体有什么不适没有，他说也没有。我们带他去医院体检又没有发现他身体有什么病，觉得好奇怪。"孩子的姨父很着急地抢过话说："我们怀疑他吸了毒，所以与他父母商量，今天带他来做尿检。"我说："我们门诊里只能检海洛因，对新型毒品检不出，要检只能到其他医院去。"我看这孩子觉得他不像是吸海洛因，而是吸了 K 粉。

为了使孩子能说出真相，我让其他人在外面等，我带孩子到里间去单独与他交流。在我的开导下，孩子说出了真相，他说："曾有一个晚上同学叫出去，然后就到了娱乐场所玩。看到别人在吸那个东西我们觉得好奇也想试试，试后觉得很不错，特别是听了音乐感觉到从未有过的刺激，然后就更加兴奋不由自主地跟别人边哼边跳起来。开始我并不知道那是 K 粉，后来同学告诉我才知道，我觉得这是个时尚的东西，吸了后又开心，还很精神，所以之后同学叫我就又去了。""你阿姨不知道你出去？""我骗他们说是到同学家玩。""你一共去了多少次?""五六次。""你以后还想去吗?""心里想,但不敢再去了。"我跟他讲K粉是一种新型毒品,及这种毒品对人体的危害。又讲了青少年励志的事,还用了我一个学生的经历来说服他。我说:"10多年前我在某中学任初二的课,我班有一个学生不认真学习,后来父母把他送到贵族学校,一年后他又回到了原来的学校。经了解得知,这个同学在外面跟其他人一起吸了毒,根本就没有心思学习,幸亏他的父母知道得及时,立刻把他带回原来的学校。有了一次教训,之后这位同学很努力地学习,中考时考上了市重点高中。"这男孩很认真听,说自己原来不知道K粉对身体有危害,别人怎么做自己也跟着怎么做,现在才知道。他表示以后不再跟同学出去。我表扬了他能知错就改,是个好孩子。我还交给他一项任务,把毒品对人类危害的宣传资料带回去给同学们看,让大家从此不再去碰这些毒品,好好学习。他表示一定能完成这个任务。

回到咨询室,我把情况一一告诉了他的家人。孩子在家人面前表了态,说以后再也不去那种地方。知道了情况及孩子对错误的认识,这家人脸上紧绷的神经终于舒展开来。特别是孩子的阿姨,我看到她眼里噙着泪,这是放心的泪。试想姐姐好端端的一个孩子放在你家里,却变成去吸毒品对学习不感兴趣的一个人,谁不难受?现在问题得到了解决,她怎么不高兴呢?

这家人高兴地离开了,我看着他们离开的背影却忧心忡忡,觉得这新型毒品正像一张魔网伸向青少年一代。

2011年9月20日，将到下班的时间，有六个人风风火火地赶到我们的门诊，不用说我就知道他们是为孩子吸毒的事而来。一进门他们就说是从县城来的，还带来了一个18岁的女孩，这女孩姓韦。她的家人说这女孩经常跟朋友进娱乐场所，并多次吸了K粉，家人说她她不听，仍是一意孤行。家人很为女孩担心，问我是否能让她喝点美沙酮，使她不再去吸K粉。女孩在一旁听着，非但没有一点懊悔，反而表现出满不在乎的样子。看到她那种不以为意的态度，当时我的心里就有点火，真想骂她一顿。我压住心中的火，心想：一定要先让她明白新型毒品对人类的危害，使她从心理上自觉去抵御毒品。我以最快的速度，理清自己的思路，告诉他们K粉是化学合成的一种对人体有危害的物质，常吸食会出现记忆力损害、老年痴呆、流鼻涕、意识麻木、执行能力减退等症状。听我说了吸K粉的症状后，这女孩已经改变了前面那种不以为意的态度，她的双眼一直在注视着我。接着我又举了前些天一个因吸K粉瘦得皮包骨、精神恍惚的男孩的例子，又特别强调"尤其是吸了K粉后的女孩子会不知不觉地跟别人走，导致发生一些意想不到的事。另外，女人都有当妈妈的愿望，如果常吸这种粉会影响怀孕"。之后这女孩说，自己已经明白了吸K粉的危害，并表示以后不再跟别人去吸那些东西。我从抽屉里拿出新型毒品危害人类健康的资料给她看，还让她把这些资料拿回去给她的朋友们，让他们也了解毒品的危害，远离毒品。

这女孩算是幸运，她的家人发现及时并很重视这件事，而得到了及时制止。但愿以后她和她的朋友们都能远离这些新型毒品。

2012年秋季的一天，我正在忙其他工作，突然听到从背后传来"医生，请问我想喝美沙酮需要什么手续吗？"于是，赶紧停下正在忙的活，转过身看到前来咨询的是一位书生模样大约20岁的小伙子。从他的举止行为和神情，我看不出他是吸海洛因的人，于是问他使用海洛因有多长时间，他说不是吸海洛因。"是吸了K粉？"我问。"也不是。"说完只看到他从一个双肩包里拿出了一个小盒子，上面写着"佩夫人止咳露"，我更是感到疑惑。接着他说："我喝这种已经上瘾了，欲罢不能。""你为什么要去买这种止咳露来喝？""我是一名在校大学生，我们学校有很多人都在买这种止咳露来喝，大家把它当成是一种食物来享受，当时我看到很多人买我也买了。""你喝了多长时间？""开始只是断断续续地喝，至今有半年了，喝下去很好睡。现在如果哪一天不喝就感觉睡不好觉，心里总想着要喝这东西。为了满足心理，一次次地就又去买来喝，我已经感到自己就像人们说的吸了毒品一样，上瘾了。听别人说你们这有美沙酮，喝了就可以戒毒，所以我就来了。"我心想，这位大学生虽然是"病急乱投医"，但他已经察觉这种行为有问题。我对他说："你来这里是对的，至少可以说你已经意识到再喝下去就相当是吸了毒品，想到这里来寻求戒除。"佩夫人止咳露是一种药物，是用来治病的，里面含有其他成分导致一些人喝了以后就上了瘾，时间长了会产生依赖。他们是属于那种"容易上瘾的人"。大学生应该有一定的判断能力，药物是用来治病的，病好了还要继续喝下去，就会对这种药物产生依赖。我告诉他："美沙酮是用来治疗海洛因依赖者，对你这种依赖不起任何作用。现在关键是要解决你的心瘾，你必须自己用意志力克服这种依赖。如果再继续吸下去不但影响身体健康，还会造成经济负担，影响学习。如果晚上实在睡不着，白天就多参加体育运动，使身体疲劳就容易入睡。""医生谢谢你！我回去后一定按你说的方法克服这种心瘾，不再去买这种药物。"我让他回去以后还要转告同学们，让大家以后别再买这种药物来喝，以免形成长期心理依赖。

没想到一些受过高等教育的大学生竟然会是那样的无知，为了跟风，为了追求刺激和美好的口感享受，把药物当成每日的必需品，而导致自己对药物产生了依赖。如果没有这位大学生前来咨询，当时我还不知道服了佩夫人止咳露会产生依赖性，更不会想到这种情况是在大学的校园里发生。下班回到家，我做的第一件事就是打开电脑，在电脑上搜索出：佩夫人止咳露是世界著名的卢森堡大药厂生产的止咳化痰药，通过作用于神经中枢而达到镇咳效果，对各种原因引起的咳嗽都有良好的控制或缓解作用，是医院和家庭的常备药品之一。但是佩夫人止咳露目前已被美国等国家列为禁止销售使用的中药品种之一，我国也已经将其划为处方药，患者需凭医生处方才能购买。

人类社会包罗万象，美事丑事相互交错。这些年来社会进步之快，使人深感一天不学习就跟不上时代的步伐。各种丑恶现象也层出不穷，稍不留神就有可能掉进陷阱。其实社会本身就是一锅大杂烩，有人尽心往里添作料，有人成心往里撒毒品。如果自己的三观偏离正确的航道，要么就成为社会的绊脚石，要么就会被社会淘汰。

深渊中的救赎

（一）

　　长期吸食海洛因的人，家对他们来说已经不是最重要的。毒瘾一旦发作起来，他们失去了理性，唯一的愿望就是尽快拿到钱去买毒品。不管是亲情也好，爱情也罢，全然不顾，更不用说还有什么人情、美德。通常是一个幸福的家，在迷恋毒品的痴醉中荡然无存，温馨的亲情被毒品吞噬殆尽。他们与配偶的情感也会发生变故。可当参加了美沙酮治疗后，很多人又重新滋生对亲情的期盼和留恋，对爱情的渴望和珍惜。

　　开始我真的没有想到，在这群人里，还能看到人的本真。这里有人类最原始、最纯朴、最真诚的谢意，也有他们非同寻常的令人感动的情和爱，这些都是人性美的体现。

　　一天一位不到50岁长得瘦小的病友，到门诊来办治疗手续。

在与他交流中得知他在乡下靠养鸡维持生活。按常规办理手续需要第二天才能服药，但他恨不得立刻就能服上美沙酮而远离海洛因。他决定中午不回去使用毒品，宁可熬过毒瘾发作的痛苦也要在门诊等候。看到他远离毒品的决心如此坚定，我决定要尽自己最大的努力，让他在下午下班之前服上药。于是我亲自到化验室，从无数检测单里找出他的那一张，让工作人员优先帮他把需要检测的项目检测出来。然后再与门诊各岗位的工作人员协调，力争在下班前做好录入工作。在大家的齐心协力下，当天下班之前终于让他如愿服到了药。当时他非常感动，说第二天把自己家的土鸡蛋拿来给我。我当即就拒绝了，说我不收取他的任何礼物，请他别拿来。往后他能坚持来服药就是对我最好的感谢。

第二天早上近9点，我看到他手上提了一个小布袋，兴冲冲地走到我的咨询台前说："医生，这是我自己养的鸡下的蛋，在街上难买得到，昨天你那么尽心帮助我，我没有什么表达对你的感谢，只能拿这些土鸡蛋来表示我的一点点心意。"我说："你的心意我领了，但鸡蛋不能收。昨天不只是我一个人在帮助你，大家都在帮助你。"他很着急地说："你是个好人，让大家那么尽心帮助我，这是小意思，请你一定要收下。你若不收下我又拿回去，在公交车上人多拥挤，鸡蛋会被碰坏的。"这个站在我面前的人，憨厚可掬，朴实得令人感动。那些鸡蛋已经不能用价格来衡量，它们是那样的沉甸甸，那样的厚重！我对他讲尽心尽力为病人服务是我们的职责，但我们不能收病人的礼物。可又担心让他再把鸡蛋拿回去，在半路被碰坏了。一位同伴支持员说"我按市价把这位新同伴的鸡蛋买下来，把钱给他带回家"，才解决了这个问题。

2010年8月10日上午，从镇上来了一位病友，一坐在咨询台前就对我说："前几个月我就想来你们这参加美沙酮治疗，因为父亲生病要看护。前几天他已经过世，我刚处理完他的后事就来了。我很对不起我父亲，没有让他看到我来戒毒。一提起过去吸毒的事我就伤心，都怪自己没有意识到毒品的危害而误吸上，以后再也不去碰那个东西，把失去父亲的悲痛化为戒毒的力量。"当时我心里暗暗吃惊，他说得很好，决心那么大，而且不像是一般吸毒者说的表面话。接着他还告诉我，今年春他家卖地得了一百多万，我很着急地问他："你把这笔钱用了？"出乎我意料的是他说："没有。"听到这，我紧张的心才放松下来。他又说："我虽然没有文化，但也懂得再用这笔钱来吸毒就太对不起家人了。医生我要问你另一个问题，我有一个五岁的女儿，以后还想要一个儿子，不知道以前吸海洛因是否会影响到后代？"我说："你现在已经停止吸海洛因，原来也没有因吸海洛因而导致有其他严重疾病，应该不会。不过我建议，最好在决定要孩子之前，夫妻俩一起到医院做一次全面检查，这样就可以放心了。"他连声说："好，好！到时候我们就去检查。"这位病友深深地感知父亲对自己的养育之恩，对自己的吸毒行为怀有无比的愧意。他的想法简单而合乎常理，他就是这个社会吸毒人员的一个影子。从他的身上我们可以看到他们也有纯朴、善良的一面。他们吸毒是因为没有认识到毒品的危害，待他们意识到这些危害的时候已经是身不由己。

一位叫罗志强的病友走到我身边，很着急地问我："医生这些天你有没有看到王小娟来门诊服药？"平常他们俩都一起到门诊服药，依从性很好，还常获得奖励。这两天王小娟为什么不与他一同来服药呢？平常大家都看到他俩在门诊里有说有笑。王小娟是门诊里的大美人，据说之前是罗志强把王小娟介绍到门诊来服药的，后来罗志强在各方面都十分关心王小娟，每天用电动车带她来。也许是日久生情，他们便走到了一起。这些天，罗志强找不到王小娟急得快发疯了。后来我听说王小娟由于工作的原因，在别的门诊认识了一位有共同语言、长得又帅气的男同伴。于是王小娟远离了罗志强，与情投意合的帅哥走到了一起。没有了王小娟在身边，罗志强每天急得像热锅上的蚂蚁，也许是他也听到了一点王小娟离开他的原因，所以整天气呼呼地到处在寻找她，仿佛是找到王小娟后非把她吃了不可。王小娟也料到罗志强会发疯般地找她，早就转诊到她新结识的男友所在的门诊服药去了。罗志强知道，人是肯定找不回来了。后来他换了个人似的，来到门诊后一改平常的说笑，变得沉默寡言，人也邋遢了。看得出他的内心是万般痛苦。有时他服完药后不回家，在门诊外逗留，还常在那里和大家一起聊天、喝酒，喝酒是假，消愁是真。

　　一个月后看不到他的影子了。也许是女友的离去，使他失去了治疗的信心。有一天突然看到派出所的人来到门诊找他，并向我们了解他的情况，我们说已经有好些日子没有看到这个人来门诊服药了。其实我们心里都有数，罗志强一定是做了违法或犯罪的事。大约一年后，在门诊里我们又看到了罗志强。据说是因为他做了贩零包（小包海洛因）的事被派出所的人追拿进了监狱。遗憾的是在监狱一年多的时间里，他还是离不开毒品，所以一出监狱又回到了门诊服美沙酮。从此在他的脸上，我既没有看到他昔日的欢笑，也没有看到他之前的哀伤，那表情俨然是个木偶人。我在想，要是王小娟能再回到他的身边，也许会使他重新振作起来，或许他也能和别人一样拥有一个幸福的家。

一个初夏的上午，一名姓黄的同伴支持员对我说，他以前的一个女邻居是个孤儿，刚从戒毒所出来，仍摆脱不了毒品。目前她连安身的地方都没有，住在朋友家，没有工作也没有钱，想到门诊来服美沙酮，是否可以减免她的各项体检费？我请示领导后得到这样的答复：可以为她免费做抽血检测项目，但胸透、心电图的检查还得她自费解决。后来黄同伴把她带来门诊，并帮她交了这笔检查费。这女孩叫黄琳，当时25岁，很瘦，除去皮剩下的就是一副骨架。她的皮肤呈古铜色，给人的感觉就是营养不良。记得当时黄同伴把她带到我面前，她多一句话也不愿说，有点木讷。她所有的手续都是黄同伴帮她办理，连自己的姓名都是黄同伴帮她填写在申请书上的。我让她自己写，她说："我没读过书，连自己的名字也不会写。"

听说她在进戒毒所之前还有自己的房子，回来后房子已经不属于她了，也不知是什么原因。自从她参加美沙酮治疗后，每天都坚持来门诊服药，操守很好，连续几个月获得奖励。经过治疗，渐渐地她长胖了，配上她那一身骨架，给人的感觉是个健壮的女孩。她的一切都在改变，健康改变，性格改变，精神面貌也改变了。她由原来的从不与人打招呼，变成每天来服药时都主动与我们工作人员打招呼，她的脸上洋溢着幸福。

三个月后我看到黄琳的身边多了个男的，我们都有点吃惊。这男的就是门诊里一位叫周炳的约40岁的病友。我到门诊工作以后，每天看到他都是精神不振的样子，从未与我们打过招呼，一服完药他就走。从他的病历我知道他患有肺结核，其他的情况无从得知。后来又听说他的家境比较殷实，尽管他有钱去治结核病，但多年来一直没见好转。当黄琳与他走近后，每次他们都是一起来门诊服药，当然也都是周炳给付的药费。周炳虽然身体有病，但还算是个规矩的人，从不和工作人员产生什么不快，更不去做偷鸡摸狗的事。也许黄琳就是看上他的这些品质。黄琳告诉我，说自己找到了一份好工作，在一家商场负责开电梯。周炳的身体很不争气，这也是与之前长期吸海洛因有关，加之又染上了肺结核，健康每况愈下。这些情况黄琳都知道，但他们俩还是越走越近。黄琳为了照顾好周炳辞去了工作。有一天她对我说要请假一周，带周炳到乡下用草药治病，因为是乡下，不能转诊只好请假。尽管用了草药治疗，周炳的病依然不见有丝毫的起色，每次来服药都是黄琳用电动车驮他来。周炳的病愈加严重，黄琳担心他坐在电动车后面有危险，专门买了一辆三轮车。黄琳对周炳的悉心照顾我们都看在眼里，赞在心里。后来周炳连从三轮车上下来的力气都没有了，大家都知道他离开的日子不远了。周炳还算是个有福气的人，在门诊这些年，至少有黄琳陪伴在身边，这使他能安然地上路。

　　三年多的时间，一个年轻女孩就这样心甘情愿，每天在一个病恹恹的男人身边不离左右。尽管她这种生存方式受到不少人的排斥，当初我也觉得她那样做太不可思议了，但后来我对她的看法有了改变。她文化水平不高，又是个进过牢狱的吸毒女孩，又无栖身之地，除了这样她还能如何？听说周炳走后，她依然住在他们生活的那个屋子里。有一天黄琳告诉我，过几天自己就可以戒断美沙酮，无须再来门诊服药。两个多月后的一天，我又看到她回来门诊服美沙酮，便很诧异地问："你不是说可以戒断美沙酮了？怎么又回来了？"她笑了笑算是给我的回答。我知道她复吸了。一段时间后，我再也没有看到黄琳回到门诊来。相信这一次她真正可以离开毒品，断了美沙酮，摆脱一切羁绊，成为一个自由、幸福的女人。一个偶然的机会，我在疾控中心门诊看到了一个熟悉的背影，她就是我记忆深刻的黄琳，我们打了个招呼。可当时出现在我面前的已经不再是当年的黄琳了，她已身怀六甲。门诊主任告诉我，黄琳已经成了家，就住在附近，现在是就近服药。

　　几年前阿阮和阿艳两个都还不到24岁，在门诊里算是比较年轻的一对。他们都有高挑的身材，偏长的脸型，人们都说他俩是天生的夫妻相。阿艳比阿阮早到门诊服药，她长着一张很斯文的脸，说话也总是慢条斯理的，从来不会着急。在门诊里她积极参加小组活动，平常还参加针具交换工作。一年后阿阮也到门诊来服药，开始他们并不认识，后来服药时相遇，时间长了相互产生好感，进而走到一起组建了幸福小家庭。

有一次他俩都参加门诊里开展的小组活动，其中有一个环节是让同伴相互交流，谈自己参加治疗后的感受。阿阮一改平日的沉默少语，他说："参加美沙酮治疗后我已经离开了毒品，还找到了工作，最使我高兴的是我找到了一个好老婆！"他用右手紧紧揽住阿艳的腰继续说："这个活动也是她叫我来参加的，她对我很好，要是以前我根本不敢想自己会有老婆，现在我感觉很幸福。"在座的人都对他发自肺腑的话语给予热烈的掌声。自从服了美沙酮后，他们再也不用去买毒品，也不用担心被公安抓。有一天早上我与阿艳闲聊时，她说自己还没有吃早餐，也不想吃，我说不能空腹服药，以免对胃有影响。阿阮在一旁听到了立刻就出门诊去买豆浆、面包。阿艳说自己不想吃，阿阮劝她一定要吃一点，并关切地说："你想吃什么我再去给你买来。"阿艳为了不让他多操心硬往口中塞面包。

有一段时间我没有看到阿阮来服药，就问阿艳，她很坦然地告诉我"他被抓了"。我不再问下去，担心伤了阿艳的心。后来听别人说阿阮进了监狱，是因为偷窃。这类人群里有不少人常被抓进监狱，有打架的，有偷吸的，有贩毒的，有偷窃的。按理说，服了美沙酮后他们就应该改变自己，改掉陋习，用双手去创造自己的生活。可他们有些人已经养成了惰性，一直在干那些偷鸡摸狗的事。往后我看到阿艳基本是独自出现在门诊。偶尔看到她的身边有一个女孩，关系不错。这样的日子大约持续了一年。有一天我突然看到阿阮又牵着阿艳的手高高兴兴地出现在门诊里，但只有阿艳一个人服药，阿阮在外面静静地等候。他说自己已经不用再服药了。在监狱一年多的生活，为了阿艳他已经彻底离开了毒品，也不必再用美沙酮替代。现在他要陪阿艳坚持治疗。从他那专注等候阿艳的身影里，我看到了他的成熟和希望。在阿阮的帮助和鼓励下，阿艳依然坚持来服美沙酮。这就是发生在美沙酮里相互陪伴的爱。这种爱虽然不轰轰烈烈，但它足以反映吸毒者和正常人一样有对爱情的执着，对幸福的追求和向往。

2009年1月8日9时，L病友服完药后主动到我的咨询台前来对我说："美沙酮好，昨天下午我喝下去到今天早上6点才感觉毒瘾发作，但我也不再用海洛因，一直坚持到刚才。昨晚上我睡得很好。"我很高兴地说："你做得很好，希望今后能坚持在门诊服用美沙酮，不再使用海洛因。"L是甘肃人，不到30岁，1.7米左右，给人的感觉憨厚、诚实，身体显得比一般吸毒者壮实。他是头一天才来门诊参加治疗的。这人很健谈。"我有一个结拜姐姐亡命于海洛因，当她的生命即将结束时，什么也不能吃，连脉搏也找不到，只有出的气没有吸的气，很可怕。在我的身边已经死了不少人，都是吸海洛因造成。现在回想起那种场面我都感到非常可怕。"他顿了顿继续说，"我自己的生命为什么能维持得那么长？是因为我有钱，我只用海洛因，不再掺其他药物，量也不大。他们是掺杂用了其他毒品，营养又跟不上，所以生命很早就结束。海洛因是可以戒的，关键是靠个人的意志力，没有毅力就戒不了。也不是每一个吸了海洛因的人，都变得六亲不认。人的想法和行动一切都是靠大脑指挥。就我个人而言，无论在什么情况下，绝对不会去伤害自己的亲人。"他抬起头看了看来来往往的服药病友，然后又继续说："根据资料上介绍，K粉的毒性比海洛因大，吸一次就被伤害一次，永远得不到修复。但海洛因不同，吸上瘾后让人无法摆脱，但停止以后至少还可以修复。虽然它们都是毒品，但K粉是化学合成，海洛因是从罂粟（植物）提取，所以我觉得相对而言，K粉的毒性对人的伤害更快更大。"他能说出这番话，说明他对这些毒品已经有过非常透彻的了解。

我们的话题回到了戒海洛因，在谈到意志力时他说："有的人在强戒的牢里，因为不能与外界接触，更不能得到海洛因，当释放期到了，他们一出牢狱的大门，第一想起的就是海洛因，眼泪就往下流。于是就迫不及待地去找海洛因，这就是大脑、心理在作怪，如果都不往那方面去想就没事了。"我问他在这里用的海洛因从何处来。他说："就是一条线，我这里没有吸海洛因朋友，这条线是外地的一个人送来的，也是以前我的一个朋友介绍的，但那个朋友已经死了，也是因为吸海洛而死的。"

随后，我们的话题又转到了工作方面。L 说："我的老家就在W 县，父亲以前到甘肃工作，便在那里结婚生了我。""父母也回来了吗？""他们在那边生活了几十年，已习惯，所以现仍在甘肃。我在这里做化肥生意，生意很好。""你有什么好的窍门？""平常我都让别人先免费拿回去使用，觉得好用再来买。我进回来的化肥都是货真价实的，经营嘛，就要讲诚信，因为有诚信我的生意就好，这是必然的。我在这已经结了婚。当时女方明知我吸毒，可她就是爱我，也许她认为，我除了吸毒其他方面都不错吧。"说到这我看到他的整个脸上都洋溢着幸福，眼里散发出自信的光。我禁不住插话："你现在的生活应该很幸福吧？""是的，成了家，生活没有问题，钱也不是问题。但有时出去谈生意就是觉得自卑，对自己缺乏信心，'吸毒者'这个阴影总在我的心中挥之不去。"此时我看到他之前闪着光亮的眼神慢慢地消失了，我关切地说："过去的事把它忘却，谁没有过错？改了就好，现在你不是过得很好吗？"最后他说："以后我再也不想去玩海洛因了，这是我一辈子的教训。"通过与 L 的这一次的交流，我对吸毒人员又有更进一步的了解。正如 L 说的那样，并非所有的吸毒者毒瘾发作后都会失去理性，只要能控制，就不会做出伤害自己的亲人或违法的事来。

周小兰个子不高，长得小巧玲珑，虽然才 40 多岁，但脸上已有一种沧桑感。由于受到毒品引起的多种病痛的折磨，她脸上的皮肤显得暗黄，两边颧骨已经高高地凸起，看上去比实际年龄苍老了许多。但从她脸上的轮廓依然看得出，她曾是一个靓丽的女孩。她是位善良又乐于帮助别人的病友。自参加美沙酮药物维持治疗后，她从未再使用过毒品。在门诊开展奖励机制的时间里，每一个月她都获奖，曾连续两个月获得免费服药25天的最高奖励。一些参加治疗的病友常担心被公安抓去尿检，可她从不用担心。如果她尿检显阳性，那就是服了其他治病的药物。她曾被国际艾滋病联盟组织聘为门诊的同伴支持员，有一天我听她和其他同伴说："自从我参加美沙酮治疗后，就再也没有使用过海洛因。当年是因为交友不慎，加上自己的好奇心驱使，吸上了毒品，我真是后悔莫及。"有一天她向我打开了那些尘封了20多年的往事。虽然她年龄不大，但已经历了不少人生坎坷，在这短短的40多年里，她的经历既令人震惊，又令人辛酸和感动。

这一生中周小兰经历了三个男人。这三个男人都对她的命运有着不同程度的影响和改变，对她的一生来说都是刻骨铭心的。她是这样对我说的："20多年前，我初中毕业后就读的是职业高中餐饮专业。那一年我还没满17岁，还有一年高中才毕业，学校就让我们到社会上实习。我选择了本市一家可以承接一般宴席的饭店。老板把我安排在厨房。厨房里有一位厨师，一位洗碗的阿姨，还有一位厨师男助手。这位助手姓孙，比我大六岁，长相还过得去，但没有什么文化，初中没有毕业就到社会上混了。因为他是大厨的助手，我当然也称他为师傅了。他心地善良，极愿意帮助人。我记得最清楚的是，我刚去实习的第一天，就有人订了30桌酒席，晚上等客人全走完我们收拾好碗筷已经是11点钟了，我回家的那一路公交车已经不再发车。孙师傅知道这事后，就很热情而风趣地说：'没关系，周小妹，我老孙送你回去，只要你不嫌我丑就坐在我的摩托车后面吧。'那时候我已经没有什么选择。虽然是第一天与他接触，他却给了我很好的印象，于是我上了他的摩托车，没想到竟上了他的贼船，苦了我一辈子。他送我回到家后才回饭店。应该说在实习期间他确实给了我很大的帮助。不到半年时间他就成了我的男朋友。

"记得有一天我到了他的宿舍，看到他在吸海洛因，当时我也知道那是毒品，就对他说别吸那些东西，可他说：'我不吸不行，也不想去戒。'我只知道海洛因是毒品，但并不知道海洛因对人类有那么大的危害，更不懂得要帮助他远离毒品，或要与他保持距离并离开他，反而与他走得更近。那时的我真的是一个很单纯的女孩。在那里我没有第二个熟悉的人，只要到下班的时间我就跟着他回宿舍。一回到宿舍里他就要吸海洛因，我怎么说他也不听，没有想到这东西竟是那样的令他着迷。有一天我又看到他在吸，便坐在旁边仔细地看着他。我明知道这是毒品，但看到他那样，我的好奇心升起，心想一定也要尝尝。于是我对他说我也要吸。他不让，说我一旦吸上了就没有回头路。我一再坚持说要吸，并说：'你能吸我为什么就不能吸？你不让吸我就离开你。'他当然舍不得我离开他，他怎么能舍得放弃'美人坯子'呢？在我的要挟下，他同意了。现在我在想，他当时要是真正爱我就不会同意让我吸。我开始吸这东西，感觉并不好受，还觉得味是苦涩的直想呕吐。为什么他吸起来是不一样的感觉？第二天他吸的时候我又跟着他吸起来，就这样经过一周时间，我终于有了飘飘然的感觉，往后我就欲罢不能了。从此我真正成为一个地地道道的海洛因成瘾者，走向了人生最痛苦的深渊。因为吸海洛因时间长了他已经没有精力上班，我也终止了实习。等我们吸了两个月的毒品后，他存的钱已没有了，不知道上哪儿去找那么多钱。他犯愁了，如果他只一个人吸还好，现在身边还多了一个小姑娘，这小姑娘又是跟着他才吸上毒的，怎么办？经过再三考虑，他决定要把我送回家。之前我们吸毒是不让家人知道的。

"那一天他把我送回家并告诉我的家人说我吸了毒。我的父母听到这个消息，如同天塌下来似的。我爸知道毒品的危害性，他气得浑身发抖，大声地对我吼：'你这一辈子完了，我为什么养了个吸毒的丢人现眼的女儿？'我妈则在一旁不停地哭，哭得泪流满面，头昏眼花。经过冷静的思考后，我爸还是语重心长地对我说：'趁你还没有吸多长时间，从现在开始，停止吸那东西，不再和那个男的来往，我来帮你戒。'从那天晚上开始，他们就不让我出门。我硬挺着熬到第二天早上，到了9点钟以后毒瘾就发作了。先是直流泪，全身起鸡皮疙瘩，然后就感觉有很多的蚂蚁爬到身上，骨头痛了起来，继而是肚子痛。我在床上滚来滚去，然后边哭边对我爸说：'我挺不过去了，干脆让我死了吧。'我爸说再坚持。我妈不敢看我，她说当时她的心比我还要难受。我痛得从床上滚到了地下，汗水把衣服都浸湿透了，不知道什么时候就昏过去了。后来听我妈说，她和我爸都哭了，只好叫我的男朋友把海洛因送来，我才起死回生。回想起那种戒法，我们叫生戒，实在是太痛苦了。那时我已经上了瘾还怎么能戒掉呢？往后我每天都要300元的毒资，开始我的家人还给我钱。他们也到处为我打听戒毒的地方，当得知本市福利医院收戒毒人员，他们就把我送去。那是短时间的治疗，去了一周或半个月后我就回来了。记得我家人先后送我去了六次，但每次回来不到两天我忍不住又吸起来。总是这样，戒了吸，吸了又戒，所以都没有戒成功。我妈看到我这样，常常流泪，这10多年来妈妈不知为我流过多少泪。每次我要去戒毒的时候，我爸总给我信心，可一次次地都让他失望了。我觉得没脸回家，干脆就又去跟男朋友一起生活。没过多长时间他的积蓄又被我们吸光了，没有办法我又自愿离开了他，算起来其实我和他真正在一起的时间只有一年多。

　　"后来我只有自己想办法找钱来买毒品，但从来没有去做偷和骗的事。没有那么多的钱买毒品怎么办？我便想起了自己的同学，我的初中、高中同学一共120多个，几乎每一位我都问他们要过钱。我说是向他们借钱来戒毒，那个时候他们也愿意给我，要是现在是不会有人给我钱的。他们把钱给我都是一再叮嘱：好好去戒，以后别再去吸那种东西。就这样我在混混沌沌中过日子。那个时候我的脸皮已经很厚了，毒瘾发作起来实在是无法忍受，我根本就不可能再去考虑脸皮的事。说实在话，当时我既不去偷也不去抢已经很好了。我们这些吸毒的，有不少的人都去干那种事，不去没有钱买毒品啊！常有人毒瘾发作起来没及时买到毒品，难受得直在地上打滚，甚至丢了性命……你们没有经历过是不能体会到那种痛苦的。其实我们很多人吸了这东西后都觉得后悔，但停不下来，又戒不掉。现在回想起当年我的这些同学，感觉他们真的很好，他们都极力地帮助我，希望我能早一天离开毒品。所以我问他们要钱的时候，他们都给，但前提是把他们给的钱拿去戒毒而不是去吸毒。大家同情我的遭遇，多的给1000—2000元，少的也给600—800元，并说这些钱不用我再还了。其实当时我又哪来的钱还给他们呢？就如同是老虎借猪。我也有自己的底线，已经问过了一次的人，绝不会再第二次去问。我永远不会忘记，那些年同学们给我的帮助，遗憾的是我最终还是无法摆脱毒品。

"在我还未来得及享受青春的美好年华，就跟着第一个男朋友走进了人间地狱——吸上了毒品。在我的花季时代里，我的生活没有阳光、没有欢笑，真的好后悔，如果再有下一辈子，我一定要好好享受青春，享受美丽和快乐！

"我实习不到两个月，我的一位高中女同学梁姗姗，到某公司实习。一天晚上我们几位要好的同学在一起小聚，没想到梁姗姗把她的实习老师（他以后成为我的第二位男朋友）一起带来。这位老师姓陈，是他们公司的经理，当时他大概是30岁，虽然他长得不帅，但很有气质。我的同学姗姗逐一向他介绍我们，当介绍到我时，只见他用一双发着光亮的眼睛看着我，当时我因为年纪小还不能理解他那发光的眼神是什么含义，其实那就是爱的光芒。现在回想起来，觉得正是有了他当时那双发光的眼睛，才使我对他一直不能忘怀，直到现在我仍然觉得他是我生命中最重要的一个人，也是他那双发光的眼睛一直在照亮我的人生。但在当时，在我的心里他仅是一位和蔼的大哥哥。自那次偶然的见面后，我就在他的心里占了一席之地。之后他偶尔约我出去喝咖啡、喝夜茶、吃夜宵等。中山路的夜市是最热闹的，他带我去了好几次。开始我总是像跟着大哥哥一样，屁颠屁颠地跟在他的屁股后面，到了那里他都让我点自己喜欢吃的东西。我渐渐地也理解了他对我的那种感情，但我对他的示爱装聋作哑，置之不理。主要是当时我觉得我们的年龄差距太大，所以总像小妹妹一样跟着他。只怪我太没有眼光了，跟错了一个吸毒的，那时我已经跟吸毒的男朋友在一起，所以把自己也毁了。

"一年后我离开了第一个男朋友。我吸毒陈经理也知道，但他并没有因此而离开我，还在经济上帮助我，又常鼓励我去戒毒。他曾先后四次送我到福利医院戒毒，后来我又一次次参加强戒，但每次都是以失败告终。我完全丧失了信心。我多次对他说我们不可能在一起，让他另找人结婚。也许是他看到我一次次戒毒失败，也见我拒绝他的态度坚决，后来他终于结婚了。为了就近照顾妻子，他改行到其他单位工作。他结婚后还一直在关心我，当我因吸毒常到处找不到钱时，他又帮助我渡过难关。我的戒毒费有他给的，同学给的，家里给的，全部加起来已经接近10万元，就是不能把毒给戒掉。记得我曾好几次在走投无路的情况下到他家，当时就是想问他要钱，解决毒品造成的痛苦。有时他不在家是他的妻子在家。"

我立刻接过她的话题："你一定是被他的妻子臭骂一顿，然后把你赶出她的家门了？"她说："没有的！你不知道，我真的是遇到世界上最好的人了，她也知道我与她丈夫的关系，但她知道那是已经过去的事情，没有必要再去纠结。所以她非但不骂我还给了我钱，叫我一定要设法去戒毒。她每次给我都是500或800，我真的非常感谢她。""后来你和原来的陈经理保持多久的联系？""自我确认他是好人后，一直以来我和他都保持着联系，直到2005年我怀孕了才说与他终止来往。但他仍然给我电话，每次我都不接。我不想让他知道我已经怀孕，担心他的工作、家庭受到影响。他的妻子是那么好的一个人，他有一个幸福的家，不能因为我一个吸毒女而毁了他的一切。所以我选择了回避，但我决心要把这个孩子生下来，以后也不结婚。他的妻子有一颗善良的心，我不愿意去伤害她。人总得讲点良心吧，你说是不是？"

她的故事深深地打动了我，她的善良让我重新认识了她。一个吸毒的女人能做到这样，不简单！她说："我的女儿出生了，我的父母非常高兴，我们给女儿起了个名字叫贝贝，意思很明显，她就是我们家人的宝贝。说真的这些年来，因为有了贝贝，我们的家充满了欢乐，充满了生气。她长得越来越讨人喜欢，特别是那双乌黑的眼睛仿佛会说话，在外面是人见人爱。"我记得几年前的圣诞节那一天，周小兰把女儿带到门诊来，我看到小女孩那张红扑扑的脸，配上一双水灵灵的眼睛非常可爱，当时她妈妈让她叫我阿姆，她怯生生地叫了一声便扑在她妈妈的怀里。那天刚好是圣诞节，我就把红色的小花拿出来给她，她走到我面前接过小花眨了眨大大的眼睛说了声"谢谢姆姆！"便向妈妈奔去，但她刚迈出脚就要跌在地上，周小兰赶紧扶住了她说："她的脚没有力，与她的同龄人相比，走路的时间比别人晚多了。"我说："以后慢慢让她锻炼，毕竟她才一岁多。"时间过得真快，一晃就是10年。周小兰接着说："两年多以后，我那颗平静的心已经不能再平静下去了，因为每天我都看到别的孩子爸爸长爸爸短地叫，我的女儿却每天只能围着我转。说心里话，真的很感谢我的父母，如果没有他们在身边，我真的不知道该如何度过那些日子。我的身边虽然有女儿，但我也有另一种寂寞。有一次女儿问我：'妈妈，别人都有爸爸，我怎么看不到我的爸爸呢？'我非常难过地说：'爸爸出差到很远的地方了，以后会回来的。'我的嘴上虽然很轻松地说，可我的心里却如针刺般难受。那一夜我的双眼始终没有合过。一个女人的心就是这样不堪一击，为女儿这一句话，在天亮之前我作了一个大胆的决定：我要把女儿告诉他。后来我拨通了他的电话，告诉了他我们已经有了一个两岁多的女儿。开始他不相信，以为我在与他开玩笑，或图谋不轨。待我把全部经过说出来后，他却在责怪我那么久才告诉他。

"那天刚好是周末，他迫不及待地要求我把女儿带去给他看。为了女儿我答应了他的要求，安排好家务我就对父母亲说带女儿到公园玩。我把女儿带到动物园让他们父女俩见面，但我不敢对女儿说这是她爸爸，便让女儿称他为叔叔。他见到女儿的那一刻非常激动，变得语无伦次。过后他说：'没想到你给我生了一个那么漂亮的女儿，以后我会尽能力让你们生活得好些。'有了他这话，当时我已经感到很满足，同时我也相信他是个有责任心的人，不然为什么当初他已经成了家，却仍然对我是那样的关心？那天他整整陪了女儿一天。半天在公园玩，半天到商场给女儿购物，我们就像是一家人过得很开心。吃过晚饭该分开了，'叔叔'陪女儿玩了一整天，还给她买了那么多好的礼物，女儿当然舍不得离开'叔叔'，我的心情却难以用语言表述出来。在回家的路上女儿蹦蹦跳跳地对我说：'妈妈，这个叔叔真好，下次我们又跟他玩！'我说：'贝贝听妈妈的话以后还会带贝贝去跟叔叔玩。'女儿很认真地说：'妈妈，以后贝贝听话，贝贝不再哭了。'听完女儿说这话后，我哭了，当时我也不知道为什么，是高兴还是难过，总之五味杂陈，一起涌上心头。那天我既高兴又难过，高兴的是女儿与她的父亲没有排斥。没想到从未见过面的他们竟玩得那么开心，女儿一点没有认生的感觉，就如同是很熟悉的人，也许这就是血缘的关系吧。难过的是女儿的爸爸就在她的眼前可也不能叫，这种关系到底要维持多久呢？你知道的，因为我的生活比较困难，其实我这一路走过来都是靠父母亲帮助。有了女儿这根纽带维系，我和他的联系又慢慢地恢复了。往后每个月他都付给女儿600元生活费。到了周末或节日只要他有空都会让我把贝贝带出去小聚，我们"一家"可以享受短暂的幸福。贝贝长得越来越活泼、可爱，更加讨他喜欢。

"可我们母女俩的好景不长，因贝贝是婚外恋的孩子，况且他的家里还有妻女，他不能公开认自己这个女儿。尽管有贝贝做纽带，后来我们的关系还是变得时冷时热。两年后他就不能按月给贝贝生活费，见贝贝的次数也在减少。我知道他家中还有一个正在上学的女儿，他妻子的工资也不高，自然手头上就显得紧张。每月多支出600元虽然不多，但对于一个低收入的家庭来说也是个不小的数目。每月少了这600元对我的生活来说也是显得比较困难。我拼命地干活挣钱，做那些小买卖也极难赚到600元。在参加美沙酮治疗期间，我每天服完药就去找活干补贴生活。我的身体又不好，常生病，但也不曾有过要到他的单位去嚷、去吵的念头。当时是我们双方自愿，我与他相识、相爱，孩子也是我要生下来的，我就一定要把她抚养大。再说我的父母也很喜欢我的女儿，她就是我们全家人的希望和精神支柱。"

她的实际困难，门诊、社区都看在眼里记在心上，大家都对她十分关心。领导尽可能在门诊里找些轻活给她干，以补贴服药费用。社区还为她申请了生活困难补助。有一次她对我说："我的生活虽然困难，但有大家的关心，家人的关爱，还有一个心爱的女儿，我一定要好好生活，坚持每天来服药，绝不再接近毒品。"每个月她的尿吗啡检测都呈阴性，因此每月的奖励名册里都少不了她的名字。这对她来说也是一件非常开心的事。一直到现在周小兰仍然坚持来治疗，从未使用过海洛因。前两年我与她联系，她说自己的身体还是老样子，但她能撑过去。当提及她的女儿时，她告诉我一个很令人高兴的消息：女儿已经是读三年级的学生，学习成绩很好。

女儿的父亲从去年开始每月给她们母女俩2000元生活费，在假日或周末女儿常去与她爸爸见面，"爸爸"这个词在女儿心底埋藏了八年，八年来他一直称自己的父亲为"叔叔"。

我们的门诊2004年5月开诊，周小兰是第一批来参加美沙酮维持治疗的人员。她说："喝美沙酮给我减轻了很多负担，精神上没有压力，经济上减少了负担。尽管是这样，但我每天的生活费、服药费都没有着落。为了生活，我帮某饭店的老板到处去追债。那时各家饭店为了竞争客源增加收入，他们采取了赊账的方法来吸引客人。结果到了年底有很多账收不回，老板便招人去追债，收到账后可以拿到20%左右的提成。20%对我来说很有诱惑力，于是我铤而走险去帮老板追债。当时我一个女孩子，整天跟着那帮人到处跑，为了生活我不得不去做呀！你现在看到我手无缚鸡之力，怎么也不会想到我当年竟跟着别人去做那种事，我已经是豁出去了。现在回想起那时候的经历反而觉得十分害怕。做这一工作大约有半年时间，我觉得常做这种恐吓人的事心里很不好受，后来就洗手上岸了。没过多久我就怀孕了。因长年使用毒品，我的一只小腿患上脉管炎，表面的肉已经溃烂，长年治疗也不见有多大好转。院也住了，中草药也都用过了，时好时坏，四处寻医都不见好。"我问她是什么原因使腿变成这样？她说："这是因为当时钱少不能全部使用海洛因，就在海洛因里加上少量的异丙嗪、安定一起注射。治了许多年用了很多药依然不能根治，随天气的变化时好时坏。医院鉴定我属于三级残废。由于我生活困难，社区帮我们母女俩申请了低保，政府每月给我和女儿每人500元的生活补贴，我感慨人世间给我的温暖。"

她说家人对她很好，10多年来一直支持她参加美沙酮维持治疗，还四处为她寻医找药治腿，家人为她已经倾尽所能。一天她很难过地对我说："我的腿痛起来很难受，每天都要到医院治疗换药，除要服止痛药外还要加大美沙酮剂量，那样可以帮助减轻疼痛感。正因为增加美沙酮剂量，每天要到门诊服两次药，我爸妈对我产生了怀疑，说我是偷吸了海洛因才要加大药剂量。无论我怎么解释他们就不相信，我现在连家都不敢回了，李姐请你帮我打电话跟我爸妈说，别再怀疑我吸海洛因。"她的情况我很清楚，每天她都是一瘸一瘸地到门诊来服药，从没有缺过。于是我毫不犹豫地拨通了她家的电话，并分别与她父母讲明她加剂量的原因，还把每月她尿检都过关的消息告诉他们，这才解除了父母亲对她的误解。

周小兰曾对我说过自己的身体不好，又是个曾经吸过毒的人，想带着自己的女儿和父母亲过一辈子。其实这些年来，她一直不去想婚姻最主要的一个原因是，原来的那位陈经理一直在她的心里。她说："我们曾经拥抱，那种美好永远留在我心里。这一辈子心里有他就够了。是他让我学会了关爱，是他的妻子让我懂得了什么是真正的包容、大度、善良。也正是受到他们的影响，这些年来在生活中我也学会了善待他人，因此我感怀他们对我的盛情。"

已经打算独身一辈子的周小兰，没想到上帝偏偏又赐予了她爱情。在她参加国际艾滋病联盟同伴支持工作期间，第三个男人又悄悄地走进了她的内心世界。也正是这第三个男人的出现，终于使她有了一个稳定的家，一个可以依靠的臂膀。这个男人就是在我们门诊服药的韦军。周小兰说，最初韦军以种种方式向她靠近，看到她脚痛行走困难便主动说送她回家，这些帮助全都被她拒绝。2011年的一天，周小兰特意找我说："李姐，韦军这些天一直在跟着我，看到我走路难他就想方设法说要送我回家，我不答应。"我说："这是好事，你也可以考虑考虑呀！"韦军和她年龄相仿，是一家公司的司机。经过长时间的观察，他认为周小兰是个好女人，因此把丘比特的神箭射向了她。一周后的一个上午，周小兰好像很着急的样子，而且情绪有些激动地来到咨询台前对我说："听说他结过婚，还有一个女孩，家在农村。还听别人说他是个艾滋病感染者，我不想与他有任何交往。"我说："不能随便乱听别人说，如果他真的感染上了艾滋病病毒，为什么没有发现他的名字在感染者的名单里？"经我这么一说，她才意识到没有依据的传言不可信。

　　韦军是个很执着的人，认定了目标后就坚持不放弃。他知道第一次婚姻失败就是因为自己吸毒，现在已经远离了毒品的他，要用自信重新找回属于自己的爱。所以他对周小兰承诺，要一生一世陪伴在她身边，如果她的脚痛不能走，每天他就是背也要把她背到门诊来服药，和她一起努力，绝不让她再碰毒品。渐渐地周小兰被韦军的诚心感动，后来他们终于走到了一起。平常我看到他们出进门诊都是手拉手，十分恩爱。周小兰说："开始父母对我们的恋爱极力反对，第一，我们俩曾经都是吸毒的，一旦再走回复毒路，这生活还能持续下去吗？第二，韦军家在农村，市里没有住房，住的是出租屋。我们俩每月的服药费要600元，再加上房租费，我们能承受得起吗？"面对这些实际问题，及两位老人不赞同的压力，他们没有退缩。韦军也没有在两位老人面前说什么豪言壮语，只是在平日里默默地帮助、关心周小兰，这些周小兰的父母都看在眼里。

两个月后的一天，周小兰很高兴地告诉我："看到韦军对我如此关心、体贴，我的父母终于认可我们了。"不久她又告诉我说："我爸妈决定把家里的另一间老屋收拾出来，让我们回家去住。但还不同意我们去领结婚证，等小孩出生后再决定。"2012年他们的女儿出生后，周小兰又十分高兴地告诉我："我的父母已经同意我们办理结婚手续，成为合法的夫妻。"真没有想到，周小兰父母心胸是那样的宽广，他们不但关心包容一个曾经吸毒的女儿，还能包容女儿曾经吸毒的男朋友并接纳他成为自家的女婿，这两位老人真了不起！韦军有了妻子，有了固定的住所，有了属于自己的家，从此更加努力地工作。他每月有几千元的收入，这对一个小家庭来说是很不错了。但因周小兰脚痛要治疗，需要一笔不少的费用，他们的生活虽然谈不上宽裕，但还是过得去。再说他们俩在生活上可以相互帮助和照顾，共同养育两个心爱的女儿。我常看到他们把小女儿抱到门诊来，门诊的工作人员都称赞他们的女儿长得漂亮。

2014年春周小兰对我说："前些日子我的父亲到医院检查，发现得了脑瘤，医生说要住院做手续，但父亲说没有那么多钱不想做，在我和韦军的多次动员下他才同意手术。结果手术做得很成功，只是后期的治疗仍然不乐观。钱也是个问题，现在我们一家的经济来源主要是韦军。我的身体不是很好，所以有时极易生气，韦军说我最近脾气不好，还在开导我让我多注意，以免影响到老人的情绪。我深深地感激爱情。"什么样的男人算是好男人？像韦军这样，虽然曾经是个吸毒者，但他远离了毒品后，对重组新的家庭敢于担当，勇于负责，关心妻子，敬老爱幼，这样的男人难道不能说是好男人？像周小兰那样善良的人，吸毒已经成为历史，难道她要永远受到人们的歧视吗？

　　周小兰是个善良的人，所以她总是得到好人的帮助。在她吸毒期间同学们都给钱帮助她戒毒；她之前的男朋友一如既往地给她关心、帮助；社区、政府对她的关心，使她母女俩都领上了低保。有一个晚上她还对我说出了一个好心人——刘记者。她说："有一年我在强制戒毒所里，刘记者去那里采访我们，当时管教介绍她来采访我，在采访的过程中，她的每一句话都体现着对我的关心和鼓励，丝毫没有指责的意思。她的话像涓流滋润着我的心田。她说我还那么年轻，鼓励我一定要用坚强的意志力去戒毒，她给我信心和生活的希望。出了戒毒所后，我很想摆脱毒品，但我没有那种顽强的毅力，另外我的健康也使我无法戒断毒品。尽管我每天都受到毒品的折磨，但每当我想起那些对我关心的人就非常向往摆脱毒品后的新生活。机会终于来了，2004年听说市里的一所医院开了美沙酮维持治疗门诊，我很高兴，立刻对父母说要到门诊来参加治疗，他们毫不犹豫地就答应送我来。看，一转眼我已经在美沙酮门诊度过了10

多个春秋，在门诊里你们工作人员对我都很好，常给我鼓励，从没有对我产生歧视，还尽力给我帮助，有什么活动都让我参加，你们对我的关心和帮助我永远忘不了。更使我难忘的是2011年我到医院住院治疗发炎的脚，当时刘记者知道了这回事特意赶到医院去看望我，还给了我2000元住院费。大家都在关心我，我感觉自己是一个幸运的人。"我说："是的，你很幸运。你和大家一样都有一颗善良的心，所以大家都愿意帮助你。以后你的生活会越来越好！""谢谢你，李姐，我相信你说的话。"她还对我说，"每天我的妈妈都为我们带女儿，两个女儿都是我妈妈带大的，大女儿一放学回到家就'外婆、外公'叫个不停，有时她对外公外婆比对我还要亲。现在我每天的生活是这样，早上我们一起去服药，丈夫因为上夜班，服药回来就休息，我回娘家看小女儿或协助妈妈做些家务，爸爸身体不好，就让他休息。每天中午、晚上我们都在娘家吃饭。我们一家六口人，每天在热热闹闹中度过。在我的家里，每天都听到孩子的哭闹和欢笑，每天都听到老人的叮嘱，每天我和丈夫都在为自己的家奔忙，我觉得每天的生活过得很充实。这些年，我和韦军虽然经历了数不尽的辛酸，但我们都逃离了毒品的魔掌，我们很庆幸。现在我觉得自己是个幸福的人，所以我感恩亲情。"

听了周小兰所说的这一切，我很感动——为她离开毒品的决心和毅力，为她战胜病痛的坚强和信心，为给了她生命如大海般宽阔胸怀的父母，为所有关心和帮助过她的人。

（二）

她叫肖文婷，从她的脸上看，肤色有点灰暗，但人长得如其名，亭亭玉立。20岁，正当花季。我接受她的第一次咨询是在一个夏季的下午。那天她上身穿一件胸前和袖口都扎有蕾丝花边的白色短袖衬衣，下面穿一条黑色冰丝裤，这套得体的衣着更显出她的秀气和美丽。我根本就没有把她与吸毒者画上等号，还以为她是为家人或朋友来咨询。她先向我了解美沙酮治疗的情况，再问是否可边治疗边工作。我说如果受毒品影响不严重可以边治疗边工作。当我说让她把人带来给我看时，她的脸上立刻露出十分尴尬的表情，并小声说："是我自己。"

接下去我们交谈了足足有20分钟。她告诉我："我家在农村，路不好走，汽车要颠簸两三个小时才能到。初中毕业后我先在家里跟家人一起干了一年多的农活，平日里日晒雨淋，农忙时累得腰也直不起来。有时想买些日用品，手头上都很紧，因为我家的每一分钱都靠把自己种的或养的东西拿到市场上去卖才有，我已经害怕了过那种生活。有一天我的一个同学对我说，像我那么漂亮又年轻，应该到城里去工作，随便到一家酒店去做一个服务员，每月包食宿还可以拿到1000—1200元工资。当时我眼睛都大了，这对我一个农村女孩来说确实是非常大的诱惑。经过两天的思考，我决定到城里去看看，也是想通过自己的劳动，给家人一些补贴，也能像城里人一样买自己喜欢的衣服。我把自己的想法对家人说了，家人十分反对。一是家里缺少了一个劳动力；二是不放心我一个女孩在外面，担心被别人骗。但我心意已决，于是跟家人闹翻了，他们说从此无论我身上发生什么事他们都不管。就这样我不顾家人的反对，带着美好的憧憬来到了省城。在同学的帮助下，我在一家酒店当服务员。试用期一个月，包食宿，我还领到了800元的工资。试用期满后我每月领到1000元，说以后还会有提升。后来听一同事说这酒店工资低，有的店可拿到1200—1500元，她让我和她一起到别的酒店去看看。我们就到了一家星级酒店，经过面试，我被录用了。因为我文化低，没资格在前台，还是做一般的服务员——端盘子。但对于从农村来从未见过什么世面的我来说，也感到心满意足了。

"几个月后，我在那里也慢慢地交上了朋友，有女友，也有男友。不上夜班时我就和同事、朋友们出去吃烧烤、喝啤酒等，常到凌晨才回来。出去的次数多了，认识的人也就多了。刚开始别人不敢轻易叫我，后来见我喜欢出去，大概也是看中我的姿色吧，朋友们就常叫我出去做伴。但不再是去小摊吃烧烤、喝啤酒了，而是到包厢里喝夜茶，K歌，喝红酒，有时他们还吸海洛因。我也不知道自己是哪个时候开始吸上了海洛因，刚开始我也知道这是一种毒品，跟朋友说有些担心，但朋友们说：'没事的，吸少量就当是享受生活。'我是个没见过世面的人，虚荣心也比较强，他们说什么我就听什么，并跟着效仿，还认为是赶时髦。没想到一周后，越吸越上瘾。我每月的工资根本应付不了对海洛因的需求，只能向朋友借钱，但无力还。个别好朋友知道我的情况就劝我戒掉，可我已经欲罢不能。钱花光了没有胆量去偷、去抢，也没有脸进戒毒所。在这样的情况下，我还是想到了我的家人。但家里困难，他们没有钱给我买毒品，就是有他们也不会给钱让我去买，他们曾经说过不管我了。我能上哪呢？家是避风港，我还是要回家。"

说着说着她的眼泪已经掉了下来，她用纸巾擦了擦继续说："回家后，我爸先是说要把我赶出家门，为了使我能把毒品戒掉，后来他报派出所，让人来把我抓走。一年后我从戒毒所回到家，在家里休息了一段时间。由于我耐不住寂寞，就又对家人说要再到城里去找事做，并表示从今后再也不去吸毒。有了前车之鉴，家人更是极力反对。我也不管，干脆偷偷地跑出来。到城里又看到原来的粉友，那根神经总是不听使唤，我控制不住自己，又吸回海洛因。这一次我家人真的完全不理我了，现在我在一个朋友家里住。我冷静思考，觉得海洛因确实不能再吸下去了，否则失去家人不说，还会把我的人生全给毁了。我还那么年轻，一定要想办法戒掉海洛因。我到处打听，终于听说你们这里可以戒毒，我就来了。我想明天借钱来办理治疗手续。"

听了她的叙述我的心隐隐作痛，心想一定要设法挽救这姑娘。我和她约好第二天上午见。第二天她如约前来，说是朋友借给她钱，当天我就给她办好手续并让她服到了药，服药后我第一次看到她脸上有了笑容。第一个月她都能坚持每天来服药，因为我一直在关注她的情况，发现一个月后她就常有不来的现象。有一天她又来服药了，我看准时机，要找她谈谈。当她服完药从我身旁走过，我就立刻与她打招呼，说想与她聊聊。我从她一脸的愁容就得知她一定遇到了不顺心的事。经了解得知她是没钱，所以不能每天都来服药。我说让家人给她帮助，她说家人不会再给她钱，也不相信美沙酮能帮助戒毒。朋友也不能再借给她那么多的钱。面对她的这些情况，我该怎么办呢？我想了想后对她说："我联系你的家人，由我来说服他们给钱让你服药。"她开始极不愿意，说无论如何家人也不会再给她帮助了。在我的耐心劝说下，也是出于对我的信任和抱着能得到家人帮助的希望，最终她还是同意把家人的电话号码给我。她再次流下悔恨的泪水哽咽着说："那么就请你试试吧。"她给了我两个电话号码，一个是她哥哥的，一个是她舅舅的。她说现在只有这两个人才可以帮助她，并让我先找她哥哥。

我拨通她哥哥的电话，说明了原因，她哥哥说自己在外地不方便。但他给了他父亲的电话让我联系。我拨好几次电话才联系上她的父亲。听我说明事情的原委，她父亲很生气，说他们家里没有钱给她，让她回到家里去，并一再强调，在城里女儿肯定戒不了毒。如果派出所的人把她抓去每天交20元他也愿意出。他还数落了女儿如何不听话，戒了又吸，现在弄得全家人不得安宁。他很激愤地说了一句"往后我们家里人不再管她了"，便撂下电话。我也很执着，唯有找到她父亲她才有救。我想他父亲肯定不再接门诊的电话，我用自己的电话又拨通了她父亲的电话。我先从她女儿的悔意说起，告诉他美沙酮的作用，门诊目前的在治人员情况，及他女儿服美沙酮后的情况。谈到这，我已经听到在电话另一端的父亲，语气已经变得缓和多了，态度有了改变。他说："我们家确实很困难，她舅舅在城里，我先让她舅舅给付每个月的服药费，一会儿我在电话上跟他说。"听到这我很高兴，肖文婷服药的钱有希望了。20分钟后我拨通了她舅舅的电话，说明了情况。他答应为外甥女支付药费，但当天他有事在外，我让他第二天和外甥女一起来门诊办这件事。但第二天没看到他们来，我很着急。第三天的上午我看到肖文婷领着舅舅来到了门诊，她的药费终于有了着落。我如释重负，顿时感觉整个人轻松了。

往后的几个月，肖文婷的舅舅都帮她付服药费，但偶尔也透露出长期服美沙酮也不是个好办法。肖文婷也对我说，她父亲不同意，她也不想每天这样服美沙酮下去，要设法离开美沙酮。我理解，她那么年轻的一个女孩，不能一辈子每天来服美沙酮，我也希望她能离开美沙酮获得自由，便告诉她如何戒断美沙酮，戒断后采取什么方法应对出现的戒断症状。一天肖文婷服过药后没有立刻离开门诊，我看到她一直站在门外和其他病友在一起，我很担心她这个农村来的年轻女孩，涉世不深，在外面听那些不该听到的小道消息后会有其他想法，或跟别人去做那些不该做的事，就叫她进门诊来。她说自己在外面等一位会绣十字绣的阿姨，想跟她学十字绣，以后自己也学做这一门手艺。我让她坐在门诊内等候，她很听我的话。真没想到，这个姑娘已经在为自己今后的生活出路做准备，她的心里已经有一幅今后生活的蓝图。一个月后，门诊里再也没有出现那个亭亭玉立的身影，直至现在也没有。她刚离开门诊不久，我对她还是有些不放心，曾用电话与她联系过，但无果。也许是她换了电话号码，担心昔日的粉友再次对她诱惑。我在想她一定是回到了从前的幸福和自由，现在她已经为人妻，为人母，在用双手绣着自己的美好前程。

洗病友个子比较胖，和一些病友一样，很难从血管里抽出血来，这就给检测工作带来了不少麻烦。2012年5月31日，我看到他父亲跟着他来到门诊。护士已经是第二次给他抽血，却还是抽不出血来。此时，有位工作人员对他父亲说："两周前，他因脚伤住院时曾抽过血做过检查，把那个结果拿来复印存档，还是可以的。"他父亲听后，转身就去办。这让我感到他父亲对他的态度有了180度的大转变。

我清楚地记得，两年前的一天，洗病友来参加治疗大约一周时间，他的父母悄悄地到门诊来了解他的情况。我告诉他们说："你们的儿子服药情况还比较好，目前只是偶尔有偷嘴的现象。但凡事要有一个过程，我相信他以后会慢慢离开海洛因。"但他父亲冷冷地说："我们对他已经失去了信心。他骗了我们很多年，常向家里要钱。送他去强戒过两次，回来还不是照吸不误。我们已经老了，没有精力再去管他那么多。唉，真丢人！你别让他知道我们来过这里。"

之后大约一个多月，这对夫妇再次到门诊来暗访儿子的治疗情况。我告诉他们："总体正常。只是有几次，他说在野外工作，赶不回来服药。他是搞测绘工作的，可以理解。"他父亲说："这工作也是前不久我刚给他找的。之前的几次工作，都是因为吸毒而干不下去，一次次把工作给丢了。"我说："我发现他还是比较热爱这份工作的。常常是匆匆而来又匆匆而去，总说不能迟到。还听他说已经交了女朋友。"听我说他们的儿子交了女朋友，他们非但没高兴起来，反而大吃一惊。夫妇俩用一种对此事不屑一顾的眼神对望了一下，父亲带有鄙夷的声调说："他自己这个样子，居然还找女朋友？别害了人家啊！"说着，他把目光转向老伴："以后他再吸毒，老婆生下孩子后跑了怎么办？"这位父亲说的是心里话，他的担心也在情理之中，我已经看到不少吸毒者的家庭都是这样。

在门诊里，我曾看到过有男病友背着一两个月大的孩子来服药，原因就是妻子看到自己的丈夫吸毒而愤然离开了。她宁愿离开儿子也要逃避吸毒的丈夫，可想而知，吸毒的人在她们的心目中是多么的可怕！当时我们看到那个年轻的父亲背着襁褓中的孩子到门诊来服药，真觉得心酸！吸毒者不但把所有家当卖光吸光，有的甚至把房子也卖掉再吸个精光。更可怕的是毁了健康，也牵累了家人。有哪个正常女人愿意去承受那一份无辜的罪孽呢？纵然嫁错了，又有谁不想从中逃脱？

时间在一天天地流逝，冼病友的恋爱，一直在遮遮掩掩中度过。如果他正大光明地向对方说出自己的实情，也许对方会弃他而去。大多吸过毒品的病友在恋爱中都是这样伤痛的结局，因此有不少病友说不敢谈恋爱。冼病友是个幸运者，他的恋爱在不知不觉中到了瓜熟蒂落的时候。他真不愧是一位测绘工作人员，对自己未来的生活也"测绘"得十分"精确"。在婚礼尚未确定之前，他就对我说："待我举行婚礼的那一天，门诊一开门我就来服药。回去后再去做婚礼的准备工作。"我对他的设想很是担心："你一早就出来服药，她要是找不到你怎么办？"他说："其实也就是半个多小时而已。"我对他要结婚的事高兴不起来。因为他没有把自己的情况坦诚告诉女方。要是女方知道了他的情况，或以后他又走回复吸路，岂不是要让对方也无辜地受苦？甚至是对方的家人也跟着受苦。毕竟，他是我的病人，若他真能改邪归正远离毒品，与心仪的人结成连理，我该由衷地祝福他。

时间过得真快，一晃就是一年。有一天冼病友突然高兴地对我说他自己当上了父亲，已经有了一个女儿，我真为他感到高兴。奇迹还真的是在冼病友身上发生了。2012年4月的一天，我看到冼病友的父亲很着急地来到门诊，我问他有什么事，他说自己的儿子脚伤住院了，他想来告诉我们怎么样才能给住院的儿子服到药。我告诉他去找领导商量，这事不难。他还告诉我，昨天他儿子被公安抓走了，他来的另一个目的是要找某派出所了解儿子的情况。既当父亲又当公公还当了爷爷的他，不再像当初一样因儿子吸毒而不敢去面对，毕竟他是一位有知识有文化的人，不会把儿子放弃不管。看到儿子已经有了改变，他也在改变自己。现在他要为儿子受到的不公而争理，我感觉到他的关爱与慈祥，已经从他往日怨恨与冷漠中，完全回来了。恨铁不成钢是爱，知错而改的包容，又何尝不是天下父母的无疆大爱呢？也正是有了这种无疆大爱的父母，才能使误入歧途的儿女们有了改邪归正的机会。爱是力量的源泉，有了父母的支持和帮助，当上了丈夫和父亲的冼病友，以后一直都坚持治疗。他是个幸运者，虽然走错了道，但由于得到父母的关爱，能改邪归正，并拥有了一个温暖、幸福的家。

2009年12月28日，一位约45岁姓程的妇女又来到了门诊给她的外甥预交服药费。她是门诊里的常客，有不少工作人员都认识她，大家称她程阿姨。程阿姨留了一头短发，人显得很干练，能说会道，敢说实话、真话。是她把姐姐吸毒的儿子带到我们的门诊来参加药物维持治疗。此后她经常到门诊，一来给外甥预交服药费，二来了解外甥服药的依从性。从她口中我了解到，她与这位曾经多次复吸的外甥不是母子却有胜似母子的深情。是因为有她的关爱、执着，外甥远离了毒品。

她说："为了这个外甥，我宁可牺牲两个家庭。小时因为他父母工作比较忙，我家距离学校近，为了方便，我就让他到我家来上学。读完小学他就回家上中学。后来因为他父母离异无人管教，他就跟社会上的人学会了吸毒。听到这一消息我的心都碎了。我说一定要他改变过来，给他一个新的希望。我亲自把他送到戒毒所，一次戒不了，我又送他去第二次。当时他回来后脱离不了原来的环境，加之受到同母异父的弟妹的歧视，他很难受所以又复吸，我又第三次把他送进戒毒所。是我一次又一次送他去戒毒所，也是我一次又一次去戒毒所把他接回来。我家人极力反对我这一做法，他们都让我别再去管这事了，管了那么多年他仍然没有改变，这不是徒劳吗？

"有一次派出所的民警叫他去做尿检，他的弟妹们以为他吸了毒又被叫出去，就说不让他在家里住，要赶他到外面去。她妈妈把这一消息告诉了我，我十分生气，决定要到他们家里去找他的弟妹们论理。当时我的丈夫和孩子们都不让我再去管此事，丈夫说：'你要是再去管你那个吸毒的外甥我就和你离婚！'我另一个姐姐也不同意我再去掺和这事，她说：'你要是再去管这事，以后我也不认你这个妹妹。'但我心里放不下这个外甥，因为从小他就在我家里长大，那时他是一个很听话的孩子。现在我不能就这样放弃他，让他在大街上流浪。我对丈夫说：'你要离就离吧，外甥的事我管定了！'对我姐说：'你不认我也罢，我就是要认这个外甥。'就这样我宁愿离婚也不愿意放弃这个吸毒的外甥。我火急火燎地赶到他们家里，刚好看到外甥正要用刀割手腕，想了结自己的生命，那一刻我感觉刀子已经割在了我的手腕上，便立刻冲上去把他手中的刀抢过来，厉声对他的弟妹们说：'这房子有你们哥哥的分，先有他才有你们，如果你们不让他住我就和他一起到法院跟你们打官司，你们敢吗？'就这样外甥又可以在家里住下去。

"尽管我这样三番五次地帮他戒毒，但他还是无法离开毒品。因为在家里，弟妹们都排斥、歧视他，从没有把他当人看待，我的心就像被针扎般的痛。但我就是对这事铁了心，对他永不放弃。我一直在想办法给他戒毒，为他到处打听戒毒的良方。后来我听说你们这有美沙酮可以戒毒，就带他来了。服了美沙酮后，他离开了毒品，并已经去工作。他在一个亲戚那里帮忙，做美食生意。平常都是他亲自调料，加工，然后再拿出去卖，每天晚上11点才回到家。白天他又帮家里买菜、洗衣服、拖地等，样样活都干，而且干得很好。他还会修理家电，我们亲戚家的家电坏了都是他帮修理。在这里服药后，我鼓励他先安心服药，彻底戒掉毒品，以后再设法停服美沙酮。要把钱攒下来，以后成一个家。不久前他已经找到了女朋友，我们正等待他结婚的好日子快些到来。"

说到这，我看到程阿姨变得十分兴奋，脸上的皱纹全变成了笑纹。她用手捋了捋遮挡住眼睛的刘海继续说："我真的很高兴，觉得这些年来自己的心没有白费，我也要感谢你们！"我说："应该感谢的是你，是你顶着巨大的精神压力，一次次坚决不放弃，你所做的一切很让我们感动！"听了她的陈述，我的双眼湿润了，因为我被她所做的事感动，除了感动还有敬佩。我在想，如果我们每一位家属能这样对待、帮助家里的吸毒者，就不会有那么多的吸毒者再走回头路，我们的社会将会更加和谐。

有一天程阿姨又到门诊来了解外甥的情况，我告诉她说："你外甥表现挺好，尿检也过关，说明他没有去吸海洛因。""好，这正是我想要的结果，他终于可以戒断海洛因了。"我问她："你外甥到我们这里参加治疗后，是否还有去偷嘴过？""去过，有人告诉我。后来我去了解才知道，是平常跟他一块玩的人叫去的。有一天我就去找到了那几个人，严厉地对他们说：'你们谁以后再敢叫邓××去吸那个东西，我就找你们算账，叫人来抓你们去坐牢，就算你们跑到天涯海角我也要找到你们，你们试试看吧！'"程阿姨当时是咬牙切齿地说完这些话。她对那些叫她外甥去吸毒的人可以说是恨之入骨。我佩服她的胆量，竟敢当着吸毒者的面说出如此铿锵有力的话，也不害怕他们寻机报复。她接着说："从此以后他们就不敢再叫我外甥出去吸毒了，因为他们知道我老公是公安局的。当然我也严加看管外甥，下了班就叫他回家，让他别在外逗留。"

　　程阿姨的这番话讲得真精彩，当然，她做得更加精彩。她用爱心呼唤良知，用正义战胜邪恶。至今程阿姨说的话，还有她的神态、她的声音仿佛还在我的眼前，她的行为更令我敬佩。后来，程阿姨的丈夫当然没有和她离婚，她的姐姐也没有割断与她的这份亲情。当时只觉得她为外甥如此操心，仍然没有戒掉毒品，那么多年来任何情感、关爱的投入对于毒魔缠身的外甥来说，都将是一种无实效的浪费，所以他们才对她说了那样的气话。在阿姨的关心和监督下，邓病友坚持参加治疗，然后慢慢减量，最后离开了门诊，永远离开了毒品。这些都是她阿姨付出得到的回报。多少年来，程阿姨一直用这份浓浓的亲情雨露，滋润了外甥那颗被毒品吸干了的心，使他重获得了人生。听说邓病友在治疗期间已经跟他妈妈一起开了一个夜市小食店。

　　七个年头过去了，现在回想起来，程阿姨那铿锵有力的话依然在我的耳边回响。

能坚持到门诊治疗的病友不仅得到家人的帮助，还得到社会、亲友们的关心和帮助。我常看到社区的工作人员把他们带来参加治疗。一天下午即将下班，一名姓李的社工来电话，预约第二天早上带一个病人来治疗。她说本来计划当天下午来，因为那病人不愿意，通过与他多次沟通做思想工作，他才同意来。第二天上午两名社工亲自把那位病友带到门诊来。经了解才知道是这样的情况：这位病友叫翁良友，是个孤儿，家里没有任何亲人，他因长年吸毒，体质极差，已经丧失了劳动能力，无经济来源。平常都是做些偷鸡摸狗的事，过一天算一天。他没有胆量自己到门诊来服药，所以他说不想来参加治疗。社工说帮他想办法，保证他有药喝他才同意来。

昨天下午他们几个社工捐了些钱，够他付体检费和一个月的服药费。有了社工的帮助，从此翁良友便坚持来服药。社工经常到门诊来了解在治疗人员的服药、尿检情况，平常还去家访，看他们有什么困难便尽力帮助他们解决，如申请低保、困难补助等。春节到了还给特困户发慰问品（粮、油等），发现有病友退出治疗或发现自己管辖的街道有人吸毒，社工就去做思想工作，动员他们来参加治疗。他们说这一工作很不好做，上吸毒人员的家时，常被坐冷板凳。原因有二：一是家属们觉得自己没面子，有工作人员到家里来，说明这个家的家庭成员有问题。若是让左邻右舍得知自己家里有吸毒的，会被人歧视。二是吸毒人本身不欢迎他们去做说客，他们离不开海洛因，也不想参加美沙酮治疗，因为他们有些人听信传谣，来服药会被抓走，所以对参加治疗很抵触。尽管做这一工作遇到各种各样的困难，但社工们还是坚持下去，从不放弃。他们要用自己的实际行动，感化吸毒人员，使他们远离毒品，过上正常人的生活，让社会多一份和谐和安定。

门诊里常有在治人员的亲友在月末来帮他们预交服药费，并了解他们的治疗情况。其中有一位已经退休的工人韦大叔最令我们感动。他把一位工友的孩子带来参加治疗，并出钱帮这孩子办好所有治疗手续。后来他又常到门诊来了解这孩子的服药情况。每个月的26日以后，我们都会看到他来预交服药费。而且每次来都向我们详细地了解这孩子的服药、尿检情况是否正常，思想表现如何。那认真的态度俨然一位父亲。开始我们都以为他是这孩子的父亲，在与他的多次交流中他才告诉我们，他与这孩子的父亲是工友同时又是好朋友。他先退休，于是主动承担监督工友儿子的治疗，然后又帮这孩子找工作。在韦大叔身上真正体现了"能帮就帮"的助人为乐精神。韦大叔说："我的工友还在工作，没有那么多时间。再说他家里也困难，妻子又没有工作，加上孩子吸毒就更困难了，我帮助他是应该的。现在这孩子有了工作，每月工资1600元，除了交300元服药费后全交给他父亲，然后他父亲再每天给他20元烟钱、午餐费。他能自食其力，为他的家庭减轻了不少负担，我心里很高兴。"

韦大叔还告诉我们，有一次他了解到这孩子借了其他工友100元钱，他觉得孩子可能有问题了，于是立刻到门诊来向我们了解情况。刚好是前两天做了尿检，但这孩子没有参加（除此次之外以往每次他都参加尿检），这说明他心中可能有"鬼"，他用了海洛因后担心尿检被发现所以就逃避检测。得知这一情况后，我发现韦大叔脸上少有的严肃，他说："回去后我一定要找他好好谈谈，他能有今天实在不易，我绝不能让他再走回头路。"韦大叔的精神可嘉，他的行动更让我们感动。正是因为有了许多像韦大叔那样，几年如一日，对吸毒者从未间断的关爱、帮助，才使治疗者远离了毒品，回归了社会，与家人共享幸福。

在一次朋友聚会上，曾听一位朋友说起这样一件事。刑侦队肖大队长，在近十年时间里，一直在帮助一位吸毒人员，最终使这位吸毒人员脱离了毒品，走向了新生活。肖队长是这么说的：

"周××，记得那天被我抓到时（也是我第三次抓到他），我说要把他立刻送去强戒所。他不愿意去，一再说家里有困难，没有办法离开。他说这话时，眼里还含着泪。我觉得他一定是有难言之隐，于是跟着他到家里去。他们一家人住在两间小小的、已经有几十年的平房里，真可谓家徒四壁。当时他妈妈在家，床上还躺着一个尚未满月的婴儿。我问他这到底是怎么回事。他告诉我，有一天晚上，他在路上看到这个弃婴，就抱回来了。我对他说：'你吸毒连自己都养不了，还把她抱回家，这不是在害她吗？'他说：'当时也想过这个问题，但听到她在不停地哭，觉得很可怜。虽然我们一家连一日三餐都成问题，但我有手有脚，不忍心这个婴儿遭罪，就把她抱回家了。回来后我妈妈和哥哥也不反对。'一个吸毒的人竟然如此有同情心，而且他才二十出头，没有结婚，如果不是亲眼看到还真不敢相信。当时对是否要送他去强戒毒所我产生了犹豫，于是坐下来与他妈妈商量。其实这位妈妈当年还不到50岁，但从她的脸上我看到了无数的沧桑。

"这位妈妈对我说：'我一共养育了五个儿子，老大老三都因斗殴而害了自己。如今老大被判死刑、老三被判20多年。老二因犯了其他事现在还在监狱里，老四和老五都在吸毒。抱这弃婴回家的就是老五，老四常不回家。'她用袖子抹去眼泪。'五个孩子，不但没一个争气，而且还都惹事。他爸是个赌鬼，之前我们家是有一栋楼房的，他把楼房卖了，跟别的女人在外面混，我和他离婚后，五个儿子也与他断绝了父子关系。没有房子住，我们只好租这样简陋的房子。我是个下岗工人，没有什么经济来源。虽然这个家已经四分五裂，但我必须把它撑起来。所以每天都要去捡废品，挣的钱不多，一天十来元。有时这两个吸毒的儿子还从我这拿钱去买毒品。没想到这个老五，自己都顾不来还捡回来一个女孩，人既然已经捡回来了，总不能再把她丢出去呀！无论多难我们也要把她养大。所以每次卖废旧后，我就对这两个吸毒的孩子说，首先要买奶粉给孩子。还好，他们虽然在吸毒，但他们的心是善良的，唯有这一点让我觉得宽慰。'

"我与他们就目前的情况进行商量，要是不去戒毒所，他生活在这样的环境，怎么样也戒不了毒。如果去了戒毒所，这女婴只能妈妈一人照顾，那一日三餐谁来负责？另外妈妈也极不愿意让老五再次进戒毒所，因为他前两次去了回来还是一样吸，没有任何作用。我说那是他管不住自己，如果他能离开那些粉友就好了。这位妈妈说那就别让他去那么久吧！我们最终决定让他去一年，回来后再设法避开那些粉友。我看到放在婴儿旁边的奶粉已经没有多少，于是把自己身上剩下不多的钱交给这位妈妈，对她说：'这是我的一点点心意，不成敬意。'他们母子十分感动。周××对我说：'肖队，你放心吧，这一次去戒毒所我一定要把毒瘾戒掉，否则我没脸见你！'我鼓励他说：'我相信你，这次一定能戒了。'

"在戒毒所里他常与我联系，我也不断给他鼓励，要下决心戒断毒品。一年时间很快就过去了，因为我曾对他们说过，只有离开这个环境才能戒毒，他回到家后就立刻告诉我，要带上女儿和妈妈一起回老家生活。我知道他们是下了很大决心，很支持他们的做法。为了脱离毒品，周××带着妈妈和女儿回到了乡下。

"到了乡下，我们一直保持联系。一年后他们又回到了市里。他很高兴地对我说：'我已经戒了毒！'我说：'好！你到我这里来，我要对你检验。'他到队里来了，我立刻给他做了尿吗啡检测，结果是阴性。我很高兴，对他表示祝贺后，又很严肃地对他说：'目前尿检虽然不是阳性，但你一定要注意，以后决不能再复吸。'他说：'肖队我会控制好自己的。'

"从农村回来后，虽然他已经戒掉了毒品，但生活还没有着落。过去的朋友已经完全与他们脱离，新的朋友又没有交上，到哪去找工作呢？他父亲虽然办了一个厂，但也没有给他任何经济上的援助。他对我说暂时到父亲那里去打工，我说那样也好，毕竟是自己的父亲。做了一段时间他告诉我说，工资太低，难以维持生活，所以决定摆摊做点小生意。虽然不稳定，但能赚点钱，一日三餐还是可以保障的。往后在工作上遇到什么事他都与我说，我能解决就帮他解决。我与他约好定期做尿检，每次他都能按时来，从未缺过，而且每次尿检结果都是阴性。

　　"有一天他很沉重地告诉我她妈妈前些日子已经永远离开他了，当时我很难过，以后谁帮他照看那个小女孩呢？大约又过了一年，他告诉我他与一位女孩成了好朋友。那女孩见他人诚实、厚道又勤快，所以对他很有好感。他曾担心这段好情缘不能持久，但还是坦诚地把自己吸毒的过往以及家里的情况全告诉了对方。没想到那女孩说：'我只在乎你的现在，不去追问你的过去。'不久他们结婚了，生活很幸福。那位被抱回来的女孩，终于有了妈妈。她是一个十分幸运的孩子。他的养父母把她视为亲生女儿，抚养她长大，送她上学。他们结婚一年多后，想要一个自己的孩子，他又把这一想法告诉我，征求我的意见，我当然赞同。自从我把他第三次送到戒毒所后，无论他有什么想法，要做什么决策，第一个总是找我。能被一个曾经的吸毒者如此的信任、尊重，我没有什么理由拒绝，只能一如既往地尽自己所能给予帮助。他能脱毒，我从心里感到高兴，并对他的毅力十分赞赏。作为一名人民警察，看到曾经吸毒的他回归社会，过上幸福的生活，是我这一辈子最值得自豪的一件事。"

（三）

2007年11月5日上午，有一位名叫林建军的男孩到门诊来咨询。他出生于1979年，不到1.6米，惨白的脸，长着一个尖下巴。按常规我给他讲解了药物维持治疗的作用、意义。她说："我1997年7月沾上了毒品。"我心想，他还那么年轻就已经有10年的吸毒史，太不可思议了。他漫不经心地继续说："当时我与朋友一起销售影碟，先是看到朋友吸，我觉得有点好奇，后来我也吸上了。过后才觉得这东西害人不浅，曾好几次去过强戒所，也被劳教过，但不管用。这次我刚从劳教所出来两个月，又吸回了。听说你们这里可以戒毒所以现在来咨询，明天我妈也来咨询。"我说："你回去把我们这里的情况告诉你妈，明天带身份证和钱来体检办理参加治疗手续就行。"他很孩子气地回答："她不相信我说的话，就让她自己来了再说吧。"

11月8日上午，林建军的母亲陪同他一起来咨询。他母亲听了我关于美沙酮维持治疗的介绍后，决定让儿子参加治疗。从他们母子俩的对话中，我感觉他的智商有问题，与他的年龄极不相称。她的母亲很忧虑地说："原来他是一个很活泼的孩子，爱唱爱跳，头脑灵活，现在他的头脑已经变得十分迟钝，这都是长期使用海洛因造成的。听说你们这里可以戒毒，所以我就让他来，但愿他参加美沙酮治疗后能戒断海洛因。"我说："不少人都在这里治疗，只要他每天坚持来服美沙酮一定能离开海洛因。以后他还可以工作、结婚，请你放心吧！"下午林建军体检后，除了有丙肝，身体没发现有其他毛病，我给他办好手续，让他服药。

11月9日，母子俩早早就来到门诊，我问："昨天服了药感觉如何？""感觉很好。"林建军说，接着他还告诉我，"今早上起床后我还帮家里拖地板、洗衣服等。"他妈妈很高兴地接过话说："他从来没有这样好的表现，以前用了海洛因后就变了样，不干活，饭量少，整天都像一根木头那样。今天早上起来他显得很精神。"林建军服过药走出大门下台阶时，蹦蹦跳跳的，就像一个小孩子那样，显然是很高兴。下午母亲又陪他来服药，因为刚开始治疗的一周内，一般的病人需要每天分两次服药。

11月13日早上，林建军的母亲一到门诊就告诉我："昨晚上他到了1点钟还睡不着，他就把家人的衣服全拿出来洗，洗完后坐在椅子上。他说眼皮在不断地打架，就是睡不着。但他能吃，饭量大，还要吃夜宵。他觉得很烦，对我说：'妈妈我真想去犯罪。'等到了3点钟他就睡着了。"听完他们说这些，我觉得应该不是药量不足引起，否则到3点钟他怎么又能睡着呢？这应该是大脑神经还没有适应美沙酮的原因。我让他到里间把昨晚的情况跟医生说，是否要给他加剂量由医生决定。

11月14日早上，可能是林建军母亲有事，所以让父亲陪同他一起来服药。我问他昨晚上感觉如何，他说："已经能睡觉，但今天早上5点钟烟瘾（毒瘾）就发了，但我还是能挺过来。"我问："当时你有要吸海洛因的想法吗？"他说："没有，但觉得难受是肯定的。我就是想，一定要坚持，等到8点钟就可以喝药了。""你的表现很好，学会了控制自己。"他来到门诊已经是10：20，当时医生给他检查，没有发现他出现流泪、眼红等严重现象，说明他是心理作用，不是生理上的戒断症状，就仍然给他保持昨天50毫升的剂量。

11月20日，林建军和母亲早上又一起来到门诊，我觉得他的精神状态很好，说话时笑容挂在脸上。咨询台的对面有秤，他站到上面称了体重，然后很高兴地说："我服药半个月体重已经增了一公斤！"他来服药已经有半个月，今天正好是门诊给病人例行尿检的时间，虽然尿检名单上还没有他的姓名（刚参加治疗的当月，不用做尿检），为了检验他的言行是否一致，我让他也去参加尿检。结果是阴性，他非常高兴。他的妈妈更是控制不住内心的喜悦，她说："儿子终于离开了毒品，原来他每天要注射三四次海洛因，现在每天来服一次药只花10元钱，再也不用承受毒瘾发作的痛苦，也不用再担心他被抓去劳教了！"

12月6日，我早早就看到林建军来服药，感觉他的精神面貌等各方面与刚来时判若两人。没想到他恢复得那么快，年轻人就是不一样。他又称了体重，然后很高兴地对我说："医生我的体重增加了两公斤，到后天服药时间才是一个月，我长得那么快！现在我每天又能帮家里看店了！"他果真还是个孩子，这些天他总是每隔两天就称一称体重，时而自言自语：又重了一斤。一看他那高兴的劲，我每次都不失时机给他鼓励。是的，他的健康在慢慢地恢复，脸也不再是那样的小而尖了。他已经从一只瘦猴变成了一个可爱的男孩。这些天他对我提出的问题也越来越多，如吃什么东西才能胖起来，如何才能更快恢复体力，为什么服了美沙酮后毒瘾不再发作等。我告诉他每天按时吃三餐，按时休息，平常多帮家里做些力所能及的家务，多参加体育运动和其他活动，绝不能再碰毒品，并让他平常在电脑上多学习有关方面的知识。

12月26日，林建军的母亲来给儿子预交服药费。我看到她比任何一次到门诊来都显得高兴。她掩饰不住心中的喜悦对我说："我的儿子服药一个多月，已经完全恢复到了正常状态，在家帮料理家务，还到店面去做事。他体重增了，身体也变得结实了，我非常感谢你们！"我说："不用谢我们，这一个多月，你几乎每天都陪同他一起来服药，如果没有你们家人的支持和关心，就没有他这么好的转变。"我记得很清楚，办好治疗手续以后，几乎每一天都是母亲陪同他来服药。如果哪一天她不能来，过后自己也要到门诊来询问儿子是否已经来服药。有些没有家属陪同来，自然就不会那么自觉，这说明家人的关心督促非常重要。

2008年1月8日，两个月过去了，林建军的母亲已经很放心让他一个人来服药。一大早暖阳从大门照进来。9点多，这位母亲到门诊来了解儿子服药的情况，我说他的儿子每天都能来服药，尿检也正常，她的脸上写满了幸福，很高兴地说："现在他每天都在店里帮忙，我们定期给他零用钱，非常感谢你们，如果他还吸毒我们这个家就什么都没了，更不用说开店的事。你不知道，在来服药之前我们根本就不敢给他看店。"看到这位母亲这么高兴，我也很开心。

2月12日上午，林建军来办理复入手续。他一看到我就连忙道歉："医生对不起，我错了。今天我要服药，请给我办手续吧！""美沙酮是不能带出去的，你那样做违反了门诊的规章制度。"我说。他很诚恳地说："前几天因为我要回乡下老家，那里没有美沙酮，我又不想再吸海洛因，担心毒瘾发作难受，所以就想含些药带回去服。我违反了门诊的制度，错了，从今后再也不那样做。"我看他态度好，也不像是要把药含出去卖的人，就让他写了保证书，然后给他办理复入治疗手续。

一天上午，阳光明媚，我的心情也觉得格外舒畅。林建军一进门诊就坐在我对面的椅子上，他屁股没坐稳就迫不及待地问我："医生，你说我来服药的事要不要告诉我的女朋友？""这么快就交上了女朋友？""如果我不告诉她，要是她以后知道了会不会责怪我？""爱需要勇气。你们两人真心相爱你就应该有勇气把自己的情况如实告诉她，这说明你对她有诚意。她能接受这个事实，你们就继续交往，如果不能接受只有趁早分开。再说你每天来这里服药，时间长了她肯定会知道。她知道了就觉得你不诚实，如果她不能接受你曾经吸海洛因的事实，就是你们结了婚也会离，或她会常以此为借口与你闹矛盾。你说这样的婚姻幸福吗？如果你连自己的错误都没有勇气承认，怎么谈得上去爱别人？"他说："是呀，但好难呀，我又不知道如何开口与她说这件事。她很喜欢我，我也不想离开她。""平常你对她的态度要诚恳，不能说谎，对她关心、体贴。以后找个适当的机会告诉她这件事。"他边点头边站起来说："医生谢谢你，我知道怎么办了。"

大约一个月以后，林建军又在称体重，并高兴地告诉我，他的体重又增加了。我问他把服药的事情告诉女朋友没有，他说还没有找到好的机会。他想了想又对我说："我想戒断美沙酮，以后我不服美沙酮就不用告诉她有这一回事了。""你才来不到半年的时间，可能没有那么快戒掉，别停了美沙酮以后又吸上海洛因啊！"他很有信心地说："这段时间我每天都这样想，为了女朋友，我一定要戒掉，我把这当成是一种动力。以后也决不再碰海洛因！""你年轻，体质也好，但一定要有坚强的意志力，要抵挡住诱惑。有不少人能戒，但也有很多人戒不了，愿你戒得成功！""医生，你等待我的好消息吧！"他边说边跑进服药间，真是个天真的孩子。他在同龄人中显得没那么成熟，是因他过早地吸食海洛因使大脑受到了一定的影响。

有一天当我再问起他与女朋友的情况时，他已经没有了往日的快乐，而是一脸的凝重，我感觉他肯定是遇到了不顺心的事。一分钟后我才听到他轻描淡写地说："已经吹了。"原因是什么我也没有再往下问。只有嘱咐他坚持治疗，以后一定要自律别再沾毒品。其实像他们这类人，在恋爱的过程中，一旦对方得知他们曾吸过毒，大多数都会弃他们而去，除非对方也有过相同的经历，或对方是个特别有勇气的人，否则有多少人愿意与一个曾经的吸毒者结婚？要是结了婚后对方再复吸怎么办？所以说他们恋爱易吹，婚姻易散。大约一周后，林建军就告诉我，自己服药的剂量已经在逐渐地减少，他希望以后不再服用美沙酮。他还那么年轻，我真希望他能脱离美沙酮并永远离开毒品，去开创新生活。再一周以后，我在门诊里就再也没有看到他的身影。

　　两年后我退休了，一天我回门诊去看望大家，在咨询室里突然发现了一个很熟悉的背影，尽管那个背影已经变得壮实多了，但他走路时仍然一步一蹦的。我分明已经看到了他的背影，可我还一直否认是他。现实就是那么残酷，突然我看到他回过头与病友说话，确确实实是林建军。那一刻我的心好像是一块完整的玻璃在瞬间被击碎的感觉。这个小伙子对毒品的危害意识淡薄了，又走回复吸道路。有多少人曾误吸上了毒品，然后一辈子也逃脱不了毒品的魔掌。庆幸的是林建军还能再回到美沙酮门诊来治疗，比起那些仍整天沉浸在毒品里执迷不悟的人，也算是一个有觉悟的药物成瘾者。我看着他走出了大门，又看到一个熟悉的身影走到他的身边。两年不见，她比我想象中要苍老、憔悴得多。她就是一直对儿子倾注了满满的爱的人——林建军的母亲。这位母亲刚轻松了两年时间，又回到每天为儿子担忧的日子。还好，她的儿子还愿意继续来服美沙酮，因此她也再次陪同儿子来接受治疗。

曾驿2006年来门诊参加治疗，当时还是个23岁的小伙子，但吸食海洛因已有五年的历史。他参加药物治疗至今已经有九年的时间。在这九年里，他常有复吸的行为，妈妈为他可以用"肝肠寸断"这个词来形容。曾妈妈是一位装卸工，一位勤劳善良的妇女，更是一位历尽人间坎坷的女人。但她始终没有被困难击倒，没有放弃对孩子的爱，九年来一直坚持来门诊给他交治疗费。尽管看到孩子一次次复吸，但她永远不放弃。

　　曾驿的母亲每次来预交服药费都要与我聊上一些时间。她说自己的孩子生性胆小，没有主见，18岁的时候，跟着朋友吸上了海洛因被抓去强戒。回来后又与原来的朋友在一起，结果又复吸，没有钱买毒品就把家里值钱的东西全拿出去卖。

　　2008年8月25日上午，曾驿的妈妈匆匆忙忙地赶到门诊，她是特意来找我诉苦的。她说："我实在憋不住了，我要告诉你，前段时间我儿子从戒毒所出来第二天就问我拿2000元钱，我以为他需要买生活用品就给了，结果他什么也没有买，只一周时间就花光了。让我更没有想到的是，原来他是拿这钱去还给贩毒的人，他在戒毒所里跟别人买毒品欠了钱，所以出来后就问我要去还。"说到这她越发激动起来，接着她声泪俱下地说："你知道吗？那天他被抓去强戒所后，我的心就感觉轻松多了，以为他出来就会变成好人。当他从戒毒所出来时，我看见他的脚是黑色的，当下我立刻意识到，他在戒毒所里又偷着注射毒品，我的心碎了。现在他又逼我买电脑给他，说不买他的心就定不下来。到目前为止我已经给他买了三台电脑，他都拿去卖了，用钱买毒品。"

有一天她又特意到门诊来，我见她整个人几乎到了崩溃的边缘。她面无表情地站在我的面前，我知道她心里又有了难以承受的痛苦，立刻让她坐下。她深深地吸了一口气后对我说："这几天我儿子一起床就注射海洛因，看到他那样我实在忍受不了，想去派出所报案，让派出所的人来抓他去强戒，你说那样别人会不会说我这母亲心狠呢？"我说："不会，因为你的目的是让孩子戒掉毒品，这是为了他好。"她说："儿子已经去戒了好多次了，戒回来了又复吸。就说上一次吧，刚从戒毒所回来不到半个月又吸上了，我很伤心。孩子为此也很痛苦，他始终没有办法摆脱毒品。"可能是她觉得叫公安来抓自己的孩子又有些于心不忍，孩子毕竟是自己的心头肉呀！她犹豫了片刻然后对我说："让我回去再想想看怎么办。"说完她又匆匆地离去。这一次她特意来这里就是为了告诉我这些，她要把自己心里的痛苦找一个人倾诉出来。我看着她离去，那背影仿佛渐渐变成一个孩子正在注射海洛因……

这一天上午曾驿的妈妈又到了门诊，我知道她是找我来了。她一改往日的忧伤和激动，很平静地坐在我的右侧，向我娓娓道出她和儿子的想法。"之前我们母子俩商量，再去戒毒所，这次是儿子自愿提出，说明他对毒品的认识已有了提高。我心里感到很踏实，又给了他3000元让他自己去戒毒所。从儿子自愿上戒毒所的那一天起，我就有了新的希望，拼命地挣钱，多重的活我都干，心想等儿子回来后好好地生活。"

"我盼呀盼，半年后儿子回来了，身体状况也比原来好多了，我很高兴。儿子说要买电脑，否则没事做心里难受。我二话不说又给买了一台新的电脑，有了电脑儿子每天都在家里，我一回到家看到儿子，心里就很踏实，只要他不去吸毒这比什么都好，那段时间是我过得最开心的日子。一个月后儿子说自己不愿整天在家玩电脑，要出去找点活干，我觉得他说得有道理，就让他出去了。出去第一天回来没有什么收获，他对我说，现在的活不易找，必须拿些钱铺路，第二天我就把那些天用苦力挣来的2000元钱给他。一周后儿子回来了，不但没有找到工作，整个人又变成了原来吸毒的样子。"这位母亲边流泪边说，"那一刻我真的痛不欲生，很想离开这个世界。可是我不能走，床上还躺着一个瘫痪的人——孩子的父亲，他每天的吃喝拉撒都离不开我。他躺在床上已经有六年时间了，我的命真的好苦呀！一个瘫一个吸毒，他们每天都在折磨着我，白天我还要去出苦力挣钱，否则无法维持一家人的生活，我从没有轻松过一天。虽然我的腿得了风湿，常痛得难受，晚上睡不着觉，要擦药揉揉才能活动，但白天我也要拼命地装货卸货，把自己累得一倒下就睡着，否则在晚间将无法入睡。但每天早上起来依然是噩梦一场。"说到这她又潸然泪下。我抑制不住自己的情感，一阵酸楚涌上心头，泪水模糊了我的视线。

曾驿和他妈妈的故事就是说上三天三夜也说不完。记得我曾对她说过，让孩子离开这个环境也许戒毒的成功性大些。她说外地没有什么亲人，也会感觉孤单。可有一天她又火急火燎地特意来到门诊与我商量，她说这次想把孩子的父亲送去养老院，自己带孩子到广东去戒毒。在那儿租房子住，她出去打工，儿子在家，外地没有熟人就没有毒品的来源，等他戒一两年再回来。孩子也愿意这样做，他说这里的粉仔太多，戒不了。我说这个想法好，你最好与孩子的叔伯们商量，托他们以后常去养老院看望孩子的父亲，那样你们在外就更放心。也许是我的话又触动到她另外的一处伤痛，她摇了摇头说："自儿子吸毒后他的叔伯们就不与我们来往，他们见了我们就像躲避瘟疫一样，这些年来从未过问我们的情况。我不想指望他们，以后自己常回养老院看望他爸就是。"听到这我默默无语，心中有许多的感慨，感慨人世间的淡漠。连亲人都远离了他们，这都是海洛因惹的祸。

后来我一天天地在期待着这位妈妈能尽快带着孩子到异地去戒毒。可过了一周后她又来对我说："孩子父亲不愿意去养老院，现在孩子又得了结核病，只能边服美沙酮边治疗结核病，出去的计划暂时取消。"继而她神情凝重地说："我感觉孩子常在卫生间里注射毒品，他还加了安定，常看到他眯着眼，迷迷糊糊的样子，我说他他不承认。你帮我找他间接谈谈，让他别再用安定。有时他还总是以其他事为理由问我要钱，如果不给他就大发脾气，我真的一点办法都没有了。他的身边连一个朋友都没有，就有一个吸毒的，昨晚他来找我的儿子玩，我立刻把他赶走了。儿子很恼火，他说：'我恨你，让我一个说话的人都没有。'我觉得这孩子也太可怜了，他是那样的孤独。"这位妈妈擦去脸上的泪水，显得十分无奈和无助，她说："现在我只能每个月来给他交服药费，管他来服药也好不来也罢，就像你说的尽到自己的责任。我就当成是做善事吧。"我看着她的脸，觉得她又比一个月前憔悴、苍老了许多。

很想帮她，可我能想的办法都想了，还能做什么呢？只能找他儿子多沟通。其实我常找她儿子谈心，他嘴上都是答应说不再用毒品，可回到家照用不误。"你帮我说说他。"我记住这位母亲对我的重托。有一天我看到曾驿服过药走出来，就让他留下来，说有事找他。他坐下后，我先从了解他的身体健康状况开始，再说海洛因与安定一起注射的危险让他注意。他一再表示不再使用海洛因，也不再加安定。但他也说担心长年服用美沙酮也会有依赖，以后要设法戒断，我知道他这只是一种借口。

2008年10月7日上午，曾驿的妈妈又是满脸的惊恐来到门诊告诉我："昨晚我儿子去偷了一台电脑还有一部电动车。他说是朋友的车先放在这里，其实是偷来的。国庆节前我已到派出所，让他们把他抓起来，他们说等过了节再把他抓走。我真不知道该如何度过这几天的时间，当我又看到他注射海洛因时，那一刻钟的时间对我而言仿佛是过了十年！我的心好痛，如果人的生命有第二次，我愿意用自己的生命来换取他摆脱毒品，可不能啊！如何才能使他少用或不用海洛因呢？"

为了儿子，这位妈妈什么办法都想过了，但问题就是得不到解决。如果她的儿子能专心服用美沙酮，什么问题都会迎刃而解。

下午这位妈妈又来了，她魂不守舍地告诉我："派出所的人已经把我儿子抓走了。""这不是很好吗？你再也不用每天担惊受怕了。""我想到门诊来拿美沙酮去给他喝。"这位妈妈爱儿子已经变得这样糊涂了。她分明知道不能把美沙酮带出门，却还是要这样说。我再次告诉她，只有他本人来才能喝，谁也不能把美沙酮拿出去。难道这些她不记得吗？不是的，我觉得她是特意来告诉我她孩子被抓走的事，也许她把我当成唯一的能倾吐心中痛苦的一个人。这位母亲没有一秒不在牵挂着自己的儿子。"他父亲中风成了废人就是年轻时整天喝酒造成的，一喝就醉，并大声叫喊，喊到没有声音为止。儿子之所以变成今天的样子是受到他父亲的影响，他很少得到父爱，因此性格很犟，他也有父亲的遗传基因，不接受别人劝说。"

　　冬天来了，一阵寒风从大门刮进来，我打了个寒战，再一阵风把我桌面的资料全吹到地面。当我把被吹散的资料捡到桌面上时，抬起头就看到一位戴着帽子、口罩，身穿羽绒服的人站在我的咨询台前，此人摘下帽子和口罩我才知道，她就是曾驿的妈妈。我感到十分诧异，立刻问："很久没看到你，这么早就来，一定是有什么事吧？"几个月不见，我看到她那张历经沧桑的脸上又多了几条皱纹。看她显得很着急的样子，我就让她坐下慢慢说："我儿子之前因其他事被警察抓走，被放出来已经有一个多月了。这次回来他的性格与之前比有了很大的改变，以前是胆小怕事，什么事都要问我，现在是什么事都不怕了，去哪也不告诉我。现在我对他越发担心。""他还吸海洛因吗？""比以前更厉害了，每天早上起床的第一件事就是在被子下面打针（注射海洛因），以前他总是问我要钱，现在他不问我要钱了，也不惹我生气。我看到经常有一个高大的男子来找他，有时一出去就是几天不回来，以前不管多晚他都回来，我也总给他留门。现在他虽然不问我要钱，可我更担心他再出什么事。他父亲已经走了，每当我想到他父亲走时躺在床上的样子，心里就十分害怕。"她哽咽着说："如果我的儿子走了我就会感到很孤独，现在我非常害怕孤独。儿子上次被抓去就是跟那个高大的男人关在一起的。现在我看到儿子比以前吸得更多，有一天就劝他说：'儿子你再那样下去就没有命了！'他却这样对我说：'妈，我和你已经是两个不同世界的人，我们已经无法交流，我是在享受。'"

我没有想到他的儿子已经把吸毒当成是一种生活的享受。他在毒品的陷阱里已经越陷越深。曾妈妈继续说："享受你知道吗？人的生命有多长，能享受一天就是一天。"可见这位母亲对儿子的爱，在毒品面前已经显得那样的苍白无力！说完这话，这位母亲已经泣不成声，她的情绪异常激动。"我的儿子本来没有这种思想，就是在监狱里被那个高大的男人带坏了。他还说那个人教他，'以后你不要再问你妈要钱了，自己去找'，所以现在他不问我要钱，有什么事也不跟我说，他的心离我更远了。我真害怕有一天就只剩下一个孤独的我。""他爸已经走了，你之前不是说要带儿子到广东去戒毒吗？现在已经没有什么牵挂，就和他一起出去，让他离开这个环境或许能戒得了。""自从跟那个高大的男人在一起后，他已经没有要出去戒毒的想法。再说戒毒所对他来讲已经一点作用都没有，他被抓进去和自愿进去，反复出出进进已经不知道有多少次了，都没有用，你说我能怎么办？”

一种从未体验过的悲痛包围了我，我没能给她想出更好的办法，那时我觉得自己是那样的无能。最后还是让她回去动员儿子再来服美沙酮，我说："动员他继续来服美沙酮，就是能使他少用一些毒品也好，以后再慢慢地感化他。"下午曾驿跟着妈妈来办理了复入手续。以后他基本上能每天坚持来服药，但也还在使用海洛因，只是用的次数比原来少了，这也是有了改变。

2012年11月29日下午，曾驿的母亲来预交服药费。她又对我倾诉了很多很多。"我儿子现在仍然是每天边服药边注射海洛因。前些日子我给了他2000元钱跟派出所的人去强戒。在家里我们已经说好，到了里面不要说自己有病，在里面戒一个月就回来了。可是他进到里面还不到两天时间，就又说自己有结核病，这样强戒所又把他放出来。回来后他却对我说：'我想去贩海洛因，这样就被抓去坐牢（他是想不用交戒毒费，在牢房里面戒毒），过一段时间后，再说自己有病，他们就会让我去治病。'"我说："你相信他的话吗？""我都被他搞糊涂了，现在是六神无主，不知如何是好。"

这些事实在是太不像真实的了。

这位勤劳善良的母亲，已经被多年吸毒的儿子折磨得身心疲惫，心力交瘁。我与她换了一个轻松的话题，目的是让她别把所有的精力都放在毒入膏肓的儿子身上，也要为辛苦了一辈子的自己考虑。我问她领到退休金没有，她说已经领到了，每月1200元。我说："你生活有保障，就别去想那么多，为了儿子你也操碎了心。""他父亲走后我就觉得孤独，如果儿子离我而去我更加害怕，可能会发疯。"我说："以后的事现在你就别想，要过好当下的每一天，多注意自己的身体。现在你照常每月来交费，督促儿子每天来服药。也许有一天他会醒悟，离开了毒品，回到你的身边。如果到那时你的身体不好，怎么能与儿子一起享受生活？再说，其他方面你也比别人过得好，有房有退休金，有的人不是没房就是没有退休金，或什么也没有。"她还是很难过，重复那句说了很多次的话："我只有像你说的，每月来给他交服药费，尽到我做母亲的责任吧。"有一个吸毒的儿子，就会有一位心力交瘁的母亲。

2015年8月中旬，我到门诊里看望大家，没有看到曾驿来服药，后来听医生说他还在戒毒所里。像他这种情形，无论母亲倾注了多少爱他都不会也无法离开毒品，那么他最好还是留在戒毒所里。但愿曾驿的妈妈能改变往日那种心态，过好自己的每一天。愿这一次曾驿能戒掉毒品，过上正常人的生活。

一个下午，突然一位披着雨衣的病友从外面进来，寒风一同"呼呼"地挤了进来，那病人雨衣上的水滴飘到了我的脸上，冰冷冰冷的，我立刻起来要把门带上。当走到门口时，眼前的情景填满我的视线，牵动着我的心，我一直站在门口等候。那是一位70多岁的白发苍苍的老奶奶，只见她在风雨中用双脚使劲地蹬着一辆破旧的拉货的小型三轮车朝门诊的方向驶来，她每踩一下仿佛都用尽了全身的力气。车上面坐着一个40多岁的骨瘦如柴的男人。到了屋檐下，老奶奶慢慢地下来，脚虽然已踩到了地面，但她还是打了一个趔趄，也许是刚才在风雨中她蹬三轮车时已经用尽了力气。她看到坐在三轮车里的人手中的雨伞歪向一旁，忙伸过手去扶正，不让雨打在那人的身上，然后走上门诊台阶。可她仍然惦记着坐在三轮车上的人，又回过头去说："把伞打好！"那情那景无不让人动容。我觉得这位老母亲的爱犹如大雨中一把坚定不移的大伞。她到了门口我立刻为她把门打开，那一刻我心里有一种迎接特等贵宾的感觉。我说："阿姨，今天的天气很不好啊！您怎么不等雨停了再出门？""是呀，我们刚出门就下起了雨。"她边说边把雨衣解开，再从衣服内袋拿出两张5元钱交给保安去拿药。

坐在三轮车里的就是门诊的病友李宁文，每天用三轮车拉他来服药的是他的老母亲。李宁文上有70多岁的母亲，下有一个11岁的女儿。因为他吸了毒，妻子早就离他而去，他的健康一天不如一天。长年吸毒使他的抵抗力变差，于是又染上了结核病，身体每况愈下。李宁文不但不能抚养自己的女儿，不能照顾自己年迈的母亲，反而要年迈的母亲每天蹬着一辆小三轮车送他到门诊服药。记得这位老妈妈曾跟我说过："他这病看来是没法治好了，我给他吃过不少的药，中药、西药都用遍，但总不见好转。因为没有钱住院，就这样一天拖一天，病也愈加严重。"我们很清楚地记得，开始是李宁文自己到门诊服药的，病情一天天加重后才是这样。这位老妈妈没有对他置之不理，而是想办法从邻居那儿找来一辆废弃了的拉货的小三轮车，每天把儿子拉到门诊来服药。就这样，李宁文每天坐在这辆由母亲蹬着的破旧三轮车上不知不觉已经过了两个多月。

李宁文家里的生活比较困难，母亲曾让社区工作人员帮儿子申请低保，社区工作人员对他们一家人的情况也十分了解，帮他打报告申请，但上面没有批，原因是他们家没有达到领低保的条件，他妈妈是工人有退休金。他们一家三口就是靠母亲每月1000多元的退休金生活。2012年社区工作人员还是设法为他们一家申请到困难慰问物品。春节将来临，社区工作人员想把申请到的粮油亲自送到他们的手上。可一连几天都没有看到他们的影子，电话又打不通，最后找他们街道办工作人员打听，才得知李宁文已经离开了这个世界。听到这消息后，我们都为他感到遗憾，也都为他妈妈松了一口气。遗憾的是工作人员经过不少努力，终于为他申请到了困难户慰问品，可他却没有享受到政府的关怀。为他妈妈松一口气的原因是，这些年来这个沉重的包袱一直压在一位70多岁的老太太身上，几乎使得她喘不过气来。李宁文自吸毒后，不但给自己的老妈妈增加了经济负担还增加了时间负担、精神负担和心理负担。现在这位老妈妈终于解脱了。之前，老妈妈每天既要照顾孙女上学又要用三轮车拉儿子来服药。年轻的坐在三轮车上，白发苍苍的老妈妈却踩着三轮车，这本身就极不协调，可现实就是那样。在那几个月，这种不协调的现象每天都成了美沙酮门诊前的一道独特的风景。它拨动着每一位路人最柔软的地方。

2010年春，一位姓黄的病友在妈妈的陪同下，到门诊来参加药物治疗。这位妈妈也和其他的家属一样，不放心把钱交到儿子的手上，担心儿子把钱拿去买毒品，因此每个月末都来预交下个月的药费。她每来一趟都了解儿子服药和尿检的情况。从与她多次的交流中，我感觉她是一个心直口快的人，在她心中积压的怨气也比较多，似乎她的负重全都是那不争气的儿子给的。因为儿子常有偷吸现象，因此她每一次到来都免不了对儿子数落一番。

2012年9月6日，预交药费的时间已经过了，他们母子俩一同到门诊补交本月的药费。儿子服过药走了，黄妈妈留下来，一是要了解儿子上个月服药、尿检的情况，二是要把自己心中的无奈倾诉出来。她说儿子自己每天用三轮车拉客也能攒到不少的钱，但他就是不拿来交费服药，而且一定要我给他交费，如果我不给他交，又担心他不正常来服药，不来服药就必须去买海洛因。我不想让他那样，所以我必须帮他把钱交到这里，有了钱他自然会主动来服药，没有钱他可以找出各种理由推托，对他我总是有操不完的心。资料显示，黄病友服药和尿检都不正常。6月、8月不参加尿检，7月尿检呈阳性，9月未到尿检时间。我把这些情况告知她，她很生气，同时也责怪我们不把尿检呈阳性的儿子报到派出所，她想让派出所来人把她儿子抓走。末了，又责怪我们不管好贩毒品的人，她说如果把那些人管好，服药人就没有办法买到毒品。还说我们对服药人员的管理也不严格，总之她的态度显得十分偏激，带着咒骂的语气说："这个儿子死了才好，或让公安把他抓去强戒，我不想整天看到这么一个令人心烦的儿子！"我知道她是在借机发泄自己心中的苦痛和无奈。当时我丝毫也没有责怪她的意思，只是静静地听她诉说。

心中的苦痛发泄完了，她才平静下来。接着她用很平缓的语气对我说出了自己的隐私："我是二婚家庭，第二任丈夫对我的儿子很好，若是自己的亲儿子，当父亲的早就把他给赶出去了，可他没有那样做。他对我的儿子好，可我的心却很难受，觉得儿子把他拖累了，我对不起他。"没想到这位喜欢发泄的老妈妈，在她的内心竟还藏着另一种无私的爱。一边是自己的亲生骨肉，另一边是半路夫妻的老伴，她是恨铁不成钢，对仁慈的老伴又怀着深深的歉意。

（四）

2008年8月20日15时，从B县转诊来的王病友的妻子，花了两个多小时才到我们门诊，目的就是要了解丈夫这几天是否来服药。我帮她查看了她丈夫服药的记录，发现她丈夫只在本月的2日和13日的两天到门诊服过药，其余的时间都没有来。她说："这几天家里都没有看到他的影子，他一直没有回家。13日我和他一起来服药，第二天他问我要了60元钱说是来办理复入手续，后来就再也没有看到他。看来他是拿这60元钱跟别人一起去吸毒了。"这时，我看到她眼里充满了泪水。接着她哽咽地问："你们这有心理医生吗?"

"我就是，你有什么话请对我说吧!"

她说："我为丈夫吸毒的事非常难过，也曾有过要离开他出去的念头，也说过要与他离婚，但一直没有那样做，我拿不了主意，怎么办？"

我说："这说明你们有很深的感情基础。这次回去后见到他就像往常一样，当成什么事也不知道。然后好好与他沟通，问他这几天服了美沙酮没有，他要是说实话，就给他改过的机会，陪他一起每天坚持来服药。如果他说假话，你就告诉他你已经来过门诊，知道了他的情况，说你在门诊里还听说有人因注射了过量的海洛因而死亡，也看到不少的人服美沙酮后离开了毒品，找到了工作，一家人过上了平静的生活。你再从孩子这方面对他晓之以理，孩子未成年，离不开父母，你要和他一起抚养孩子，孩子不能失去父亲。你要告诉他必须坚持服用美沙酮，才能远离海洛因。如果再复吸你就离他远走。"

她说："离开的话我说过很多次了，他也总认为我不敢离开。他曾扬言如果我要离开他，他就杀了我妈妈。他总是有办法使得我出去不到两天就要回家，其实也是我不忍心。一想到这些我就觉得很伤心。"

我还是开导她："你要找对时机，在他心情最好、最清醒的时候给予劝说，否则如同火上浇油。平常让孩子多亲近他，用亲情感化他的心，用爱使他从毒品上转移过来。"

她继续说："好话讲了千万遍都没有用。我出去可以不告诉他，但我害怕他真的杀了我妈，你不知道，吸毒者是什么也不怕的。"

我说："他已经有了毒瘾，有时无法控制自己，你要有耐心。等他回来服药后，我好好跟他谈谈，然后再把情况告诉你好吗？"

"好的。"这位妻子怀着满腹惆怅离开了门诊。

她走后，在旁的一位同事接过话说："××的妻子也是这样说的，她整天去卖猪肉，她那吸毒的丈夫每天什么事也不做，就知道去猪肉摊收钱然后拿去吸毒。他还扬言，老婆要是离开了他，他就要杀了老婆所有的家人。这些人真是可恶又可怕！"当时我想，等这位病友来我一定要和他好好交流。可从此后我再也没有看到他回来门诊服过药。他是已经回家了还是仍和吸毒者为伍？我一直记得他妻子伤心的样子。

2011年12月一个周五的下午，一名姓林的病友来服药，医生告诉他因为他连续七天不来服药已经被退出。这个人复人才一个多月又被退出，这又是个令人头疼的事。根据他的资料显示，我告诉他需做体检才能继续服药。他说："我没有钱。"我知道他已经把钱拿去买海洛因了，如果他身上还够50元钱就不会来服药。我问他："这些天你怎么不坚持来服药又跑去吸那种东西呢？""我的头痛，以前脑子有问题开过刀，吸海洛因头就不痛。"我知道他是在找借口，就对他说："美沙酮本身就有止痛作用，没有必要去吸那个东西来止痛。我和你妻子联系，让她把钱拿来带你去体检。""我不用她拿钱来给我，每天10元钱我还是交得起的。我跟她说过，以后不要她管我的事，那个家我不回去了。"他很激愤地说。"有家不回，你上哪儿去?""在朋友家也行,到哪儿都行。昨天我已经把衣服拿到外面烧掉,不想回那个家。"说完他就离开了门诊。

我觉得这个人好像脑子真有问题,但他的思路很清晰。我为他的事感到着急,于是从他的资料中找到他妻子的电话号码,与他妻子说了这一情况,我让他妻子最好到门诊来一趟,我们好好商量如何说服她丈夫再回门诊来服药。开始他妻子说:"我不想管他,昨天他又和我吵架,并把自己的衣服拿出去烧了,还说以后永远不再回来。"

在我的劝说下,这位妻子下午还是来到了门诊。我把她丈夫又被退出的情况告诉她,她说:"这几天我都看到他在楼下跟那几个人一起去买海洛因,我和儿女们劝说他不听,还说:'我自己去找钱,不用你们管。'其实我们的儿女对他很好,叫他不要再出去东搞西搞,只要他在家里就行,什么活也不用他干,每个月给他服药费用和零用钱。可他就是不听,昨天还跟我们闹翻了。""现在他正在气头上,等他冷静后你和孩子们再好好跟他说,到那时他身上没有钱,总是住在朋友家也不好意思,我想他会愿意回家的。"他的妻子很伤心地说:"因为他吸毒,我们全家人都不得安宁,我为他伤透了心。以后孩子结婚都会因他而受到影响。你想,家里有个吸毒的父亲哪个姑娘愿意嫁过来呀?孩子们因为他的事真的烦透了。"她说的确实是个很现实的问题,谁愿意把女儿嫁到有吸毒的人家里?这是一位很有爱心又善良的妻子,后来她还是对我说,回去后再做丈夫的思想工作。两天后,姓林的病友终于跟着妻子来办理了复入手续。妻子偷偷地告诉我："他身上已经分文没有，朋友也不愿意再借给他，我让儿女们去叫他回家，所以他就回家了。我这对儿女真的很好、很孝顺，如果稍微缺乏耐心的人就不再去理会他，他真的不像个做父亲的样子。我们一家人为了他都活得很累。我常对儿女们说：'对你们父亲不能不管，毕竟他是我们的亲人。是你们的爸爸。'"这是一位多么大度而有爱心的妻子！在她的教育和影响下，她的这双儿女秉承了她的美德。

2009年1月9日早上，一对夫妻从市郊来咨询如何参加药物治疗。我看到他们满脸的忧伤，一副穷困潦倒的样子，特别是男的显得十分瘦弱。看得出，毒品已经把他们的生活推向了万丈深渊。

男的向我道出自己吸毒的原因："去年我因为得了胃病，一个朋友对我说他有一种药能够治胃病，拿来给我试一试，但不说是什么药。为了治好疼痛的胃我也不想那么多，吸了他拿来的药以后感觉确实能止痛。就这样吸了几次我就上瘾了，想戒掉已经不行，这才知道是毒品，我上当受骗了。"妻子说："刚开始他每天要用300元左右去买海洛因，现在已经是负债累累，每天也还要100元左右。上次我已经来问过你们，知道喝美沙酮可以戒毒，回去叫他，他不肯来，说是别的朋友告诉他，来这里会被公安抓走，他就很害怕，继续每天去买毒品。家里种的、养的东西卖出去所有的钱都让他花光了，还向别人借了近一万元现金。每天都是东躲西藏，提心吊胆的。他一天天地瘦下去，体力越来越差，什么农活也不能干，弱成这个样子哪来的力气？在外面人家一看就知道他是吸毒的。想来这里喝美沙酮又担心被抓，不来又实在没有钱再去买毒品，他每天都是在这种矛盾中度过。今天早上我又催他，我说你要是再不去喝美沙酮我就带着孩子走了。其实他极不情愿来，可以说是不敢来，都是听信那些不怀好意的人说的话，今天是在我的胁迫下才来。"妻子边说边流下痛苦的泪。

我看到她丈夫在一旁很沮丧的样子，一直在听妻子的数落，他已经觉得很内疚。这个老实巴交的农民，因为胃痛就被不怀好意的朋友骗去吸毒。像他这样被骗的例子我曾听好几个人说过。我告诉他们，坚持来喝美沙酮就能戒断毒品，而且每天只花10元钱，喝多少根据自己的情况决定，感觉没有毒瘾发作就行，每天光明正大地来喝一次，不必担心什么。很多人都是喝完了就去上班，或下了班再来喝。只要坚持在这里治疗，不出去偷吸就不必担心被公安抓，他们来抓的是那些贩卖毒品和还在吸毒品的人。有时他们要叫去抽查尿检，如果你不偷吸，尿检呈阴性就放你回来。妻子说："这样做也好，以免他们在这里喝了药又去偷嘴我们都不知道。"

做通了思想工作后，这位病友决定在门诊参加药物治疗。体检后我发现这位病友已经有了丙肝，他吸毒没有多久，这是怎么回事呢？可能是他在注射时没有使用一次性针具受到的感染，或是另有其他的原因。给他办好手续服过药后，这位朴实的妻子对我说："医生，非常感谢你们，这回他有救了，我们一家也有救了。要不然我不知道到哪里去借那么多钱给他买毒品，也不知道他哪一天会被毒品害死。"他的妻子说着说着又忍不住哭起来，然后又继续说："平常看到他毒瘾发作起来痛得直在地上打滚，我又实在不忍心，不给他去买又怎么行呢？他是我孩子的爸，我不能不管，所以只能想办法到处去给他借钱，现在能喝药太好了。那个骗子，真该把他抓进监狱里去！"

2009年2月24日上午，一位姓李的病友终于在妻子的劝说下第三次回来复入。前几天我还真担心他永远不会回到门诊来。

几个月前的一天，李病友服过药后主动到咨询台来与我交流。我问他这几天服药后觉得有什么不适没有，他说："我已经三天不用海洛因了，刚来的头三天还不习惯，尽管你们说让我不再用海洛因，因担心不能控制毒瘾，我还是要用，听说不少人都是这样。三天后我才适应，以后我也不再去吸海洛因了。"此时他的妻子从服药间走出来，站在他的身旁，他继续说："是我的老婆先来这里服药，她觉得好就动员我也来。我看到她确实比原来好，每天才用10元钱，服完药还能去上班。看，她现在比原来胖多了。""是的，我记得很清楚，她刚来的时候很瘦，没想到她现在变化那么大。过一段时间你同样会胖起来的。"

妻子和他通过参加治疗后一起找到了做保安的工作，有了工作以后我感觉他与以前大不一样，走起路来很精神，但有了钱他的心又不安分起来。有时又去偷吸，因为偷吸他又不来服药，班也不去上。找他谈话他总在找借口，结果超过规定时间他就被退出去。自然他的妻子又用自己的工资给他办复入。当时他也承认自己的过错，并说服药后再找工作，以后再也不去偷吸。如此反复了好几次。前段时间他的妻子对我说："他的工资买毒品花光了又问我要，我说没有，他就骂我。叫他回门诊来服药他不听，工作也没了，他就整天出去跟那些人鬼混，这些天很少看到他在家。一回到家我就劝他回门诊来服药，他非但不听还打我，以后我不想再管他了，我要和他离婚。"我对他妻子说："过几天等他无路可走时你再劝他，他会回来的，毕竟他已经尝到了美沙酮的好处。前段时间你们一同上班，下班后一同来服药，这样的生活不是很好吗？""我就担心他固执不回来。"当时他妻子心灰意冷地说。

果然几天后他有了反省，还是跟着妻子来办理复入手续。他妻子虽然有满肚子的委屈，但与上次相比，她说话的语气已经不再是满腔的怨恨，而是温和多了，她这样说："我们毕竟是夫妻，都受过毒品的危害，也体会到了美沙酮的好处，看到他又钻进毒魔里，我反复劝阻他不听，真的好伤心。虽然曾几次想过放弃他，但又于心不忍。与其说是我对他的那份情难以割舍，毋宁说我不想再看到他那种人不人鬼不鬼的样子。最终在我的耐心开导下，他还是跟我回到门诊服药。"我称赞她做得好，并叮嘱她往后每天都与丈夫一同来门诊服药。就我在这工作多年的观察，一般来说女病友的依从性比男病友好。如果是夫妻俩一起来治疗的，丈夫通常比妻子退出的次数多。也有好几对夫妻，他们相互监督，服药的依从性都很好，每天都是一起来，有事一同请假。每年只有两三天不来服药，但他们也没有去使用毒品，每次尿检都能过关，他们从没有说过担心公安来抽去做尿检。

2009年10月30日上午，一位叫王浩的病友的妻子，来为丈夫咨询办复入的手续。当时她与我交谈了很久，她的心一直都非常平静，态度也很坦诚。她说的话和她所做的一切都令我感动，我觉得王浩能娶到这样的妻子是他的福气。

"王浩是个很聪明的人，他在大学里学的是土木工程专业，现在在公司任总工程师职务。去年他来到这里参加治疗，是他的前女友带他来的。后来他到了外地工作就不能坚持来服美沙酮。由于他的前女友把他管得太严，他觉得自己没有自由的空间，久而久之他们之间就产生了矛盾，后来闹僵了，不得不分手。分手不久我认识了他，在与他的交往中，我渐渐觉得他是个好人，又是个有才的人。再说他的缺点我也能包容，就这样我们相识不到一年就结婚了。原来他与前女友在一起，女友从未怀孕，可能是他得了不育之症。我跟他在一起生活后，只要是不违法的，无论他说什么干什么，我对他从未说过'不'字。因为他的家人已经离他而去，所以我不能再伤他的心，让他孤独。以后就是他没有生育，一辈子喝美沙酮我也不会弃他而去。不过他的心理有问题，有时叛逆，有时又说谎。他常对我说：'你不要让我的手上有钱，永远也不要相信我。'通过他这话也可以说明他还是愿意让我来管他，同时他也认识到自己是个意志薄弱的人，并担心自己经不起海洛因的诱惑。我不想让他永远吸海洛因，那样终究有一天他会被海洛因毁了。所以前几天我趁他高兴的时候，对他说了海洛因的危害。我说：'除了你吸海洛因我反对以外，你做什么事我都不会干涉，我不想让海洛因要你的命。'他就很动情地说：'我听你的。'前两天我们已商量好，让他重新回来喝美沙酮，他很愿意，下周一我就和他一起来办理复入手续。"

这是一位宽容又大度的妻子，是个睿智、能放又能收的女人。她一定能使自己的丈夫离开毒品，把小家经营得有滋有味，过上幸福的生活。

（五）

2010年夏季的一天，一位30多岁姓梁的女士早早就来到门诊，她说是来替自己的弟弟咨询，想让他来门诊参加美沙酮治疗。我和往常一样把参加治疗的条件和服用美沙酮的利弊告诉她。她立刻就回家把弟弟领到门诊来办理治疗手续。其实这姐姐才比弟弟大两岁，她说做姐姐的应该关心弟弟。弟弟在家里没人看管、照顾，她就让弟弟去到她家里和她的家人一起生活。一说起她弟弟吸毒的事，她就非常难过。她边流泪边说："父母亲老了管教不了弟弟，自己又成了家，平常自己和丈夫工作忙不能总看着他。这次弟弟刚从戒毒所回来没有几天，家中一无所有，他又无事可干，也无处可去，感到一切都很茫然，在粉仔的诱惑下，他又跟他们一起重吸海洛因。戒毒所的民警向我们介绍，说你们这里可以戒毒，我和他姐夫商量后就带他来了。"

　　我感觉这位姐姐和姐夫很好，他们没有像其他人那样因弟弟有吸毒的行为而歧视、排斥他。在参加治疗的第一周时间里，这位姐姐每天都带着弟弟来门诊服药，到了第二周才让弟弟自己来。后来姐姐又常到门诊来了解弟弟服药的情况。一次她对我说："弟弟在门诊治疗一个月后，一切正常并又回去工作了，他要求回到家里住，说能照顾好自己，决不会再去吸海洛因，我就让他回去了。"不久，我看到梁弟身边多了一位女孩和一辆小车，那是一辆六成新的白色面包车。每天早上9点之前他都开着车带着女朋友匆匆来到门诊服完药又匆匆离去。他对我说，原来他开有公司，因为吸毒他不得不停下自己的工作，公司当然也倒闭了。现在服了美沙酮，他的一切又恢复了正常。他的公司在 F 市有一个推土的工程，他们每天都要去那里看着。我说我10年前就在那里工作过，对那边比较熟悉。他说如果我想故地重游可以跟他们的车一起去看看。可以早去晚回，或第二天再把我带回。与他的交流得知，他在吸海洛因之前可以说是事业有成，这几年被耽误了，现在他要努力工作把耽误的一切要回来。所以他每天都忙忙碌碌。

　　大约三个月后，已经有几天没有看到梁弟来服药，拨电话过去都是关机。我去查看他的服药记录，发现他不来服药已经有一周时间，难道他已经戒断美沙酮了？不会，我心里在否认。因为他常与我交流，要是有这种想法他一定会提前告诉我。难道是出了什么事？我一直在担心着。周一我坐在咨询台前，双眼朝门外看，这时一辆熟悉的白色面包车驶进了我的视线，车在门诊外停了，车里走出那两个我这几天来一直在关注的人。梁弟一进来就对我说，这几天有点事不能来，现在要办复入手续。不到五分钟我就给他办好了。他进去服药时他的女朋友对我说，因朋友的事他被叫去法院调查几天，结果与他无关周五就回来了。往后他们的生活一切都恢复了原状，依然是每天9点前两人开着车到门诊然后再到工地，看到他们的生活是那样的充实、有序，我也为他们高兴。

可有一天在他身上却发生了一件我意想不到的事情。早上梁弟服完药刚一转身想出去，一副锃亮的手铐戴到了他的手上，此事安静又迅速地完成，整个过程就几秒钟。工作的人照常工作，服药的人继续服药。没有一个人说话，也没有一个人感到惊恐。然后便衣警察挨近梁弟的身边，用身体遮挡了手铐，悄无声息地走出门诊，来来往往的服药人员都不知道有这样的事情发生。梁弟一句话都没有说，可能他也早就知道会有这一天。出了门诊梁弟跟着警察上了警车。办事的警察并没有大声吆喝，一是让犯罪嫌疑人服完药，二是不让门诊的其他人为此事而引起不安。后来我听说，梁弟是因犯了诈骗罪而被带走的。

又是春过夏来，一个周五的下午，我刚上班，就进来了两个人，他们同时也把一阵热浪带进门来。我一看原来是梁弟和他的姐姐。将近两年时间，姐姐没有多大变化，可梁弟却变得我差点认不出了。那是一张暗黄的脸，人比原来瘦多了，也比原来苍老多了。他脸上昔日的自信已经荡然无存，取而代之的是一脸的忧伤。也许是刚从监狱中出来，一切尚未恢复。进了监狱后，他什么也没有了，现在留下的只有悔恨。值得庆幸的是他还有一个好姐姐，每当他的生活遇到困难，总是姐姐在帮助他渡过。他已经进了两年监狱为什么还在吸海洛因？我无法得到答案，只有他自己才明白。其他事我不便多问，就礼节性地与梁姐姐打招呼。她说带弟弟来服药，我给他按正常程序办手续。

　　下午体检结果出来，梁弟的身体没有发现什么问题，只要预交一个月服药费就可以服药。梁姐姐有些难为情地说："我弟现在刚出来还没有工作，没有那么多钱，我身上也没带有那么多，现在只剩下100元，不能预交一个月的服药费，先服10天药后再让他当天来交行吗？"梁弟虽然曾有触犯法律的行为，是可恨，但现在他已经改造出来，而且是我的病人，我有责任帮助他。门诊有规章制度，但人是活的，我想了想就对梁弟说："可以，但必须在一个月内坚持每天来服药，否则又将被退出，我也会被追究责任。你能做到吗？"梁弟回答说做得到。门诊这样做是为使他们不随便跑出去偷吸。一般服满一个月美沙酮后，出去偷吸的可能性就比较小。门诊虽有原则，但有原则也要人性化。像梁弟这种特殊情况，我也就特殊处理。梁弟服了一个月的药后就对我说，自己想尽快戒断美沙酮，以便到远方去打工，重新开始自己的人生。又一个月后我就再也没有看到梁弟的影子，也许他真的能戒断海洛因离开美沙酮到远方去打拼，离开这片曾两次几乎毁掉了他一切的故土。

2012年9月3日上午，来了一位从县城转来的周姓病友，是他的姐姐陪同来的。我从这位姐姐的口中得知不少他们的家事。这位姐姐说："我弟去戒毒所戒了两次，回来了又去复吸。弟媳很看不起他，整天用那些很伤人的话来骂他。她常说：'最好是让他去撞车死，可以得到一笔赔偿金回来抚养孩子。'平常弟弟去卖水果，生意不好，没有赚到钱回到家又被她骂，骂我弟弟无能。她看我弟弟哪儿都不顺眼，整天不是骂这样不对就是骂那样不好。弟弟常对我流眼泪，曾对我说过想自杀。"说到这姐姐控制不住自己的情绪，流下了伤心的泪。其实这位姐姐所说的每一句话、每一个字都是在控诉毒品给人类造成的灾难。"我对弟弟说坚决不能走那条路，我不断给他鼓励，让他要有信心戒毒，像个真正的男子汉，活出个人样来，担当起家里的责任。我的老家在县城，是我把他们接出来的。弟弟吸毒被抓去戒毒所也是我去把他领回来。我对这个弟很不放心，也很在乎他的一切。原来我还有一个哥哥，两年前因为车祸已经不在人世。要是他再出什么意外，我爸妈就活不下去了。所以现在我要尽力帮助他，让他离开毒品。本想让弟媳也一起帮助他，只是无论我怎么说，弟媳都是那样强硬的态度，她已经把我弟打入了十八层地狱。"

看得出，这位吸毒的弟弟已经使自己的姐姐身心疲惫。我说："是否能找个机会把你弟媳带到门诊来，我与她谈谈？""她绝不会来的，谁也别想说动她！"说心里话我真想与她弟媳当面谈谈，让她换另一种心态，对丈夫多一些鼓励少一点责骂，也许能帮丈夫把毒品戒掉，可这位姐姐这样说我也没招了。如果我一定要坚持，惹出更大的麻烦来就不好说了。于是我只好对这位姐姐说："多给弟弟鼓励，让他振作起来，弟媳的思想工作坚持做，别灰心，你弟能脱离毒品，弟媳的思想就会转变过来。"这位姐姐努力忍着不让眼泪掉下来，紧咬双唇对我点点头。这一切我看得真真切切，我的心也不由得一阵酸楚，眼眶里含满了泪水。

2012年6月的一天，门诊在给病友做例行尿检。这一天我看到欧阳峰的姐姐又陪同他一起来到门诊。当时他因没有尿还不能检测，就坐在咨询台旁与我闲聊。他说自己昨天刚在某派出所做了尿检，结果呈阴性。我觉得奇怪，他是J区的为什么又到别的区去做尿检？他告诉我说，是一个朋友叫他去验，说是要完成一定的数字，检的结果是阴性。所以今天他不想在门诊做尿检了，再说现在也没有尿。我说："你昨天虽然做了尿检，但在门诊没有记录，总之结果是阴性，你不必担心，请配合我们门诊的工作吧！"他同意了，并告诉我他的姐姐在外面等。我说如果你们赶时间，就去买一瓶矿泉水来喝会快些。他姐姐对他很关心，从第一次来门诊咨询开始一直都是姐姐跟着来，每天接他来服药，再把他送回去并且每个月都来给他预交服药费。

欧阳峰在等待做尿检的时间里，打开了话匣子滔滔不绝地跟我说了很多话题，甚至把自己的隐私也告诉了我。他说："下午我还要陪女朋友一起来门诊服药，我的女朋友姓张，也在门诊服药……"

我说："我认识她。"欧阳峰又继续说："我的妈妈、姐姐都不同意我交这位女朋友，但我喜欢她，她们不同意，但今年我要和她结婚。"（后来没见他们走到一起）接着他又说了一件很可怕的事："昨天晚上我和别人打架了。""你已经参加治疗又是有工作的人，应该有所改变，怎么还像过去那样放肆？""医生，你不知道，是这样的。昨天下班回家，吃过晚饭后，有几个女友说要我请她们去迪吧，因为原来我曾经说过要请她们，男子汉大丈夫不能说话不算数呀。昨天我就给她们兑现。我把她们带到了某迪吧，点了啤酒和几碟小菜。当时邻桌的四个全都是清一色男性。我看到他们的眼睛总是往我们这边瞟，好似心里很不服气。其实说白了，他们眼红我一个人有四个女孩子陪，他们却一个也没有，因此心中十分妒忌。有一个人时不时还投过来挑衅的眼光。凭我的经验猜测，今晚必有一架要打。

"果然不出我所料，大约半个小时后，我放在椅子上的外套突然不翼而飞。我到处看，四处找，没有想到我的衣服竟然被放在邻桌的椅子上。我走过去斥问他们：'为什么把我的衣服拿到你们这里来？'他们回答：'是你的衣服自己跑过来的。'我说你们是故意找碴吗？那个曾投来挑衅眼光的人说：'是又怎么样？'我当时非常气愤，心想你们竟敢来惹我，知道我过去是什么人吗？在与他们动手之前我就先离开座位给朋友打电话，说我这出事了，要他们赶紧来帮忙。给朋友打完电话我全身热血沸腾起来，看来这场架是非打不可了。说心里话他们四个人，我才一个人，要是他们一起夹攻我肯定是必死无疑。但当时我已经是忍无可忍，决不允许他们来欺负我。遇到这样的事，我原来的性格便暴露无遗。我顺手拿起桌子上的啤酒瓶向一个人的头砸去，当场就看到那人的头被打破流出了血，他们看到我如此凶猛也不敢还手，立刻跑了出去。待我的朋友们赶到时，那几个人已经没了踪影。"

我说："要是他们也像你那样狠，昨晚上你就没命了。如果当时你把那个人打死了你也活不成。做每一件事都要动脑子，你在这里服那么长时间的药，为什么还是没一点收敛？你不应该用啤酒瓶砸人！要是他们不跑等你的那帮人来，你说会是什么样的结果？"

他说："是的，我错了，要是他们也像我那样，可能昨晚我真的就回不来了，我的姐姐一定也活不下去了。医生，你不知道，姐姐真的对我非常好，她常抽时间到我上班的地方把我接来服药。"他的话没完没了，如同是下坡的车刹不住。他顿了顿继续说："医生，你知道吗？可我一个朋友却胡乱说了那些对我姐姐的家庭不利的话，我很生气。"

"说什么呢？"我问。

"我的一位朋友乱对外人说，我姐姐给了一万元钱给我还那些旧债，是指借别人的钱来买毒品，哪里是呀，就是真的他也不能这样说，要是我的姐夫知道了不是让我姐姐被骂吗？我可不愿让我的姐姐再为我受气！"

"看来你姐姐也没有白疼你。"

"那当然了。"听他这样说，我想，眼前这位曾经的吸毒者能体会到亲情的可贵，算他还是个有良知的人。所以他要把他们姐弟俩的亲情、恩情一并告诉我。

这时他的姐姐给他买来了豆奶和面包，他吃过后就去做了尿检，结果是阴性。姐姐又用电单车驮着他回去。我看着这姐弟俩的背影，之前姐姐把弟弟带到门诊来参加治疗以及如何对弟弟的关爱，一幕幕出现在我的眼前。从第一天到门诊后半个月的时间，每一天姐姐都亲自把弟弟送来服药，然后又把弟弟接回去。他弟弟是个性格很倔强的人，有时又表现得很冲动。刚来参加治疗时，问他话他不答，姐姐说话他又常插嘴，表现出极为不满的样子。所以有时姐姐特意避开他把他的情况告诉我，如弟弟在家的不良表现，对来服药的态度和服药后的反应，在家里如何对父母生气……目的是想让我好好教育他弟。

有一次弟弟说身体不舒服，她很着急地对我说，弟弟来服药前没有吃东西。我就告诉他们，不要空腹服药，哪怕是随意吃上一点也好。她便问弟弟想吃什么她去买。这样的好姐姐真是少见。后来欧阳峰经过一段时间的治疗，在姐姐的关心、感化下有了很大的改变。那倔强的脾气已经变得好多了，对家人的态度也有了改变。更值得高兴的是，他还被聘为某单位的保安人员。记得我第一次与欧阳峰接触时，问他话他什么也不说，对我怀有敌意，后来他是什么事都想对我说。其实他是想让我和他一起分享自己的快乐。人非草木，欧阳峰的改变就说明一个问题，亲情和真诚、关爱能融化一颗冰冻的心。欧阳峰在生活上长期得到姐姐无微不至的关怀，在治疗的过程中一直有姐姐的帮助和监督，至今他仍能坚持边治疗边工作。

（六）

2012年7月30日，一位姓梁的同伴支持员告诉我，有一位家属说下午3点打电话到门诊找我，向我咨询办理复入的有关事宜。下午这位家属在电话里跟我说，梁同伴去了他们家两次，动员她的儿子来办复入手续。以前她儿子曾经来治疗过一段时间，后因坚持不下来就退出去。现在她儿子不想来服药是担心服了药反而被公安抓，因为他有两个朋友就是在服药完出了大门后被抓走的。我告诉她，那些人被抓是因为偷吸，公安有时要随机做尿检，如果参加尿检的人没有问题就能立刻出来。如果能坚持每天来治疗，不再偷吸怎么会有问题呢？再说这样做也好，对他们有一种约束，那样他们就不敢再轻易去用毒品。我让她第二天上午带孩子来检查，如果身体没有其他问题下午就可以服药。

第二天，这位病友便跟着梁同伴来到门诊参加治疗。这位病友叫刘明，我为他办好一切手续后，跟他说以后梁同伴就负责对他跟进服务，如果在服药期间有什么问题可找梁同伴帮助解决。从服药的那一天开始，刘明就停止用海洛因，每天坚持与梁同伴一起到门诊来服药。8月14日，门诊每月例行尿检，刘明服药刚好两周时间，暂不列入尿检的名单，但为了让他尽快看到自己尿检正常的结果，我让他也参加尿检。没想到刘明检测的结果却是阳性，他感觉十分沮丧，也很担心我们会把他尿检的情况上报公安。我让他放心，并告诉他尿检只是作为门诊对病友诊疗的依据。我虽然给他安慰，可自己的心里却平静不下来。他的情况确实令我觉得奇怪，按正常情况服了两周美沙酮尿检应该是阴性，可他却还是显阳性，于是我找他了解情况，他说："就是1日没有服药之前用了最后一次海洛因，自己下决心来服美沙酮后就再也没有使用过。"我问他这些天吃了什么药物或喝了什么饮料没有，他说："昨天晚上我喝了红牛饮料。"我告诉刘明是红牛饮料在作怪，让他别再胡思乱想，他悬着的一颗心才终于放了下来。

自从刘明办了复入手续后，他与梁同伴几乎是形影不离，梁同伴在门诊上班他也在那里等候，还参加同伴开展的各项活动。由于我和他接触的机会较多，彼此不生疏，更没有隔阂，交流起来也十分随意、坦诚。他第一次与我交流时就说："现在觉得很舒畅，心里充满了阳光，再也没有吸毒时的那种孤独、压抑、害怕。"不过有时在闲聊中他也常为自己的过去懊丧，他曾很悲观地说过这样的话："我白白浪费了10多年的青春。这10多年里我活得人不像人鬼不像鬼，这都是因为交友不慎引起的。10多年呀，人的一生能有多少个10多年！今后不知怎么办？"是的，青春是所有一次性用品中保质期最短的物品，当你意识到她的珍贵时，她马上过期。我鼓励他从头再来说："这些年时间就当是绕了一个圈，你能意识到以前的过失也是一种收获，都说人经历过的痛苦越多，收获就会越大。

从此后你就不会再走弯路。一个人的过错可以改正，但不要错过，错过将是终生遗憾。"

复入两个多月后，刘明便找到了工作，他边服药边工作。一到了周末他就跟梁同伴他们参加活动，如一起去打气排球，锻炼身体。他觉得自己每一天的生活都过得很充实。有一天他对我说："趁自己还年轻，毅力没有减退，要逐渐减少服美沙酮的剂量，再离开美沙酮，否则将要服用美沙酮一辈子。"我对他的想法给予鼓励，告诉他自己的能力可以设想，但不能设计。一定要有坚强的意志力才能做到。戒断以后远离粉友才是最重要，否则将前功尽弃。尽管有很多吸毒的人一辈子也无法摆脱毒品，但也有不少的人他们用坚强的意志力远离了毒品。刘明说他一定要做到。这样的话我不知听多少人说过，真正做得到的屈指可数。刘明他能做到吗？我不敢肯定，但我对他寄予厚望，因为他是当过兵的人。

刘明身高1.76米，是个性格开朗、帅气阳刚的小伙子。在外面谁都不会想到他曾有过十多年的吸毒史。在一次闲聊时，他像竹筒倒豆子一样向我说出了自己的过去。他原来在广州部队服役，在警卫连当了四年兵。我知道能被挑到警卫连的，一般应该是外貌英俊、思想好、工作踏实、头脑灵活的士兵。后来他又被调到了警备处当支队长的司机。2001年转业回到市里，被安排在省直属单位做一名专职司机。他说："当时在等待安排工作的日子里，每天都无所事事，就跟同在一个小区里的朋友们玩，整天泡在酒吧、迪吧里，他们几个都在注射海洛因，说这东西如何如何好，叫我跟他们一起用。那时我虽然也懂得这东西是毒品，由于有好奇心就也想试试。可我不懂得如何使用，朋友们说直接注射进去。于是他们让我躺在桌子上，其中的两个用绳子把我绑住，然后就给我注射海洛因，这样的过程实在是有些滑稽，不过那是一种出于自愿的行为。"

"你也愿意给他们那样绑住吗?"我问。

"本来自己心里也不愿意这样做，但不做好像不合群，不给朋友面子一样。再说自己出去了几年刚回来，就认识他们这几个朋友，只好由他们摆弄了。他们每一个人都在使用这种东西，要是我一个人不用那就是不入伍。我第一次被他们注射海洛因时，鼻子流出了血，但很快就止住了，过后也没有什么感觉。在好奇心的驱使下，我不达目的不罢休。开始都是他们帮我注射，五天后才感觉像他们说的那样，有些飘飘欲仙起来。一周后我上瘾了，也学会了自己注射。人有时就是这样，明知道是错的，也要去坚持，因为不甘心。这东西的确有很大的魔力，不到半个月我就已经欲罢不能。

"后来参加了工作更离不开毒品，停一天不用就无法工作，我又不能在毒瘾发作时被领导看到。那段时间我很矛盾也很痛苦，脑子里整天想的都是海洛因。因此我常在上班的时间，偷偷开着车赶回家注射，如果是在周边出差，不管多晚我也要赶回家，少一天不用都不行。有时出远门带够几天的量，但两天就用完了，那个东西不能留在身边，心总是痒痒的，忍不住。那些年我每天都是这样边工作边使用毒品，混混沌沌地过日子。

"后来我的身体健康已经受到了影响，精神感觉有些恍惚，心也觉得很累。曾试图戒过，但没有办法，无法承受毒瘾发作起来的痛苦。你不知道，当时我有这样的想法，毒瘾发作时给我吸完了毒品后再把一颗子弹射进我的胸膛也愿意，绝不愿意忍受那种生不如死的痛苦。后来担心吸毒的事被领导知道，我丢了工作无所谓，但不能让我的父母丢人。我工作了六年时间，每天都在身体、心理双重煎熬中度过，每天都是躲躲闪闪的，好像不敢见光一样，活得很累很累。就这样我辞去人们磕头烧香也找不到的好工作。我的父母伤心，痛苦。伤久了，痛长了，最后剩下的就是无奈。他们不愿让外人知道自己有一个吸毒的儿子。我当兵期间曾给过他们在人们面前可以自豪的时光，现在竟使得他们在人们面前连头都不敢抬起来。辞职后我每天都和粉友在一起混，整日无所事事，如同行尸走肉。就这样又虚度了几年的时光。"

"当初和你一起吸海洛因的人，他们有工作吗?"我问。

"有些是上班族，也有些是公务员，他们没有办法摆脱那东西，也不敢来服美沙酮，更不敢去戒毒所，一旦他们吸毒的事暴露出来不但失去了工作，更觉得是一件很丢人的事。他们也活得很累呀!"他低下头继续说，"悔恨像根攻城槌，一次次地在我的心中撞击。自从第二次回到了美沙酮门诊，在梁同伴的帮助下我找回了自信。人有了好的榜样就有了信心，我决心要从这里开始自己的第二次人生。"

"第一次为什么要退出去?"我问。

"那时没有意志力坚持下去，喝了两三天美沙酮又去偷吸。这一次要不是有小梁的耐心劝说和帮助，给我树立榜样，也许我没有今天。"在梁同伴的帮助下，他决心一定要远离海洛因坚持参加美沙酮治疗。他说在这期间也有原来的粉友诱惑他回去吸，他说："我就是不去，毒品给我的伤害太大了。现在我已经看到光亮，如果不下决心沿着光亮走下去，这一辈子肯定就完了。所以我必须克服重重困难，坚决抵挡毒品的诱惑，沿着光去寻找我的第二次人生。"

刘明凭着自己的毅力，在2013年秋戒断了美沙酮，戒断美沙酮后，刘明在公司里努力地工作，他要找回被浪费掉的时光。他是个普通人，没有超乎寻常人的能力，但他勤奋，因而得到了老板的重视并把重担委任于他，让他在边境贸易站负责清点、查看货物。他说："能有今天全靠梁同伴的帮助！"他和梁同伴有过相同的命运，通过参加美沙酮治疗已经成为很好的朋友，可以说是肝胆相照、心灵相通的朋友。刘明的成功又给梁同伴增强了信心，没多久梁同伴也成功地戒断了美沙酮。他们俩相互帮助、相互影响，从参加美沙酮治疗远离海洛因，走向新的生活，又再离开美沙酮走向自由、无拘无束的生活。

2012年，梁同伴在服美沙酮、做同伴工作的同时自己开了一家品牌鞋店，店面主要交给他妻子管理，他负责接送孩子上学，参加同伴工作。2013年底，他也停服了美沙酮，但他没有忘记还在受到毒品伤害的同伴们，所以他继续做同伴的帮教工作。他说："要用自己的成功事实去告诉、帮助同伴们，使他们也能离开毒品，有自己的新生活。"当与他谈起过去时他说："从吸毒到戒毒，再到服美沙酮，又到戒美沙酮，这是我一生中最不能忘记的事。从2003年我就开始吸海洛因，先后去强戒了两次，但回来后心瘾总去不了，看到别人在吸自己又复吸。2009年11月开始参加美沙酮药物维持治疗。"

他来的时候我记得很清楚，他服药后刚好有半年时间，就遇上了国际艾滋联盟同伴工作补缺招人，他便报名参加。通过面试、学习、培训，他走上了同伴工作的岗位。刚开始工作，由于没有经验，他的能力不如老同伴，但他很虚心也很努力。同伴根据自己的能力可以挑选自己擅长的岗位，他挑选了外展岗位，就是外出搞宣传，登门劝说吸毒的新老同伴来参加美沙酮药物维持治疗。他工作回来后常向我汇报情况，有时还把人带回门诊来找我，然后我和他商量一起解决。像刘明的事他就与我说过几次。我和他商量，一定把刘明动员回来重新参加美沙酮治疗。正是在他执着、耐心的劝说下，刘明才再次回到门诊来治疗。他参加同伴工作，帮助了他人的同时也改变了自己。他说："我能戒断海洛因再离开美沙酮与做同伴工作有一定的关系。刚进来时我服美沙酮的量是70—80毫升，后来减到40毫升又再减到20毫升。我服了四年的美沙酮，其中服20毫升后用了一个多月才能彻底戒断。"我问他在戒美沙酮时是否需要什么药物。他说："我停服美沙酮时感觉很难受，心烦，坐立不安，睡不着觉，骨头痛得难受，但没有戒海洛因那么难受。我买回了曲马多，开始每次服两粒，然后服一粒，最后服半粒，一个多月终于熬过去了。现在我没有心瘾，感觉很轻松。但刘明比我戒得容易，他什么药也不需要服，停一周时间不服美沙酮。他说当时心里也很难受，但他硬是用意志力撑过去，就这样戒断了，一周后再也没有什么反应。"刘明真不愧是曾经当过兵的人，他有军人的钢铁意志和坚强的决心。

他们俩的故事可以说是一个富有喜剧性的故事。开始是在梁同伴的帮助下，刘明又回来服美沙酮，梁同伴鼓励刘明树立坚持服用美沙酮的信心，戒断了毒品。后来刘明不但戒断了毒品，还戒断了美沙酮。刘明又反成为梁同伴的榜样，最后梁同伴也戒断了美沙酮。这不仅仅是靠他们个人的意志力，更大的力量来源于他们的相互关心、帮助和鼓励。梁同伴对我说了这样一句很中肯的话："我能有今天，跟参加同伴支持员的工作分不开。做同伴工作给了我信心和力量，我在帮助他人的同时自己也获益。"刘明是这样说的："没有梁同伴的帮助，没有美沙酮，我就不能离开毒品。"

是的，同伴支持员在我们的美沙酮门诊里不仅改变自己的人生，也改变同伴们的人生。我想，他们所给予的比他们得到的还要多。我们门诊的几位同伴支持员，都是凭着自己的毅力、信心、爱心，与同伴一道改变、创造了新的生活。

2014年10月29日，我找了昔日一位姓郑的男病友，他是另一个同伴小组的组长——同行小组长。此行我又有了很大的收获，透过郑组长的人生经历我们看到了他坚强的意志和执着的追求；看到了政府、社会对吸毒人员的关爱和帮助。从他和他同伴们的身上我看到了他们无私奉献的精神。

郑组长说："从1989年开始我就断断续续地接触了毒品。曾两次进了戒毒所都没有戒成功。2009年，听人说到市里某医院参加美沙酮药物治疗可以戒断毒品，当时自己也不知道美沙酮是什么，有什么作用，于是抱着试一试的想法参加治疗。我白天服了美沙酮后，感觉身上冒了很多汗，也不敢多喝，只喝40毫升，晚上还在吸海洛因，主要是担心毒瘾发作后自己受不了。你们告诉我不要担心，只要喝足量就不再有毒瘾发作。这样一周后我就再也没有偷吸海洛因的现象。

"参加治疗三个月后，我的生活出现了第一个转折点。当时我们的戒毒工作做得很好，是我们市戒毒工作的一个试点。国际人口组织一位姓周的官员到社区了解情况，并说要在X区成立PSI小组，社工就向他推荐我参加。那时我根本不懂PSI的工作性质、意义是什么。姓周的官员告诉我，这一工作是帮助吸食海洛因人群摆脱毒品，做好对艾滋病和其他传染病的预防工作。参加这一工作每天只要抽出半天时间，但不是很固定，每月有500元的生活补贴。尽管报酬不高，但我觉得这工作有意义，就叫了姓陈的一位同伴一起参加。在工作之前姓周的官员先带我们到云南总部参加培训，这也是我第一次出远门。通过培训我大开眼界，我从未了解到那么多健康、科学的知识，有的甚至都是我闻所未闻，如毒品危害和人类健康的知识，如何远离毒品、远离疾病的知识等。从那时候开始，我就下决心以后要把这些知识传播给同伴们，让他们也和我一样远离毒品。我和陈同伴边治疗边工作，有时周官员还带我们到各社区宣传、讲解毒品的危害及艾滋病的防治方法，帮助同伴们远离毒品。因为这是一件很有意义的工作，与我们这些曾经吸过毒品的人都是切身相关的，所以我们的小组在不断地发展、壮大，由最初的两个人，发展到七个人。从此我便担任了小组长，成为小组的骨干。以后我的工作更忙，常和 PSI 官员一起带领小组成员到区内其他门诊做帮教工作。如 L 县美沙酮门诊的同伴小组就是由 PSI 的官员和我一起去做培训工作后建立起来的。我们常到市内各门诊去给服药人员讲解毒品给人类带来的危害等知识。为了让当代的青年不再误吸毒品，我和小组成员多次到大学里现身说法，讲解传统毒品和新型毒品对人类的危害。电视台曾来采访过我，我吸毒的事随之也曝光了，有不少的人见到我后就问起了这事。有人说：'上次在电视上看到你那么瘦，现在胖多了啊！'当时我觉得十分尴尬，只能附和道'是的'。因为电视台的采访，我的生活着实受到了一定的影响。"

"是的，这样的角色转换难免令公众产生心理落差。"

"说实在话，开始我也不想让别人知道我曾是一名吸毒者，但为了使更多的人能早日远离毒品，不再受到毒品的毒害，那些又算得什么呢？于是我抛开了那些杂念，在需要的时候仍积极参与，配合他们的工作。有时外出耽误了服药，但我用毅力克服海洛因戒断症状，以身作则坚决不再使用海洛因。在我的影响下，我身边好几个同伴都能保持良好的操守。参加美沙酮治疗我不但远离了海洛因，在2012年2月我还彻底离开了美沙酮。"

我让他谈谈当时离开美沙酮的感受，他说："那也是常人难以承受的一种痛苦，如果是女性可能比较难做到，因她们的心理比较脆弱，意志力没有男性的坚强，体质也不如男性经受得起那种痛苦的折磨。再说良好的心理素质也非常重要。我开始服美沙酮的量是40毫升，2011年底减至5毫升，2012年2月我便停止服用美沙酮，那种戒断的痛苦现在说起来还心有余悸。那时我用了两个月的时间才彻底消除了戒断症状。"

我问他："当时你还需要什么药物吗？"

"在戒断之前，我到福利医院准备了100毫升的美沙酮，当时我想在最难受的时候就可以用上，如果能挺过去我就坚决不用。其实我拿了那一点美沙酮也没有什么用，只是给自己心理一个安慰而已。"

"你觉得停服美沙酮后最难受的表现是什么？"

"就是不能睡觉，很困，但又睡不着，骨头也在痛。实在难受我就用舌头舔一舔美沙酮，其实那样什么问题也不能解决，只是一种心理安慰。那时我每天睡不到两个小时，难受时半夜常起来看电视、玩电脑游戏等。有时叫朋友出来喝酒，喝得八分醉了，回去就可以睡上两个多小时。每天早上6点钟我就到人民公园跟那些老年人一起做健身操，还参加他们的气排球等活动。有时去上班要坐在那里写材料，我的心很烦躁，坐立不安，竟然感觉到人要从座位上跳起来似的，就是再坚持一秒钟也不行。于是我就对PSI官员说，自己正在戒美沙酮，心烦难受，他便不用我上整天班。

"我常常感觉一天的时间太漫长，真正有了度日如年的感受，怎么办呢？于是我想到一种既可以消磨时间又可以控制我的烦躁不安心情的办法。那就是乘公交车。我常从工作的地方乘公交车，一直到最远的一站，往返一趟三个小时左右。在公交车里一路上我可以看风景，车上有乘客又可以约束我。我认为这是比较好的消磨时间和排除心中烦躁的方法。中午下班我就上车，下午我又回来跟大家一起工作，在忙碌的工作中便克服了心瘾。在难受的时候我又想起以前因没有钱及时买到海洛因，而受到那种痛苦折磨的情形，想到自己工作的意义，如果半途而废，就会辜负那么多人对我的关心和帮助，以后也不能用事实说话，更不能再去帮助那些还在受到毒品毒害的同伴们。就这样我又坚强起来，战胜戒断症状，获得了成功。正是有了这种使命感、这种动力，才使我有了这种坚强的意志力。

"说心里话，如果我不参加 PSI 工作可能我就没有办法远离毒品。因为我工作起来觉得很充实，没有时间去想那些乱七八糟的事。我们小组常下乡或到各社区、戒毒所宣传，让大家了解毒品和艾滋病的危害，以及如何去抵御这些危害，或怎么才能做到最低伤害，帮助同伴远离毒品。我把那种心瘾全都转移到了工作上。另外，一讲到毒品，我的心里就产生了一种极端愤恨的感觉，正因为这样，我才有坚强的毅力彻底脱离了毒品，继而离开了海洛因的替代品——美沙酮。现在无论谁用海洛因来诱惑，我都不会再有要吸的想法。尽管我已经离开了美沙酮，但我还是一直在帮助同伴，动员他们参加美沙酮药物治疗。

"2013年PSI工作结束了，我们工作人员也没有了这一项目的支持费用，但我也并没有停止这一工作，决心继续帮助同伴。我的愿望是，尽自己的能力，哪怕是能减少一个人吸毒也是一件好事。于是我找同伴们商量，决定自己成立一个小组，继续把这一工作开展下去。平常我们还积极配合禁毒办和社区做好禁毒的宣传工作，和他们一起上街做宣传。我们所做的一切，社区的工作人员都看在眼里记在心上，他们也在尽一切能力帮助我们。2013年6月28日，在政府的大力支持下，我们的小组成立了。全组一共有四名成员，小组的名称叫'同行小组'。我们的办公室就设在W社区办公室的楼上，那是社区免费给我们提供办公的地方，还给配置了一些桌椅、风扇等。X区禁毒办为我们提供了两台电脑，可以说所有的办公设备都齐全，缺少的就是生活补贴。没有赞助经费怎么办？不怕，我们也照样工作，我们的目标是用自己的能力去帮助同伴远离毒品。经费我们自己找，比如有公益项目我们可以去投标，政府要搞宣传活动让我们去参加，每次又可以得到几十元的补助。我们的几位成员还参加市禁毒办开展的针具交换减少危害活动。各项加起来虽然每月只有700元的生活补贴，但是大家也做得很好，因为这是一项帮助他人的工作，既然是帮助就不必在乎是否有回报。

"几年来我和PSI小组成员为帮助同伴，走访了无数个家庭，做过无数次有关方面的宣传讲座，得到了省、市禁毒办和社区领导的肯定。2013年秋的一天，社区邓主任和派出所的陈所长找我谈话，说要吸收我成为他们的社工，和他们一起参加禁毒工作，并说帮我申请一个在编的名额。当时我心里很是感动，十分感激领导对我的关心，对我几年来工作的认可。我说：'禁毒工作我一定坚持做下去，但我担心自己不能胜任每日的正常工作，因为这20多年来一直都懒散惯了，怕自己做不好。'说心里话，当时我对'在编的名额'一点不抱希望，甚至觉得那是一种奢望。其实我很清楚自己不是那块料，担心以后胜任不了这一工作。因为我没有文化，更没有其他专长。加上已经20多年不做正事了，每天睡到中午才起床，整天都是吊儿郎当的，要是以后整天坐班我怎么坚持得了呢？没想到，只有初中文化的我，42岁了，竟然成为一名社区的在编禁毒工作人员。后来我才知道，社工都是要有大专以上学历的适龄青年才能报考，然后还要经过政审、体检、公示，我却是特批的。我得到领导、政府如此的关照和优待，心中很是感激。"

"正式参加工作后你有压力吗？多久才适应这样的角色转换？"

"有压力。开始很不适应，从时间上来说就是最大的不适应。还有很多工作不知从何做起。社工做的是基层工作，琐事多，有一些工作与禁毒无关。可以说每一项工作都是从头开始。因为我的情况特殊，大家都很热心地帮助我，我也很虚心地学习，别人怎么做我就认真看并记在心里。我用了很大的努力克服了几十年来睡懒觉的习惯。工作三个月后我基本算是上路了。当然，今后还要在工作中不断地学习。现在街道上知道我的过去的人，看到我有了正式工作都很真诚地给予祝福，我心里很高兴。不过也有些人还是对我投来歧视的眼光，那个时候我的自卑感就立刻暴露出来。"

"那只是个别人的态度，属正常现象。你应该自豪，在这个世界上有多少个人能做到像你这样，能戒了毒品，还能成为一名在编的工作人员？"

"是的，每当想到这些我就感到内心十分满足，再干10多年我就可以退休了，老有所依。但我要学会感恩，这才是最重要的。"

"现在你家里还有什么人？"

"父母已经不在了，有兄弟，但都是各过各的日子。"

"你有自己的房子，又有了工作，人也长得帅，以后就找个伴吧。"

他说："我也想呀，可有谁愿意来跟我呢？一听说过去曾是吸过毒的人，人家就被吓跑了。"

"你已经彻底戒了毒，还有了正式的工作，就凭你有戒毒的坚强意志力，别人就已经对你刮目相看。努力吧，别灰心！"

"这一路走来确实不易，让我体会最深的是'世上无难事，只怕有心人'。"

是的，可以说郑同伴从自己远离毒品，到脱离美沙酮，再帮助同伴远离毒品，到成长为一名正式的国家工作人员，每前行一步都是用全身心去努力，他的今天实在是来之不易，可以说是经历了血与火的洗礼才换来的。

洪波曾是门诊的病友，40多岁，长得很壮实，是个健谈的人。他是门诊里第一批来参加美沙酮药物治疗的人员之一，在治疗的过程中，他凭着自己坚强的意志不到一年就离开了美沙酮。从此后，他开始注重自己的健康和提升自身的文化素养。2007年的下半年，他坚持每天早上到江里游泳。上午10点左右，从江边回来经过门诊，他常进来坐坐。他说自己对门诊有特殊的感情，因为是美沙酮门诊使他摆脱了毒品。他一来就很随意地坐在沙发上，仿佛是回到自己的家一样。然后边休息边与我们工作人员或病友闲聊，这已经成为他的习惯。

2007年9月18日，他到门诊坐下不到一分钟时间就与一位病友谈得十分投入，他从吸毒谈到戒毒，又从复吸再谈到参加美沙酮治疗的经历，着重谈他离开美沙酮门诊后的感受，这引起了我的注意。我听到他对那位病友说："在戒断美沙酮之前要做好思想准备，特别是如何应对戒断后的症状，这才是最关键的问题。"我立刻问他戒断美沙酮后应该如何应对戒断症状，他说："刚戒断之后确实很难受，但我都用其他的事来分散戒断症状带来的痛苦，比如打球、游泳、上网、唱歌、干家务等，这些都可以分散精力，减轻痛苦和焦虑。"他强调："关键是思想问题，每时每刻都要提醒自己，无论如何都要克服那种痛苦，绝对不能复吸。再次是改变一下环境，断绝和以前的粉友交往。一切都要重新开始，要以乐观的精神对待人生，多参加一些有益的活动，积极锻炼身体。我还在网上交了一些朋友，和他们聊天时也能坦诚说出自己的过去，以心交心。平常多在网上查阅健康知识，充实自己。我在吸食海洛因的日子里失去了很多东西，每天只想着海洛因，没有心思和精力去充实自己。现在我每天都在忙碌的工作中挤出些时间来学习，我还在读庄子的书。所以现在我能平淡对待功、名、利，物质方面不提过高要求，时刻保持一颗平常心。作为一个男人，我认为要有责任感，对家庭负责，要教育好孩子，做到言传身教。如孩子吃饭过后我让他温习功课，我也拿着书本在一旁学习，就是看不进也要坐在那儿，不能出去外面（当然有事除外），我这样做的目的就是使孩子能够受到一个好的影响。我还为自己的两个孩子和妻子买了保险，但我自己没有买。我在进你们这个门诊之前就有了自己的梦想，经过努力我实现了自己的梦想，找回了自己的幸福生活。"我很高兴地对他说："你所做的这些极不容易，能有今天，全凭你的意志力，如果在这里治疗的病友能有三分之一像你那样的决心就好了。今后你要常来多和他们聊聊，把这些成功经验和大家分享。""我会来的。"说完他抬头看了墙上挂的时钟急忙说，"哦，时间已到，我该回家了。"他边说边从沙发上拿起自己的衣服。我看着他轻松而自信地走出门诊的背影，心中发出感慨：洪波是一条汉子！他获得的这些知识不是通过别人的经验，而是从自己的经历中得来。戒了毒以后经过努力，他的梦想在这里起航，他的第二次人生路从这里起步。

2011年夏天上午10点左右，虽然还没有到中午，但火辣辣的太阳，加上闷热的天气，凡在室外的人都会热得难受，全身都会冒汗，这就是南方的天气特点。一个小伙子把一辆电单车停在门诊的大门外，然后匆匆走进来，站在我对面的空调机旁，享受片刻的凉风，他说他要进去服药，让我帮他照看一会儿车上的包裹。这类举手之劳的事，我平常都是乐意答应的。我向门外看去，只见他的车上装满了各式快件，当即我就明白他是个快递员。约三分钟后他服药出来，我问他这是送的第几趟了，他说："这不能按趟算要以件计算，每送一个邮件是一元辛苦费，今天早上我已经跑了好几条街道。""这天气那么热蛮辛苦的。"我说。"所以我以后8点到门诊服药，9点到公司拿邮件，等清点好了就送出，下午太阳大就不出门了，只是上午辛苦些。""看你这满满的一车邮件，干这活每月的收入也应该不错吧？可别人总说没有活干！"这小伙子乐呵呵地说："每月底薪1000元，月薪3000元没问题。当今的社会没有找不到的活，只有不想干的活！以后我要把其中一段路承包下来，用面包车去拉货，再用电动车送出去，那样快又方便。医生谢谢你帮我看货，我得赶紧送快件去了！"说完只见这小伙子，迈着轻快的步伐，走到了自己的电动车旁。从这小伙子的动作和语言就感觉到他是个乐观、自信而极易满足的人，他对自己的工作很有成就感。这位快递员说的"当今的社会没有找不到的活，只有不想干的活！"这话深深留在我的记忆里。有不少的病友也曾让我给他们留意工作，我也帮他们提供了不少的线索，可他们总说不如意，不是说辛苦就是说没有那方面的技术。其实他们都是在挑肥拣瘦，没有这位快递员的苦干、实干精神。如果都能像这位快递员一样努力，怎么会找不到活干呢？

2008年12月23日下午，刘兰一进到门诊我就看到她愁眉苦脸的样子，我知道她一定是有不开心的事。后来在咨询台前她向我倾诉了一番。她说："我现在总是控制不住自己，时常偷吸，男朋友一大早就出去给别人搞装修，很晚才回来，又没有时间管我，我连与他多说几句话的机会都没有。无聊的时候我又跟那群粉友在一起，看到她们在吸我控制不了自己又跟她们吸了。"我说："你原来表现很好，常获得奖励，为什么现在又控制不了自己？你要不就去找些活来干，有事做就不会觉得无聊，也没有时间去想那些东西。当然关键是靠自己，只要一产生那种欲望你就提醒自己那是一条通向死亡的路，你就会立刻阻止自己。""平常她们也会打电话来叫我出去，只要听到她们的电话，我就身不由己。""要自律、学会自控，你不出去别人不会把你拽走。以后你每天来服药都要对自己说，今天我又战胜了自己，离开了毒品，这样就是给自己信心。我建议你最好把原来的电话号码换了，她们就没法找到你。"她点了点头，表示已经把这些话记在心里。刘兰是外地人，一般有什么心事都愿意对我说，从她的口中我得知，她原来已经结过婚，到N市后又找了一个男朋友。男方有一个五岁的男孩，孩子很喜欢她，平常还跟她到门诊来服药，出出进进他都是拉着她的手。家里还有婆婆，她们俩的关系也不错，有时男朋友不在家婆婆就给她钱让她来服药，从来也没有骂她吸毒什么的。我觉得她就是不自律，心想必须常与她交流，提醒她不能再去使用海洛因，坚持服用美沙酮。往后我看到她来服药有时间就与她聊聊，了解她的生活情况等。几个月后的一天她告诉我，要回老家一段时间，也想尝试戒断美沙酮，待戒了美沙酮后便生一个宝宝。

　　一个秋天的早晨，我从服药间出来看到刘兰坐在咨询台旁边，就感到十分诧异，她看到我时，抑制不住流下了悔恨的泪水。我与她四目相对，默默无言。不用问，我对她的一切已了然，知道她又复吸了。通过她那悔恨的泪水，我看到了她的醒悟。有多少海洛因成瘾者，曾经脱离了苦海，因抵挡不住诱惑，又走上复吸路。刘兰是无限心思不知从何说起，但她很快地擦去了脸上的泪水，向我叙述了一切："我回老家戒断美沙酮已有两个月，当时我很高兴，父母也为我感到高兴，一再叮嘱我不要再走进那个圈子，找个工作，自食其力，再找个合适的男朋友结婚，生孩子，让他们放心。可我回到这里后，没有新的朋友就又走进了原来的圈子。她们在一起就少不了那种东西。刚开始我还能把持住自己，因为我已经戒了两个月，不想前功尽弃。可在她们的一再撺掇下，我的心好难受，也许是条件反射，那时我的眼睛直流眼泪，全身起鸡皮疙瘩，感觉坐立不安，我无法忍受那种痛苦，无法抗拒那种欲望，更没有勇气离开她们。我的邪念又产生了：用一次没有关系。可有了第一次就有第二次。开始是每天用一包，然后是每天两包，前几天每天已经用三包了，父母给的找工作的2000元钱没了。现在一离开毒品，就浑身难受，我在受着毒瘾和悔恨的双重煎熬，这才意识到再回来服美沙酮。"我问："你今后如何才能使自己不再复吸呢？"她说："我想从今后再也不与吸粉的朋友交往。"刘兰缺乏与毒品决裂的坚强信心，面对她的这种情况，我想一定要帮助她，多给她一份关怀、一份牵引。虽然她一错再错，但我要使她从海洛因罪恶的深渊里坚强站起来。我再次提醒她换手机号，使粉友没法找到她，如果在外遇到她们一定要设法回避。另外我觉得，她对生活缺乏激情，如果她有活干，得到报酬，在她的内心就会产生激情。于是我鼓励她要积极去找事做，我说："你对生活没有激情，必须改变生活的态度，只有那样你才能改变命运。"她激动地对我说："医生你放心，这次我一定听你的话，要下很大的决心，非戒不可。现在我不说要感谢你，我觉得最好的感谢是要用今后的行动作回答。"

后来为了自食其力，刘兰向别人请教学习扎网丝花。她买回教材、材料，苦练了一周。功夫不负有心人，她练就了一双巧手，掌握了扎网丝花的手艺。她对我说："每到周末都有不少人到公园里去玩，特别是情侣。我看准了这一商机，周末就把扎好的花拿到公园里去卖，10元一支。有时一个早上就可以卖10多支，一个月下来我便很轻松地得到几百元，至少可以解决我的服药费用。"她觉得自己是因为坚持服用了美沙酮才摆脱了毒品，为了表达自己对门诊的感谢，她扎了一束花免费送到门诊来，也给我做了一朵小巧的胸花以表谢意。那些用手工扎成的梅花、玫瑰、水仙等，虽然没有真花的芬芳，但也显得十分娇艳，门诊的工作人员都赞不绝口。我把此事转告门诊主任，主任除了称赞这花做得很漂亮，还肯定了这位病友的谋生方法，当即就决定把扎网丝花列为门诊每周开展的小组活动内容，并要请刘兰做指导老师，让有这方面兴趣的病友来参加活动，目的是让大家一起来分享快乐。主任把这一工作交给我去完成。后来我和刘兰一同去买教材和挑选做花的材料，组织大家开展这一活动。

每周活动时间安排在周三的下午。真没想到大家对这一活动很有兴趣，每次来参加的人数最少有6人，最多达12人。我原以为这些活动只有女性参加，没想到有几位男病友竟也加入其中。这个活动结束后，门诊又开展了编织小动物的活动。开展扎网丝花、编小动物这些小组活动，既为病友提供学习手艺的机会，也给了病友们心灵、情感交流的机会，彼此间增进了解和友谊，丰富了门诊的生活。开展学习这两种手艺活动一共持续了两个月的时间。我也是在这些活动中学会了扎网丝花和编织小动物的手艺，并对这些病友有了更多的了解，彼此间增加了信任感。

刘兰很勤奋，她是个不满足于现状的人。有一天她对我说，由于没有一个固定的店面，在销售上有一定的困难，要找店面自己没有那么多资金，因此想多找一份工作，她告诉我如果发现有适合的工作就给她介绍。也常有不少病友让我给他们找工作，我都把这些事记在一个本子上，同时记下对方的电话，一有适合的机会我就与他们联系。刚好当时PSI也托我给他们在门诊里找操守好的适合人选加入他们的队伍。我先后把刘兰等近10名病友介绍到PSI里工作。他们都很热爱、珍惜这份工作，都很认真负责，尽自己的努力去帮助身边的同伴，使同伴们也和自己一样意识到毒品的危害、健康的重要而远离毒品。有时她在门诊里服完药，有新的同伴来治疗，我便给她协助做好宣传工作。从那以后，刘兰全身心投入到工作中，每天她走街串巷向身边的同伴宣传毒品的危害、美沙酮的好处，并做到以身作则。

从此刘兰每天坚持服用美沙酮，再也没有复吸的行为。她在帮助别人的同时自己也收获了幸福。2012她找到了心仪的男朋友，并重建了家庭。更让人高兴的是，第二年她生了一个男宝宝，实现了当妈妈的愿望，也实现了她父母的愿望。至今刘兰一直坚持在门诊治疗。她的这一生走过了不少的坎坷路，受尽了毒品的折磨，但她靠自己的努力和坚强，拥有了自己的幸福，实现了自己的梦想。

门诊里有一位30多岁身体单薄姓韦的男病友，他显得与众不同，最为突出的是，曲子常挂嘴边。他喜欢哼着歌曲走进门诊，平常我根本不用看只听歌声就知道是他来了。他还有一个与众不同的地方是，无论去哪，总是随身带着一支钢笔。服完药后有时看到他在同伴们工作的地方坐坐、哼哼歌、练书法。他的硬笔书法不错，谈起各类书法，感觉很在行，什么草书、行书、隶书等都能谈。他平常在外遇到有好的练书法的笔，会毫不吝啬地买回家。他说自己每天的生活除了工作就是练书法、听音乐。正是这些艺术爱好使他变得乐观，表现出高雅的情调。我送给他一句话："曲不离口，笔不离手。"

当谈到身体的状况时他又表现出一种无奈。这位病友的身体不是很好，脸上的一层层褐斑就说明他的健康有问题。他告诉我，每年都到医科大学去检查一两次，价格昂贵的药品也吃了不少，但病还是治不愈。如果哪里能治好他的病他都愿意去尝试。身体虽然有问题，但丝毫没有影响到他对生活的热爱、做父亲的责任。他对自己的女儿可以说是倾注了所有的爱。2011年10月13日，他对我说："我的女儿出生刚满月，妻子就离开了这个家。从此女儿都是由我带。每天晚上要起来两次给女儿换尿片、冲牛奶。每天早上起床要给她穿衣服、梳头、洗脸、喂早点。现在我的女儿已经三岁半了，从今年9月开始，早上我就送她上幼儿园，然后到门诊来服药再去公司上班。"听到他说这些我还真的有点不敢相信，一个曾经吸毒的男人能做到这样。于是我才慢慢回忆，那画面越来越清晰地出现在眼前：以前，经常看到一个身体瘦削的男病友，用背带背着一个才一个多月的婴儿来服药，一服完药他就匆匆忙忙地赶回去，从来不与其他人打招呼更不要说与他人交流，所以那时他的面容我也记不清。当时我对他每天背孩子来服药的事感到十分不解，他不说我还真不知道，当年那个人就是今天坐在我眼前的这位姓韦的病友。时间一晃就是三年多，现在他的女儿已经上了幼儿园，自己的事业也有了起色，相对而言比较轻松吧，所以他服完药后常在门诊停留，看到同伴工作的地方有空位，就喜欢在那里坐着，嘴里哼着歌曲练书法。他写出的草体虽然说有些欠饱满，但很飘逸、洒脱。一次他服过药又在练习书法，当时我的工作很忙离开了座位，待我回来时发现那位病友写了一页毛体草书，放在我的桌面上。那是毛泽东的一首诗："风雨送春归，飞雪迎春到。已是悬崖百丈冰，犹有花枝俏。俏也不争春，只把春来报。待到山花烂漫时，她在丛中笑。"我没有随手就把它当废纸仍进纸篓里，而是把它放到抽屉里，表示对它的主人的一种尊重。他常与我交流，记得他还说自己喜欢临摹宋代的字帖，平常要是看到好的字帖就买回家里收藏，价格在10—100元一本。他说："昨天刚买了一本宋徽宗的楷书字帖，还有一本正楷帖，每本近20元人民币。而且不知道已经练坏了多少支钢笔，有时我边听音乐边练字，感觉那是一种享受！"莎士比亚曾说："音乐是人心灵的养料。"正因为他有了心灵的养料，才能那样乐观地生活。

我很敬佩韦病友的生活态度，他能如此坚强、乐观、坦然地去面对这一切，不是一般人能做到的。到底是什么在支撑着他？我想除了女儿，还有他对生活的热爱。这就是他身上的闪光点，他就是这人群中的一个代表。直到现在他每天仍然是那样乐观、平静地生活。

（七）

阿国原来是一个收旧货的老板，他已经有了一个孩子，原来也存了不少钱。自夫妻俩吸海洛因后，把几年打拼积攒下的血汗钱都吸光了，什么事也不能做，本还想多生一个孩子，可目前连养仅有的一个孩子都成问题。他听说在我们的门诊服用美沙酮就可以戒断海洛因，还可以生孩子，于是来门诊参加维持治疗。服药半个月后他觉得很好，于是动员妻子一起来治疗。这样夫妻俩的身体都能恢复健康，还能省下不少钱，这样他就可以重操旧业了。有一天我看到他抱着孩子，领着妻子，高兴地来到了门诊。他的妻子叫黄素兰，大约30岁，长年吸毒使她变得弱不禁风。当她拿出身份证让我看的时候，我更是大吃一惊，眼前这个女人的实际年龄竟然才22岁，我再次从头至脚认真打量了她一番，并且带着疑惑问她："这是你的身份证？""是的，谁都不会相信，连我自己都不敢相信，你认真看这眉毛就能认出是我。"她有气无力地指了指自己的眉毛说。她的眉毛，没有经过修整，自然地微微向上翘，确实与身份证上的那个人的眉毛无异。除去这两道眉毛没有变，她的脸看上去却比实际年龄大了10岁左右。此时阿国在一旁边逗孩子边戏谑道："我可是有两个老婆的，你也是有两个妈妈的啊！"

服了一个月的美沙酮，阿国如愿重操旧业，往后他就更忙了。我很少看到他像其他病友一样服完药就在门诊里坐坐聊聊天，或在门诊外与其他病友们抽烟、喝酒，都是来去匆匆。有时孩子还想停留与小伙伴们玩玩，他腰一弯就把孩子抱走了。服了一个多月的美沙酮后，黄素兰的脸渐渐圆起来，人也变得年轻了。又过了几个月她的肚子也渐渐隆起来，大家都知道她要添老二了，阿国肩上的担子也更重了。后来黄素兰给他生了个女孩。在一个阳光灿烂的日子里，阿国领着他的妻子儿女们来到门诊，从皮包里拿出一张名片庄重地递给我，他说："医生，这是我的名片，以后请多关照！"我双手接过他递给我的名片，得知他开了一个回收旧货的公司。

　　春去秋来，阿国的第一个孩子已经上学，只有女儿跟着他们来服药。阿国有了一对儿女还觉得不满足，也许是受到多子多福的老一代人思想的影响，他们还想要一个儿子，结果他的妻子真的又给他生了一个儿子。美沙酮给阿国添了一双儿女，给了他一个大家庭，还给了他们一家美好的生活。再后来我不知道阿国又去做什么大事了，有一天他妻子说他已经不开收旧货公司了。他们是我在门诊里发现生最多孩子的一对夫妇，而且每一个孩子都在健康地成长。一直到现在阿国和他的妻子依然在服美沙酮，只是他们已经转诊到其他门诊就近服药去了。

　　阿惠是个艾滋病感染者，到门诊参加治疗已经有好几年，她从姑娘时开始，一直就坚持在这里治疗，不过那时她自己一个人在外面租房住。治疗两年后，她找到了自己的归属，已经成为人妻，不久她也怀孕了。将要为人母的她，有一天很着急地来向我咨询，服美沙酮是否对胎儿有影响，能不能把量减少。我很严肃地对她说，不但不能减量还必须服用足够的量。原因是，如果美沙酮的量不够，身体就会出现戒断症状，那样会使胎儿受到影响，严重时还会导致早产。另外必须注意，服了美沙酮千万不能用海洛因，如果用了会使胎儿兴奋，过度兴奋也会导致早产。我还告诉她孩子出生后不要用母乳喂养，尽管国外有的人服用美沙酮，生孩子后用母乳喂养婴儿，但我们最好还是不用。我们看着她的肚子一天天在变化。

一天，阿惠又来问我，说要是她分娩了不能来服药怎么办。我告诉她不用担心，到时候可以在我们医院分娩，分娩后的三天门诊派人送药到产房。三天后她就可以到门诊来服药，如果还不能行走可让护士用轮椅推来，但这事要提前与我们联系，以便安排人员。后来阿惠很顺利地生下了一个男孩，三天后她便能自己到门诊来。儿子满月后，她带着儿子来门诊服药，大家都真诚地给她祝福，纷纷围上去看她的小宝宝，还边逗她的宝宝边调侃："你的妈妈喝美沙酮，所以生出你这个胖乎乎的美小子！"我们问她，孩子出生后是否出现戒断症状，她说没有。这是因人而异，有的人刚生孩子时会出现戒断症状，但让医生采取阻断措施，以后就不会有这种情况出现。

我还清楚地记得，2011年门诊里有三个"美沙酮宝宝"出生，而且每一个都长得十分健康、令人喜爱。

一对艾滋病夫妇，他们在我们门诊治疗已有10年时间，10年的药物治疗使他们远离了毒品。10年来美沙酮门诊工作人员的真诚、关爱使他们那颗被扭曲了的心灵也得到了治疗。一天傍晚我正在街道上悠然地散步，他们俩从对面而来，关切地对我说："李医生，天要下雨了，你没有雨伞快点走！"我抬起头看到黑压压的一大片乌云压顶而来，这是大雨来临的前兆。我说："真的，雨就要来了！

谢谢你们的提醒。"他们原来就是门诊里一对有名的好事者。之前大家看到他们都尽量避开，害怕他们有意挑起事端。在外遇到我们工作人员，他们绝对不打招呼，现在他们改变了，并懂得关心他人。他们已经是一对普普通通的夫妇，完全融入了和谐的社会，和人们一起享受爱的阳光，春的雨露，感受社会的温暖。这对30多岁的艾滋病夫妇，多年来在医生的治疗、指导和帮助下，于2011年秋获得了一份厚礼——他们心爱的女儿。在我们的门诊有不少对夫妻参加药物维持治疗后，都有了自己的孩子。据不完全统计，美沙酮门诊开诊10多年，在这里服药后，出生的孩子将近20个。有一天我们几个工作人员看到好几个病友带着孩子来服药，孩子们在门诊里相互追逐玩耍，十分开心，我们很有感触地说："这些美沙酮孩子不但健康，且一个个活泼、漂亮。从目前来看，这些服用美沙酮的男女病友，他们的后代没有一个是低智商或身体有残缺的。"是的，在这里服用美沙酮的病友，他们养育出来的孩子都有一个金色的童年，和所有的孩子一样享受阳光、雨露，健康成长。这给正在参加或即将参加美沙酮药物治疗的人群，增添了对新生活的信心和希望。

（八）

有这样一些艾滋病感染者，他们没有做违法的事，但经受不起这种病痛的打击，对生活失去信心，不能勇敢地面对现实，得过且过，对治疗抱消极态度。但在门诊里我也看到同样感染了这种病毒的一部分病友们，他们爱国，遵纪守法，对生活树立起信心，乐观对待人生。

记得大约是在我一个人承担起咨询工作的一个月后，有一位将近70岁的王阿姨，带着她30多岁的儿子前来咨询参加药物治疗事宜。那天她穿着一套蓝色的衣服，肤色白皙，五官精致，虽然她长期在极大的精神压力下，充满着忧伤，但仍然保持着一份优雅。我把参加治疗的好处及如何办理手续告诉他们，并对他们提的问题和担心一一做了回答。这母子俩觉得服用美沙酮好，决定办理治疗手续。在儿子去体检时，王阿姨主动与我交流。我了解到他们一家有四口人，除母子俩外还有儿媳和一个刚会走路的孙子。儿子叫刘波，吸食海洛因近10年时间，他原来是某单位的司机，因吸食海洛因而无法工作。我安慰她，参加美沙酮治疗一个月后就可以和正常人一样工作。她叹息着说："因为吸海洛因他不得已把工作辞了，现在工作那么难找，以后怎么办呢？""他有这门技术不担心找不到工作。"我说。"毒品把我们的家害得好苦呀，让他戒了多少次他就是戒不了。戒了吸，吸了又戒，戒后又再吸，如此反复了好几次，他说没有办法戒。为了他，我把所有的积蓄也花光了，要是我没有退休金我们一家人只能喝西北风。"听她说了这些我的心很难受。她接着说："他曾戒过有两年时间，找到了一份好工作，也找到女朋友并结了婚，那时我是多么的开心，感觉我的苦日子已走到了尽头。哪想到他又与粉仔在一起复吸。那么艰难而痛苦地戒了，可他又吸上了。你不知道为了帮他戒毒我们一家人费了多少心思！我很生气，结果气出病来了。前些日子听说你们这可以戒毒，这不就带他来。"

刘波自从办好治疗手续后，每天都能坚持到门诊来服药，如果没有特殊情况他的母亲每天都陪同。仅服20天的美沙酮，刘波已有了明显的变化，身体不再像原来那样单薄。他在门诊称了体重，已经比刚来时增了两公斤，那双无神的眼也添了光亮。他母亲脸上也在变化，微笑替代了平日的忧伤，我从心里为他们感到高兴。

一个月后刘波的体检结果全部出来了，那是个令人揪心的消息，他被确认感染上了 HIV 病毒。对这类病人的信息我们必须保密，由专门的医生负责把这一信息告知其本人。一天，一大早就有同事对我说有电话找我。进了服药间我拿起电话，对方自报是刘波的母亲，她说："刘波得知自己感染上了艾滋病毒，心情很不好，常不去服药，我说他他也不听，他还说自己是要死的人了，再去服药也没有用。你说怎么办？"没想到这位母亲比儿子本人还要坚强、理性。我安慰她并让她过10分钟后再给我电话，我帮他查看刘波是否已被退出治疗。10分钟后她来了电话，我告诉她刘波已经被退出，让她在11点之前设法陪同刘波到门诊来，我再为他办理重新参加治疗的手续。

虽然情绪有波动，但刘波还是显得十分理性，11点前他跟着母亲如约前来。当他站立在我面前时，我发现他一脸茫然，比原来显得更加萎靡不振。我给他举出同样是感染了艾滋病的美国篮球明星——"魔术师"约翰逊的例子。我说他们每天都过着愉快的生活，从未失去生活的信心，还在继续描绘自己精彩的人生。然后再给他疏导、鼓励，并转告他只是感染上了艾滋病病毒，没有出现艾滋病并发症。当下最重要的事是要坚持来服美沙酮，以后定期去做检测，如果医生说要服抗病毒药，就要按时服药。平常要加强营养、注意锻炼，保持心情轻松愉快。我还告诉他现在科学很发达，也许不久的将来世人会研究出治愈艾滋病的方法，让他振作起来不要灰心。经过疏导，他的心情好了许多，对未来充满了信心和希望。之后门诊里开展同伴小组活动，有适当的机会我就通知刘波和他的母亲来参加，让他们与同伴、家属们一起交流，分享快乐。从此刘波的性格不再那么内向。他母亲也常来电话向我咨询儿子服药及尿检的情况。刘波的妻子有好几次也到门诊来了解丈夫的情况。我建议她平常要注意观察丈夫的情绪，在丈夫情绪有波动时，要引导、关心他，让他感觉到家的温暖，使他树立起生活的信心，绝不能再有放弃治疗的念头。她用心地倾听，看得出她是一位十分温柔、贤惠而有宽容心的妻子。

刘波有过三次因情绪波动而退出治疗的现象，后来通过多次开导，更主要的是他家人给予的关爱，他一直坚持下来。2012年国庆节，刘波的母亲很高兴地来找我，说他们一家四口要到北京去旅游一周，问如何才能使儿子在北京服到药。我告诉她，把在北京住宿的时间、地点告诉医生，医生就给办理转诊手续。办好转诊手续后母子俩很高兴地向我道别，当时我也感到十分高兴。

2015年9月2日上午，我在市解放路口突然遇到了一位熟悉的老妈妈——刘波的母亲，当我们两人相遇时，都停下匆匆的脚步。虽然已经几年不见，可我感觉她比原来年轻多了，脸上全写着幸福。我们彼此问过好后，她急切而又兴奋地告诉我："我的儿子已经脱离了毒品，并且离开了美沙酮。""现在他的健康状况如何？""他坚持服抗病毒药，医生说他的CD4是500，情况稳定。""很好！鼓励他坚持治疗，给他信心。""是的，我要继续给他鼓励，让他开开心心地生活。"这位老妈妈掩饰不住内心的喜悦，接着她很高兴地与我分享她的幸福。"他停服美沙酮将近有一年时间，从此也没有去用海洛因，现在他很自律。前段时间我到美国、加拿大旅游了一个多月，去之前我想我要给他机会和自信，首先必须对他信任。于是我把几千元钱交给他，我说现在这个家由他来当，家里的一切开支也都由他负责。我回来后问儿媳，她说我出去后刘波把家管得很好，以前我在家他从不用去买东西，这些日子都是他去买，儿媳也不用管。回来后我继续让他当家，增加他的自信。""这回你可以放心了！""是的，孙子已经上小学三年级，今年我也76岁了，不再为他操那么多心。""现在他去上班吗？""他的体力不行，我不让他去，反正家里也要有个人。做饭、接送孩子上学也够他忙的。""这样很好，让他加强营养，平常多出去活动，锻炼身体，调节精神。""前些日子他把音响拿出来，自己练习唱歌呐！""真是太好了，您可以放心地享受自己幸福的晚年生活了！"

　　任何一个人的生活都不是孤立的，都和社会、家人休戚相关，有着千丝万缕的联系。像刘波，因交友不慎而吸上了海洛因，感染上了艾滋病病毒，是美沙酮使他戒断了海洛因，是社会、家人给了他关爱给了他精神支柱，使他重新获得了幸福。

2011年4月4日，早上刚上班，一对30多岁的夫妻就来到咨询台，说要了解美沙酮药物维持治疗情况。看了男的递上的身份证得知他姓刘，我给他们作了参加美沙酮药物治疗的常规介绍后，刘病友当即就说要办理手续参加治疗。我拿出体检单让他去做常规体检，他的妻子留下来，神色凝重地对我说："我们一家人都感染上了艾滋病。"听到这我倒抽了一口冷气，这是我第一次遇见也是唯一的一位肯向我透露自己全家都感染了艾滋病毒的病人。接着她用低沉的声音很平静地向我讲述："儿子在我怀他八个月时就检测出感染了艾滋病毒，现在他已经上小学三年级。原来我们是在县城的，今年才全家搬到市里生活。几年来我们全家人都在服抗病毒药，你看我满脸都是斑。"我认真看她的脸发现，她脸上的皮肤全是灰暗的颜色，还露出一层厚厚的褐斑。"服了几年药好难受。服药是我们一家人生活中不可缺少的一部分。但也正是因为服药，我们全家人的CD4才都上来了。""嗯，说明效果还是很好的。"我说。我看到她在讲述这些令人难过的事时，她的眼神和表情仍然显得十分平静。她继续说："现在我们也没有什么多想的，只想一家人好好生活，争取过好每一天。""你的想法很好。""原来我老公在我们县城做生意是很有名的，大家都知晓。也正是因为生意做得好，挣了钱才吸上了毒品，也才染上了这种病。到市里后，他边蹬三轮车拉客边做点其他生意，我们全家的生活就靠他一个人了。""你主内，做饭，接送孩子上学，他主外。""是的，我这个样子也不能做什么，他也不让我做。跟他结婚10多年，都是他一个人在外打拼，他是个很有责任心的男人。可他也常因为把这个病传给我和儿子而感到内疚。"

刘病友办理好治疗手续后，一直坚持治疗。他在门诊里属于安分守己、操守好、从不惹是生非的人。要是因其他事被退出，他就很自觉地来找我去办理手续，不用我们做思想工作，更不会给我们添任何麻烦。有一段时间我没有看到他来服药，也不见他请假，已经被退出了好几天，仍然不到门诊来。我打电话过去也不通，心里很为他着急。大约过了10天，他早早就来到了门诊，我还没有来得及问他原因，他就主动跟我说："有事外出，所以不能来服药。"我说他已经被退出，需办理复入手续才能服药。同时还转告他，今后如果要外出应该告诉门诊，门诊可以帮他转诊。但必须在外出之前，把外出的时间、地点告诉我们。复入手续办好了，他又正常地在门诊服药。几个月过去了，他再次被退出。这一次是妻子陪同他一起来办理复入手续。我问他原因，他说："有些事要回去乡下办，乡下没有门诊没有办法转诊，那段时间也只能用海洛因了。其实我也不想再去用那东西，用了几天整个人感觉软塌塌的，但不用又不行。昨天刚回来，今天我就到门诊来，老婆说陪同我一起来。没办法呀，老家还有老人，常有一些琐碎的事，虽然老婆孩子已经出来了，但老人总让我牵肠挂肚的，要常回老家看看。"他的妻子在一旁无比深情地说："有时还要外出做些生意，一家人的生活担子全落在他一个人的身上，不做不行啊！"

10多年来，他们一家人一直在与这"不治之症"抗争，他们勇敢地面对现实，战胜了一切，用乐观的精神过好每一天，用真诚、善良对待世人。"服药是我们一家人生活中不可缺少的一部分。"每当想起她说的这句话，我就觉得他们一家人是那样勇敢、执着地热爱生活。我希望世界上的科学家们快些发明出能治愈艾滋病的药物，让他们一家和所有的艾滋病病人，都能和健康的人一样每天无拘无束、健康快乐地生活！

有一天上午，有两个长得很帅气的男孩来到我的咨询台前，他们都是来参加美沙酮治疗的。看上去他们根本不像是吸毒的，从穿着、行为、谈吐等方面看都与吸毒者画不上等号，只是他们的精神面貌有些欠佳。先是一位长得眉清目秀，斯斯文文，俨然一位书生的男孩对我说："我吸毒已经有四年时间，也参加过强戒，但戒不了，通过别人介绍才到这里来喝美沙酮，要办什么手续才能喝美沙酮呢？"我给他讲了办证的条件、程序后，他答应立刻就办理治疗手续。我把他的信息记下，从他的身份证上得知，他叫张继文，年龄25岁。紧接着另一位来咨询，他一上来就递给我身份证，这男孩叫张继武，23岁，我感到有些惊讶便朝他们俩认真地打量。他们从我的眼神里看出了疑惑，张继武便笑了笑对我说："刚才那位是我的哥哥。"我的疑惑才解除了一半，因为眼前这两个男孩的姓名只有一字之差，除高矮差不多外，几乎再也找不到相似的地方。哥哥是长脸他是圆脸，无论长相还是言行举止弟弟都比哥哥显得老成，身体也比哥哥健壮。他说："我跟我哥哥的情况一样，医生你就给我们一起办手续好了。"我说："既然你们是兄弟俩，办好手续后，希望你们一起来服药，并且做到相互监督，不能偷吸，相互鼓励，坚持治疗。服美沙酮不是一天两天的事，而有长期性。快则一年两年，慢则八年十年甚至会更长。"他们都说这些保证能做到。

从此以后他们每天都一起来服药。经过一段时间的治疗，这兄弟俩的精神面貌比刚来时好多了。

一个月以后他们体检的 HIV 检测结果出来了，哥哥被确认感染了 HIV 病毒。我心里很为他难过，多好的一个小伙子就这样被判了"死刑"。有一天我看到了弟弟就问："这些日子怎么没有看到你和哥哥一起来服药呢？"他笑了笑说："因工作的需要我们不能一起来，必须留一个人看店，有时我们还要出差。"接着他便与我说起了他们的家史："我们的老家原来是在附近的一个县城，全家人这 10 多年来一直做钢材生意，两年前才举家搬迁到这来，继续做钢材生意。在老家时我们已经吸食了海洛因，当时看到别人在吸那种东西，我们觉得好奇便也跟着吸起来，上瘾后想戒总戒不掉。"这时我看到他脸上显出无可奈何的神情，他摇了摇头深深地吸了一口气说："我和哥哥都曾尝试戒过，但不行，就是不能坚持下去，因为海洛因这东西的魔力实在是太大了，根本不能容你个人的意志力去抗拒的。我们都感到很后悔，有什么办法呢？现在美沙酮虽然是替代品，但总比每天要吸海洛因好。"再后来他们都常有不来服药的现象，他们说因为要出差所以就不能每天来。我叮嘱他们以后出差一定要记得办理转诊手续，否则连续超过七天不来便被退出。往后他们都在不同的时间里被退出过，但他们也回来办理了复入手续继续服药。问他们出差为什么不转诊，哥哥说老家没有这样的门诊，我们也无法办理转诊手续。

没过多久，哥哥又停了好些日子不来服药，有一天我特意找弟弟了解情况，不知为什么，弟弟变得与平常很不一样，似乎有些话难以启齿，在他的脸上我还看到些许忧伤，也许是因为哥哥不来服药又想起了他的那些更为伤心的事。为了调节气氛，他还是很平静地说："哥哥失恋了，他心里很难过。"我说："你回去开导他，失恋也不能用吸海洛因来惩罚自己，如果再吸那东西上瘾可就更麻烦了。""我也说过他，但他听不进，和那女的相好已经有好几年，一时接受不了，没有办法。""你回去转告我的意思，说是我叫他来服药的。""好的，我一定会转告他。"大约两周后哥哥又回来服药了，我觉得他能回来服药至少说明他已经走出了阴影，越过了那道坎。当时我看到他整个人都变了，那双灵活的眼睛已经失去了昔日的光亮，一脸的憔悴，人比原来瘦了。我给他办好手续后一再叮嘱他要坚持治疗，他也很诚恳地说以后要坚持服药，不会再随意不来。往后他比以前更加少言寡语，每次看到他来服药，都是默默地一个人走进来，然后又是一个人默默地离去，从不愿意与他人打招呼。

没有多久又不见弟弟来服药。一天我问哥哥："你弟弟为什么又不来服药？"他说："我也不知道。""你们是一家人怎么不知道呀？""我们不是每天都在一起的，他已经在另一个地方工作，我们很少有见面的机会。""你打电话叫他回来服药，当哥哥的总知道他的电话吧！""好的。"他很勉强地说出这两个字，再多说一句话也不愿意。一周后，我的咨询台前突然冒出了一个声音："医生我回来了。"我抬起头看到弟弟出现在咨询台前，他的后面站着哥哥，原来是哥哥把弟弟领回来了。我对哥哥说："这才是当哥的样。"他很勉强地挤出一丝微笑后就走到里间服药了。我见弟弟已经失去了往日的阳光，一身疲惫的样子，便叫他坐下，我问："看你无精打采的样子，这段时间又上哪儿去混了？"他长叹了一声回答道："别说了，被抓去了。""谁让你不坚持来服药，如果每天都来，不偷吸谁去抓你呀？""唉，你不知道，我们也有我们的难处，工作要做，像我这样，常出差的，而且是不定时不定点，有时到乡下无法转诊，你们又不让带药出差。有时到外地说走就走，哪还来得及又到这里来转诊。你们不让用电话联系转诊（当时不让，后面可以用电话，这两年还可以用微信转诊），一定要人亲自来，多麻烦。再说我们也不缺钱，只要一个电话人家立刻就送货来，我一次性要够几天的量，那个时候哪里还去考虑毒品伤害身体？反正已经吸了那么多年，也不会在乎这一次。出差几天吸那东西又上瘾了，回来后也就懒得来服药，再说自己赚的钱抽那么一段时间也没问题，就这样，唉！"他避开了我的视线，摆了摆手说，"不想说了。"我对他说："最主要的是你远离毒品的心不坚决，如果能做到坚决抵制毒品，你就是宁可不出差不赚这一笔钱也不会再去吸毒。出这一趟差虽然是赚了好几千或是几万，但买海洛因也去了几千，这不是等于白干了吗？还使身体健康受到了影响，你算过这一笔账没有？这不仅仅是经济账，更重要的是健康账。钱可以买到很多东西，却无法买到健康。"他想了想连连说："对！对！以后不再那样了。"他的声音是那样的嘶哑而苍凉。

此后的一两个月，他们兄弟俩一直坚持来服美沙酮，有时他们来到门诊看到我在，便主动与我打招呼或对我笑笑，看到他们的笑容，我感到很温馨。后来他们服药又是断断续续的，再后来在门诊里就看不到他们的影子了。可能是他们又在复吸，然后再被抓去强戒，以后终于摆脱了海洛因。要是还在继续使用海洛因，我就不知道他们的命运将是一个什么样的结局。弟弟的身体好，只要有坚强的意志力就可以戒断海洛因。哥哥是艾滋病感染者，不知道他的现状如何，他能戒断海洛因吗？他们是否已经成了家？

每天上午11点左右，我就看到韦大明与刘桂梅夫妻俩一起牵着儿子高高兴兴地来门诊服药。到了大门，儿子便一步步跳上台阶，进大门后就自个儿连蹦带跳地往里跑。他们是一对艾滋病感染者，我们全体工作人员都是看着他们的儿子一天天长大的。有一天我看到刘桂梅服完药后坐在咨询室的沙发上，双手紧紧地捂住肚子，脸色发青，很痛苦的样子。我问韦大明："她怎么了？""她肚子

疼，有胃病。""找医生看过了吗?""看了，还办了住院手续。"第二、
第三天我只看到韦大明一个人默默地走进来服药，顿时我感觉空气
也变得凝重起来。听说他妻子在我们医院住院治疗，因他们家庭生
活困难，竭尽所能也无法交付住院费。当时同伴组长看在眼里，急
在心上，于是倡议大家为他们捐款。在组长的带动下，尽管大家没
有什么钱，但还是你5元，我10元，他20元，最多的一位捐了100元，
一共为她筹到2000多元善款。医院也为他们减免1000元的住院费。
听一些服药的人说韦大明平常的为人不怎么样，否则会得到更多病
友的帮助。我问原因，得到的回答是，他以前常向公安"出卖自己
人"。从我们的角度看他的这种行为是好的，对禁毒工作有帮助。
尽管这样但还是有不少病友对他们伸出了援助之手。刘桂梅是一名
艾滋病病人，当时她发病是胃痛引起，后因为胃出血过多，医生已
经尽力抢救，终究还是无法挽回她的生命。就这样一个蹦蹦跳跳的
小男孩永远失去了母亲。

　　从此韦大明每天都是只身孤影来到门诊服药，但在他脸上没有
留下太多忧伤，有时我反而觉得他更加注重自己的行头。有一天我
看到他把长头发理短了，脚上的皮鞋擦得锃亮，肩上斜背着一个黑
色皮包，显得比往日精神多了。他的这一打扮，仿佛是另换了一个
人似的。那时我觉得韦大明比原来年轻了好几岁。不过尽管是经过
打扮他变得年轻、帅气了，但从他身上我仍然没有找到与他同龄的
健康人那种自信和阳光。不到半年，他的儿子又出现在他的身边，
甚至还多了一个漂亮的女孩。我们大家都知道爱情又眷顾他了。有

了爱的滋润，他显得比原来自信、愉快多了。他们俩每天都带儿子一起到门诊服药，服完药后，有时他们在门诊里和我们愉快地交流，或在门外与其他病友们说说笑笑，而后一家人才坐着电动车高高兴兴地回去。遗憾的是这种美好的日子没有在韦大明身边停留多久，三四个月后，韦大明每天又是只身孤影到门诊服药，没有女朋友在身边，也没看到他把孩子带在身旁。但他还是坚持来门诊服药，每天都是默默地来又默默地走。我没有听到他唉声叹气，也没有见他怨天尤人，更没有见过他在门诊里胡搅蛮缠。他每天都是用平静的态度去面对自己多变的人生。他不怨谁、怪谁，因为人生这部戏是由他自编自导的。

开诊多年来，不少病友在美沙酮门诊里治疗远离了毒品。他们成长、恋爱、结婚，再到为人父或为人母。他们中有的当上了企业或个体老板，有的成为公司的骨干，有的找到自己理想的工作。在这里他们用坚强的意志力，与毒品斗争。凭着自己的聪明才智和勤劳的双手，追求新生活，成就了自己的梦想。我们每一位工作人员都目睹了他们昔日那颗几乎绝望的心，后又见证了他们远离毒品的决心和行动，坚持治疗的毅力，最终我们又分享了他们的成功和幸福。我们为他们高兴，那是一种发自内心的真实自然流露出来的情感。

心灵上的抚慰

（一）

2009年，国际艾滋病联盟组织决定在我们门诊和其他两个门诊开展"同伴支持"的项目活动。这个项目旨在帮助吸毒人群，使他们远离毒品回归社会，开创自己的新生活。在国际艾滋病联盟组织官员的带领下，在美沙酮工作组、红十字会、院领导、门诊领导的支持和工作人员的配合下，3月1日这个项目正式开始。从挑选人员到培训人员，再到人员上岗，都是在门诊领导和工作人员的指导和协作下完成。当时门诊主任、另一名医生和我三人被国际艾滋病联盟组织聘为同伴工作的督导员。除了自己的工作，我每天要指导和督促他们的工作。他们在门诊里的职责是，对新同伴跟进服务，如了解服务对象的服药情况、尿检情况和家庭生活条件，帮助解决新同伴的思想、心理问题。还要做好家属的思想工作、外展工作等。每一位同伴支持员每一周期接收新同伴10—15人，三个月为一周期。在接收时建立每一位新同伴的小资料、联系方式等，以便了解服务对象的需求和帮助。凡在同伴的职责范围内，他们都会尽力提供服务。对每位服务对象服务的时间原则上定期三个月，但有的超过服务期后，同伴支持员仍保持与其联系并给予帮助。后来开展的这些小组活动，已经不再是停留在一种形式上，而是浸透到他们的内心，触及他们的灵魂深处，如让同伴和大家分享自己的戒毒成功经验和感受，让他们的家属一起来交流如何把治疗、监督、跟进服务的工作做得更好，还找机会适当开展室外活动。这些活动的开展，充分体现了更具人性化的关怀、社会的和谐。在活动的过程中，医生对病友提出的问题及时给予回答，对他们好的建议予以采纳，对他们的要求门诊视情况尽力予以解决，不能解决的就向上反映。

平常我们还利用活动的时间把门诊开展的各项活动、各种优惠政策及时告诉他们并让他们做好宣传。从2009年开始，门诊开展了服用美沙酮的奖励机制。我们让同伴支持员大力做好这方面的宣传工作。在他们的宣传带动下，在治不少的病友都想方设法把自己认识的药物成瘾者介绍到门诊来治疗。那期间咨询工作每天都忙不过来，主任还从其他岗位调人来协助这一工作，可以说那些天门诊真正是门庭若市。我们开展的小组活动取得了一定的成效。为了使参加治疗的人员在精神上和心理上更好地得到放松，同伴支持员都在向同伴们展示他们的正能量，表达了他们对治疗的乐观心态以及坚定不移远离毒品的决心和信念。

参加药物治疗人员是否能坚持长期治疗，与他们家人是否支持有很大的关系。因此做好家属的思想工作绝对不能忽视。于是同伴小组决定，每两个月组织召开一次家属座谈会。在活动过程中，我们认真听取他们的意见，同时我们也要求他们大力支持家人坚持参加维持治疗，并做好监督工作。

我记得在一次家属座谈会上，家属们提出了这样一个问题：把钱交到病人的手上不安全，既担心他们不来服药，又担心他们把钱拿去买毒品。而且每天都要把钱交到他们的手上也很麻烦，便建议门诊为他们按月预收一个月的服药费。为了使家属们放心，我们采纳了这个建议，增加了这一项工作，每月代收家属的预交服药费。虽然这样我们的工作量增加了，但能让病友每天有药喝的同时又解决了家属们的担忧，实实在在地为他们办了一件好事。

2011年5月初，艾滋病联盟组织和我们门诊一起组织了一次同伴及其家属一共30多人到郊外摘杨梅的活动。目的是使吸毒人员及家属们意识到：吸毒人员不再像过去受到社会的排斥、人们的歧视，他们也得到政府、社会的关心，只要吸毒人员能远离毒品，就会与大家一样过上幸福的生活。家属也不会再因家里有吸毒的人而被歧视或感到低人一等。那天的情景至今还在我的脑子里像电影一样一幕一幕地出现。到达目的地后，先由同伴支持员向新同伴和家属宣传如何做好预防艾滋病、远离毒品的工作，然后大家一起交流、分享参加药物治疗的感受。当时一位70多岁的老奶奶很感动地说："我儿子以前瘦得皮包骨，自从服用美沙酮后，饭量增加，体重也增加了，我的心情也一天天地好起来。"老奶奶朴实的话获得了所有在场人员一阵阵掌声。一位从广东回来的家属，语重心长地说："过去无论是吸毒者还是吸毒者的家属都受到人们的歧视，所以在公众面前总是躲躲闪闪的，从不敢暴露自己，连走路都要低下头。没想到现在他们得到大家如此的关心和帮助，我们还有什么理由不关心自己的家人呢？"

那天在参加活动的时候，我们拍摄下了不少令人难忘的镜头。回家后我把这些照片从相机中导出来，发现其中一张特别珍贵，一位老奶奶和她儿子一起在杨梅树下笑得很开心的样子被我无意间拍摄了下来。我想要是老奶奶能看到自己和孩子的这一张照片她该有多么高兴啊！于是我决定把那张照片拿去冲洗，送给老奶奶留念。当我把相片给老奶奶时，她非常高兴地双手接过照片，边看边含着泪花说："我已经很多年没有照相了，更没有与儿子照过相，这张照片对我们母子俩来说太珍贵了，谢谢你医生！"她拿着照片，看了又看，也许是她的视力有些模糊，只见她用哆嗦的手擦拭着照片。看完后就小心翼翼地把照片放进原来的纸袋里，然后再放进她的布袋里。她从布袋里拿出10元钱说要把洗照片的钱给我，我说："这是我送给您老人家的礼物，您收下我就很高兴了。"她又连连向我道谢。这几元钱能使这位饱受沧桑的老奶奶高兴真的是太出乎我的意料了。但愿以后每当她看到这两张照片，就能感受到大家给她们母子的关爱，感受到社会给予的温暖。那天参加活动回来后，我就发现，那位老奶奶只要有时间，就跟儿子来门诊服药。如果她少一天不能到门诊，第二天就会来向我打听儿子是否来服药。这就说明我们的工作有了实质性的效果。有一次她还神秘地告诉我，说他的儿子昨晚上把女朋友带回家，之前他也带过女朋友回家，但都是没有多久就分手了。我说："你好好督促他来服药，一定要离开海洛因，过上正常人的生活，就会找到真正的女朋友成家。"她说："我真希望能看到那一天。"我充满信心地对她说："你一定会看到那一天。"

一次我们召开了同伴小组活动，对象是新来参加治疗的人员及其家属。那天来参加活动的人比平常多，其中有一家是三代人一同来的。这一家人有这次活动组里年纪最小的和最大的，最小的是一位姓蒙的新同伴，刚满20岁，从他那张脸看就觉得他是一个稚气未脱很惹人喜爱的小伙子。记得两年前这小伙子曾到门诊来咨询过美沙酮治疗。因为长期使用海洛因，他个子很瘦小、肤色很灰暗，根本就没18岁男孩发育的特征，显得比实际年龄小得多。参加治疗的条件是要求年满20周岁。因为美沙酮维持治疗是一个长期过程，或许需要终生服药，这对于一个18岁的孩子来说，无疑是在他的脖子上套了一副药物枷锁，对他的身心健康都不利。当时我告诉他：年纪小，不符合参加药物治疗的条件。他用恳求的态度对我说，自己从13岁开始就使用海洛因，已经有五年时间，他做梦都想戒掉海洛因，希望我能帮他的忙。我说就是我给他办了禁毒办也不会批准。于是建议他先回去自己设法戒或到戒毒所戒，趁还年轻有毅力，一定要戒断。他说就是因为自己戒不了才到这里来。

　　没想到两年后他又到门诊来。我看到他除了个子比原来长高了些，身材还是那么瘦小，脸上的肤色仍然是那么灰暗。那天他一进门诊就坐在我的咨询台前对我说："医生，我在两年前就已经来过门诊要求参加美沙酮治疗，当时你说我不到20岁不让来服美沙酮，现在我已有20岁了。"他边说边郑重地用双手把身份证递过来，我接过他的身份证，看了日期，当天刚好是他的20岁生日。当时我的心里有很多种想法：如果在富裕的家里，今天父母定会请来不少的宾客，给他热热闹闹地过个体面的生日；要是在一般普通的家庭，父母也会给他弄一桌好菜，再买一个蛋糕，让他在心中许个美好的愿望；如果在农村，父母也会把自家的鸡宰了或者至少会煮一碗面加上两个荷包蛋。可我眼前的这个孩子，他两年前从这个门诊出去以后，就一直记住，再过两年他就可以到这里来服美沙酮，他要远离毒品。他每天都在倒计时，所以在他20岁生日这一天，立刻从乡下赶到门诊来办理治疗手续。看得出这孩子要求戒断毒品的心情十分迫切，不然他不会把这时间记得那么清楚。我看着这个与自己孩子同龄的可怜的孩子，心中有说不出的悲凉和感慨。这两年来他一定尝试戒过好几次，但都没有戒成功。

　　开展小组活动的那天和他一起来参加的还有他的妈妈和79岁的外婆，外婆是参加这次活动年纪最大的一位。外婆特别高兴，她说当天刚好是她的生日，这些年一直为这个小外孙担心，没有一天开心过，现在外孙已经不吸毒，她也不用再担心，说着说着外婆竟哽咽得说不出话来。小蒙的妈妈也在流眼泪。在这里她们把多年来辛酸、痛楚都释放出来，应该说这是高兴的泪、激动的泪。当时我们在场的每一位都受到他们三代人的情绪感染。同伴组长激动地说："小蒙有我们大家的帮助，外婆您就放心好了！"外婆擦过眼泪说："我放心了，阿蒙妈也放心了，今天是我的生日，几年来我从来没有这么高兴过，谢谢大家，你们帮我的阿蒙戒了毒。"那天在小组活动上这位外婆感觉特别幸福，是发自内心的幸福，外孙吸毒后这位老人从未有过如此的感受。活动结束后，我们给每一位来参加活动的治疗者家属补贴20元路费。小蒙领到这20元钱走出活动室的门后，不是交给妈妈而是立刻对外婆说："外婆，今天是您的生日，我没有钱给您买礼物，这20元钱就当是我给您的生日礼物！"外婆双手接过这20元钱，激动的泪花再一次夺眶而出。

前几天他来办治疗手续也对我说过，他参加治疗后要去找活干，为妈妈分忧，不让妈妈受苦。我当时就想，小蒙是个单亲家庭的孩子，尽管他吸了毒，但还是觉得妈妈是他永远惦记的人。几年来，他一直在努力，可就是逃脱不了毒品的魔爪。小蒙曾对我说为方便服药，他想到另一个服药点。于是我把他安排到另外的一个服药点，但那样我不能每天看到他来服药，心中便有牵挂，于是隔天我便打电话到那个服药点询问工作人员。对方说这小伙每天都坚持来服药，但我还是担心他在思想上有什么波动，于是我给他打电话了解情况，他说："服这药觉得很好，开始到现在我每天都坚持来。"末了他有一句话让我感到非常震惊，他说："医生你最近过得好吗？"

这是第一次有病友在电话里向我问好。当时我非常感动，有一股幸福的暖流在心中流淌。谁都无法体会到那种特殊的感受，要是这句话出自一般朋友或亲人口中，那是再平常不过了，可这是出自一个长年吸毒的20岁的小伙子口中，这不仅仅是一句简单的问候语，而且表达出他对我的关心和敬重。我很激动地回答："我挺好的，小蒙，感谢你的关心。你如果能坚持服药我就更高兴了，你妈妈也会放心、高兴。"他提高了嗓音："医生你放心吧，我不能再让妈妈操那么多心了。等戒了美沙酮我就到外面打工，不再让妈妈操心、操劳。"后来我多次向那个服药点的同事了解，她们说这小伙子每天都来服药。9月28日是小蒙服药的第41天，我又给他去电话，他说这几天回农村老家，当时电话不在身边没有请假，但他没有吸海洛因。他还告诉我，他服了一个多月的药，已经长胖了，让我放心。

自门诊开展了同伴支持工作后，病人的关系与工作人员的关系得到不少的改善。最明显的是表现在平常的尿检、抽血检测工作上。有了他们对同伴们的开导、帮助，这些工作得以比较顺利地进行。因为同伴与他们有过相同的经历，是他们的朋友，他们之间没有距离，可以真诚沟通、坦诚交流。这样就可以通过同伴在我们和病友之间建起桥梁，使门诊工作人员与病友之间更好地沟通。从同伴支持员自身而言，开展同伴小组活动工作给了他们一个平台，使他们有了锻炼的机会，这本身就是一种挑战，是学习重新做人的好机会，也可以说是利己为人。

有一天同伴支持员与工作人员一道外出闹市做宣传工作，拿了不少印有宣传内容的环保袋、餐纸发给市民。其中有一位老婆婆已领到了这些东西，她又挤进人群要第二次，同伴们看到她已领取过就不再给她，结果这位老婆婆就当着众人的面骂他们，他们也没有还口，只视而不见。后来姓黄的同伴跟我谈起参加同伴工作的感受时说："我自从服了美沙酮和参加了同伴支持工作后，戒断了毒品，过上一种全新的生活。觉得自己每天都过得很充实，我已完全变成了另一个人，能够约束自己，学会了文明、礼貌，尊重他人，改变了暴躁的脾气。"他举了出去搞宣传工作被老婆婆骂的那件事，他说："如果按我以前的性格，早就给她一拳了。但当时我在努力克制自己，我觉得不管自己怎么做都代表着一个集体，我决不能损了集体的利益和荣誉，我这一拳出去丢的是医院的脸。我能考虑到这些，都是因为参加了同伴支持工作后得到的修炼。"这位同伴说的句句是心里话。从平常的工作表现看，我觉得他确实是在一天天地进步。他不但远离了毒品，后来还离开了美沙酮。但直到现在他仍然在做同伴工作，始终和组长一起做这项公益事业。也许人们不会相信，吸毒的人能有这样的改变。殊不知，这些有机会参加工作的同伴，他们是多么的努力！有了这份工作他们感到从未有过的自豪，他们的言行都为新同伴们做了榜样。他们之中有几位自参加治疗后，从来没有偷吸过毒品，保持好的操守。再次是因为他们对毒品有了深刻的认识，另外有了工作，心里不再空虚。他们每天都与我在一起工作，我也把他们当成同事，尊重他们，彼此间没有什么隔阂。遇到病友有特殊的情况，我们就在一起商量如何去帮助、跟进服务。他们的工作有了问题我就及时给他们指出，并提出改进意见。有时谁有什么好吃的东西或出差带回来异地特产，大家都一同分享。这不只是食物的享受，还是精神上的愉悦分享。不少在门诊里治疗的病友，在工作人员的关心、帮助下，在同伴支持员的影响下，在好的精神世界的熏染中，逐步实现了道德的提升和人性的复归。

其中有一位从深圳转来的名叫丁勇的病友。他是个30出头、上过大学、长得很壮实的小伙子。他也是我记忆中最深刻的病友之一。每次到门诊服药他都用微笑与我们打招呼，他给人的印象是开朗、阳光，有素养。他转到这里来服药的原因是，他们家在这开了一家分公司，因此需在这里住些时间。因为不放心，父母常从深圳到这里来看望他，然后又陪他到门诊服药，以便了解他平常的表现情况。每次他父亲走后都吩咐我帮他多注意孩子的情况，所以我常主动找丁勇聊天，有一次还邀请他参加我们同伴开展的小组活动。他父亲每个月都要从深圳打来电话询问他的服药和尿检情况。在2012年夏季的一天，丁勇主动找我交流，说自己快要离开这里了。我问他人走了公司怎么办？他说交给其他人管理，自己到别处去另开一个分公司。"你以后还来这吗？""我有公司在这里，会常来看看。"接着他很诚恳地对我说，"你们门诊的同伴小组工作搞得很好，其他地方没有开展这一工作。同伴做工作比医生去做好得多，因为他们有共同的经历、共同的语言、共同的心理，容易沟通，如果让医生去做就容易产生排斥，不信任。因为他们不愿意把自己心里的东西告诉医生。"他这话说得很对，没想到他竟然给我们开展的小组活动给予那么中肯的评价。他还向我要了些这方面的资料，遗憾的是当时我没能找到全套的资料，只给了他一本图片集。他说："回到深圳后我要对那里的同伴介绍你们这里的情况。"我说："你可以带头组织他们做这一工作。""如果让我来做这一工作肯定做得好，我在大学参加演讲曾获过奖。"我对他点点头，表示相信他的话，他继续说，"你们这样做把我们这类人和你们的距离缩短了，你们对我们不歧视、不持偏见，使我们不再自卑，有了自信，对今后的生活充满了希望。说心里话，全国的大城市我几乎都跑遍了，觉得进了你们的门诊最让我有轻松、温暖的感觉。"当时听到他说这番话，我很激动地对他说："感谢你对我们门诊的工作给予如此高的评价，以后到这出差欢迎你再回来。"

2009 年我们接收了一位郊外姓罗的病友，按常规每进来一位病友，必须转介给一位同伴支持员。当时我把这位病友转介给了一位姓李的同伴支持员。罗病友住的地方距门诊比较远，每天要乘公交车两个小时左右才能到门诊，我担心他不能坚持每天来服药，就吩咐李同伴多督促他克服困难。罗病友来服药的第三天晚上 10 点钟就出现头昏现象，他的妻子第一时间想到了李同伴，于是给李同伴打电话告知丈夫服药后的情况。李同伴告诉他这是一般药物反应，两个小时后就会恢复正常。没想到已过了凌晨1点钟了，罗病友的妻子又来了电话并十分焦急地说，丈夫已迷迷糊糊说不清话，李同伴告诉她立刻把人送到我们医院来。由于送来及时，经过抢救罗病友脱离了生命危险。医生说是药物中毒所致（他服了美沙酮回去又用海洛因而引起），如果晚来半小时将有生命危险。因及时得到同伴的帮助，罗病友脱离了生命危险。罗病友的妻子很感激李同伴，说是李同伴救了她丈夫的生命。

罗病友是个没有主见、自制能力较差的人，也是我特别关注的病人之一。尽管在李同伴的监督、帮助下服药，他偶尔还会有偷吸现象。过后我对他谈及偷吸会造成药物中毒，危及生命，并让他吸取上一次的教训，他流下了悔恨的泪水，说是别人在引诱他。李同伴支持员在某单位找到了一份如意的工作，通过他自己的努力，不久就被提升为组长。为了使罗病友能做到自食其力，解决服药路途远的困难，同时为了让他的生活过得充实，不再出现偷吸现象，李同伴把罗病友介绍到他所在的单位并由他监管罗病友的工作。在日常工作、生活中他还给了罗病友很多的关照。为了使他能坚持每天来服药，就不让他到外地出差。如果发现他在心理上出现什么问题就及时给予开导。

罗病友在李同伴的帮助下，加上有了工作，性格变得开朗多了。来服药时他常主动到我的咨询台与我聊天，介绍他每天的工作、生活情况等。他告诉我每月他的工资是1500元，不算加班费在内，除了每天10元伙食费他全部交给妻子，妻子把他的伙食费给李同伴代保管。原因是担心他手上有了钱就不会控制自己。不少病友都是这样，说手上有钱拿不了钱，实则是担心自己又把钱拿去买毒品。所以有的家属或病友哪怕是半天的时间也让我代他们保管现金。我的好友曾多次告诫我不要做这种事，万一病人耍赖自己就倒霉了，对朋友的好心忠告我只报之一笑。我看到罗病友身体很单薄、瘦弱，就和李同伴商量，让他的妻子把他的伙食费增加到15元每天。他的妻子说："他自己做饭，大米、油盐全都是从家里拿去，他每天用2元钱买烟，8元买菜足够了。"我说："现在物价上涨，再给他每天加5元，买些水果补充营养。"罗的妻子立刻就同意了。她很关心自己的丈夫，连每天的米、油、盐都为丈夫考虑得很周到。

为了丈夫，她什么都能忍让。有一次她到门诊为丈夫交药费时说："为了他的事，我们当地的派出所，我已经去了好几趟，因为他是个吸毒的，我受到很多人的冷眼，在公众面前总抬不起头。我活得很累，平常既要照顾孩子又要工作，还要为他担惊受怕。你不知道他的毒瘾发作起来是多么可怕，瞪着一双血红的眼睛，穷凶极恶的样子，逼我拿钱出来给他去买毒品。我若说没有钱他就骂我，我跑开了他还要追赶过来打我，在那种情况下我真想永远离开他。当他能解决毒瘾后，对我道歉，我的心又软了。"说到这她哽咽得说不下去，我的眼眶里也充满了泪水。没有亲自听说我真的不知道，吸毒者的妻子在精神和肉体上遭遇如此痛苦的折磨！我们应该多给她们帮助和理解，不能歧视她们。她控制了自己的情绪继续说："无数次我有离开这个家的念头，但为了孩子也为了他我没有走出这个家门。不管我家的情况变得多糟糕，我都得继续撑下去。他来喝了美沙酮减轻了我许多负担，只要他不再去吸毒，就是再苦再累我也要撑过去。"这是一位贤惠又极具包容心的伟大女性！10多年来她一直用自己柔弱的臂膀撑起这个家。她在一年一年地熬，一天一天地等待，2011年孩子终于完成学业，参加了工作。孩子已经长大成人，但丈夫的事始终让她有操不完的心。

因为其他原因李同伴支持员离开了同伴支持的岗位，但他仍然继续帮助罗病友，他不为索取，只有奉献。一天，当罗病友检测得知感染了艾滋病时，情绪非常低落，甚至产生轻生的念头。李同伴给我反映了他的情况，我让他每天除了注意罗病友的情绪，还要多给他开导。尽管有李同伴的关心，但我对罗病友还是放心不下。第二天一大早我就注意观察来服药的病友，当看到罗病友来服药时，我立刻与他打招呼，为了安慰他我先找些其他话题，再谈及他的健康状况。一说到健康问题他就无法控制自己的情绪，并哭出了声，眼泪像断了线的珠子吧嗒吧嗒滚落下来。这是我第一次看到一个男人在我面前这样哭泣。他边哭边说："我对不起自己的妻子，不知道她和孩子是否也感染上了这种病。要是那样我真是太对不起他们了，还不如快点死了好。"从罗病友的这一席话中，我肯定，不少吸毒者的本质是好的，他们在清醒的时候依然有一颗善良的心，所以我们更应该给他们多些关爱。看到他的眼泪仍在不停地流，我给他递去纸巾。说心里话，我很同情他，但我是一名心理咨询师，必须明确自己的身份，要帮助他振作起来。于是我采取了激将法，说他不像个男子汉，很快他的情绪就稳定下来，那颗脆弱的心及时从阴霾里走出来。后来我给他一个建议，让他找一个休息时间，回去把此事告诉妻子，并带妻子到市疾控中心检测。

一天，负责艾滋病管理的医生让他到疾控中心检测 CD4，看是否需要服抗病毒药。担心他有什么情绪波动而无法找到检测地，那天我亲自带他去，并为他付了往返的车票。虽然这两元钱无足挂齿，对一般人而言没有什么价值可言，但对受社会歧视的特殊人群来说，那是一种关爱、一种鼓励、一种能使他扬起生活风帆的动力。一周后检测结果出来，罗病友不用服抗病毒药物，他很高兴。后来他找了个休息日带妻子去做检测。去取检测结果回来的那天，他和妻子很高兴地来到咨询台前，告诉我妻子的健康没有受到影响，并对我表达谢意。有一天他妻子还告诉我，他们的儿子从广东回家过节，说要亲自陪同他父亲来服药，实际上就是要到门诊来当面向我道谢，感谢我一直以来对他父亲的关心。刚好那天我在开会，他们的儿子没有见到我，觉得非常遗憾。我对他妻子说，这是我应该做的事，不必谢。

一天我见罗病友早早就来到门诊，脸上洋溢着温馨的笑容，他走到咨询台前就迫不及待地对我说："我儿子在广东一家电子厂工作，昨天刚发了第一个月的工资3000元。"我很高兴地说："好啊，这下你不必为他担心了！"记得前不久的一天早上，他走到我的面前，我跟他还说不到两句话他就突然哭了，我问他为什么事而哭，他说："儿子到广东打工，我担心他在远方一个人不会照顾自己，一想到他我心里就觉得特别难受。"我宽慰他说："孩子长大了，让他出去锻炼，好男儿志在四方。不必为他担心，你管好自己，坚持来服药就行。"他才边朝服药间走去边说："我知道了。"这个人太多愁善感了，也许是毒品给他带来太多的伤害和不幸，他的心理变得很脆弱。现在儿子能自食其力了，他当然高兴。往后罗病友平静地度过了几个月的时间。看到他能愉快地生活和工作，我和李同伴也感到特别轻松。在那些日子里，我们每天都关注他是否来服药，如果发现他有一天不来服药或很晚才来我们就着急，立刻要找原因。可以说在门诊里他是最让我们操心的一位病友。

2011年秋，罗病友再次去检测CD4，结果发现数值在300以下，医生通知他需要服抗病毒药了，没想到他这时的情绪又有了大变化。服了抗病毒药以后，他说头昏、睡不着，心里很难受（按常理服抗病毒药后，加大美沙酮剂量就不会产生吸海洛因的欲望。他当时没有与我们反映这情况）。服药后的第二天，他没有与李同伴商量，擅自与别人换班后就偷偷跑回老家买海洛因，结果被派出所的民警逮了个正着（在当地他因长年吸毒已是多次被抓，并被列为重点注意的对象）。据说当时他的情绪很不好，因常被抓，心里早就与派出所里的人树立起敌对关系，加之服了抗病毒药，因此那次他被抓时，反抗的情绪比任何一次都强烈。当民警给他打好饭放到桌子上让他吃时，他不但不吃，还边大骂民警边把桌子上的饭推到地上，因为心理问题，加之服抗病毒药对美沙酮药物有抑制作用，罗病友出现了戒断症状，晕了过去。民警立刻给他施救，他恢复正常的第二天早上，派出所让他的妻子把他接回家。

那天妻子与他到门诊来服药时，他的情绪还是很激动且表现出十分偏激的态度，在我面前边哭边扬言要打死那两个人。我问他那两个人是谁，为什么对那两个人有那么大的仇恨？他说一个是多次抓过他的民警，一看到这民警他就想要打死他，还有一个是卖海洛因给他的人。我说："是你自己去买的货为什么说要打人家？"他说："那个人没有良心，为了得到钱他要引诱我买他的海洛因，为了邀功他又去报派出所的人来抓我，他太没有良心了。"当时他越说越激动："我最恨的就是这两个人，以后一定要找机会报仇，要把他们的手脚打断！你不知道，我在我们村里也算是一个有名的不怕死的人！"没想到平常那么懦弱的他，那天竟表现出如此大的反差。当时我给他开导了大约有10分钟，从法律讲到生命的价值，再讲他的偏激行为会给自己、家人带来不堪设想的后果。无论我说法律如何重要他都没有反应，反复说自己不怕死，以后一定要找机会报复那两个人。当我说到"别因为自己的过错而给妻子和儿子带来一辈子的痛苦"时，他又抑制不住自己的感情而流泪，我知道亲情在他心目中是任何东西都无法取代的。他们临走时我一再嘱咐他妻子要设法安慰、稳住他的情绪，绝对不能让他一错再错。他妻子说："我会的，这样的情况我经历多了。他的手机还在派出所里，明天我还要到那里帮他拿回手机，你不知道为了他我进出派出所不知多少次。"罗病友的妻子属于事业型的女性，在一家公司做财务工作，是个能干又理性的女人。她还有一个最大的优点就是明理又能说会道。丈夫出事每次都是她去交涉。罗病友能有这样的妻子真是他上辈子修来的福。只因他落入了毒品的魔掌，无法深感妻子对他的爱。过后我又找李同伴，让他这几天要特别注意罗病友的情绪变化，以防他做出丧失理智的事来。

　　几年来，李同伴支持员不但自己远离了毒品，重新开始了自己的事业，过上幸福的生活，还为其他同伴特别是为罗病友操了不少的心，监督他服药、帮找工作、代保管伙食费、心理疏导等。在他的心里没有一天不牵挂着罗病友。同伴组长曾这样说："是李同伴三次把罗病友从死亡线上拉了回来。"第一次他药物中毒时李同伴让他及时到医院才得以及时抢救保住了性命；第二次在他情绪低落偷吸毒品想不开时，李同伴给他找到了工作，使他安心活下去；第三次在他得知自己感染上艾滋病轻生时，是李同伴每天给他关心、开导，使他树立起生活的信心。有两次单位要派他出差，李同伴都为他安排了其他人，因为他一出差就不能来服药，所以罗病友的妻子非常感激李同伴，称他是自己丈夫的救命恩人。2013年秋，我曾与李同伴联系，想知道罗病友的情况，他说罗病友曾因其他原因停过一些日子不来服药，后来又回来了，现在一切正常，让我放心。其实同伴支持员为同伴们做了很多工作，他们用自己的行动帮助病友，用自己的正能量影响他们。如2011年有一位病友得了重病需住院治疗，因家里生活困难一时无法解决住院费，同伴组长便组织大家捐款。他们能有这样的改变不能不说是一个奇迹。

在国际艾滋病联盟的支持下，同伴支持工作历时三年，其间不仅得到所在门诊的支持、帮助，同时也得到了省、市禁毒办的大力支持和帮助。每次开办对学员的培训班，除了各门诊的领导或医生参加，有时省、市里的禁毒办领导也来学习、观摩，有一次还专门派教授前来给大家授课。平常市禁毒办的潘科长、某区禁毒办的廖教导员，常到我们门诊来了解同伴的工作情况，和同伴组长协商工作。新闻媒体也一直在关注这一工作，把他们的正能量及时向社会报道。大家都有一个共同的目标：拒绝毒品，预防艾滋病，为了社会的和谐、人民的健康而共同努力。我们门诊开展的同伴小组和同伴支持工作，取得的成绩是有目共睹的。2010年省美沙酮工作组，为了把这一工作在全省各门诊铺开，决定把我们门诊作为小组活动培训中心，让其他地区各门诊的工作人员到这里来参加培训。在开展培训工作期间，同伴们也都积极主动地配合做好工作。三年多来，同伴小组在禁毒的工作中起到了不可忽视的作用，我亲历了他们的成长过程。他们通过学习再到参加工作，由一个吸毒者变成一名帮助同伴脱离毒品的人。他们能走上街头宣传毒品的危害，能登上讲台用自己的亲身经历宣传如何拒绝毒品、如何抵御艾滋病；他们还走进同伴的家门，给同伴和家属做工作，劝说同伴参加治疗远离毒品等。他们所做的这些工作，不仅需要勇气，还需要爱心和诚心。平常他们还协助门诊做了不少工作，如对前来咨询的家属、同伴，现身说法，劝导、打动对方。他们有时还与门诊、社区工作人员一道走出去做外展工作，长期协助红十字会开展抵御毒品、预防艾滋病的讲座等。这对所有参加治疗的病友来说，起到直观的激励作用，并树立起榜样，引领他们远离毒品，走向新生活。

2012年6月，国际艾滋病联盟的同伴支持项目已结束，但同伴支持工作并未结束。在国际艾盟官员吴兰的指导和同伴组长的带领下，他们成立了一个组织叫"心诚新小组"，寓意是真心诚意帮助同伴创造自己的新生活。经过努力，他们又申请到了部分全球防艾基金。我们院领导也很关心这一工作，从2013年2月至2016年上半年，每个月拨2000元经费来支持他们的工作，使他们能继续做这个公益事业。他们不但做好自己门诊的工作，在2012年还给三个门诊的同伴免费提供培训，使他们也成立了同伴小组。同伴们每个月只领取生活补贴三五百元，是使同伴能远离毒品的信念支撑着他们。他们凭着这份爱心、这份执着，一直坚持。他们的组长说，不管今后的情况如何，我们仍会一如既往地做好这一公益事业。他们曾有这样的计划，要在更多门诊里开展培训，培养更多的同伴骨干来做好这一工作，但由于经费问题不能把培训工作继续开展下去，为此我感到十分遗憾。希望社会都来关心、支持他们的工作。

本市自发组织起来的同伴小组，除"心诚新小组"，还有一个叫"同行小组"，他们都在用自己的力量帮助同伴，为同伴们无私奉献。2016年至今，市禁毒办每年下拨一笔经费支持他们。

在同行小组中有一位姓阳的同伴，他的成长和进步及他的精神实在是令人敬佩。这是一个从12岁就开始吸毒，在牢狱中一共度过了九年光阴的年轻人。2014年春的一天，我到他们的工作站，与他交流了一个多小时。我们谈了很多，从他吸毒到戒毒，再到参加同伴小组的工作和现在的幸福。他说："我1992年开始吸上海洛因，当时是初一的第一个学期，吸了海洛因后我就没心思上学，所以我的真正文化只是小学水平。"他说话流畅、稳重而冷静，特别是谈到他自己的经历。

他说："我吸海洛因的经历可以说是分成三个阶段。最初是吸烟，就是贩卖海洛因的人把少量海洛因放在烟丝里，卷成一支支香烟，但只是前部分有海洛因，后部分是纯粹的烟丝。当初我得到了这样一支烟，吸过后就觉得特别舒服，根本不懂得这就是毒品，还把它当成宝贝似的，每次就吸那么几口，生怕它很快就被吸完，所以那样一支烟我通常要一天才把它吸完。毒贩子为了赚别人的钱，瞄准了目标以后，先免费提供一两支让对方吸，对方在不知情的情况下吸了这种香烟会觉得特别舒服，然后就忍不住又向其索取，这时他就开始赚对方的钱了，每支售价20元。当年12岁的我，就已经成为他们瞄准的目标，可见那个为了钱的人，是何等的残酷而没有人性。'吸烟'一段时间后我觉得不够来劲，就跟别人学，把海洛因放到包香烟的锡纸上，用鼻子去吸烤出来的味道。这种方法比抽烟用的量多，没有足够的经济来源就很难得到满足。再说必须是放在火上慢慢烤，速度也比较慢，这就需要一定的时间。后来我又跟着别人学，采用注射的方法，一针打下去，海洛因直接通过血管流进体内。那个年代我们哪里懂共用注射器会容易得传染病。通常是一个注射器好几个人轮流使用，稍微注意的就把他人用过的针筒在水龙头下冲一冲，有时毒瘾发作了哪还会去考虑那么多，就是他人的血还留在针筒里也不去理会，更不知道共用针具会感染艾滋病。那时我们每天至少要50元的毒资，哪来那么多钱？通常是几个人一起做些偷鸡摸狗的事，这需要几个人合作才行，得到了钱就会立刻去买毒品。我们不敢在家里也不敢在公共场所注射，一般是找一个废墟，几个人聚集在一起，注射完后就把针具藏在墙壁的旮旯里。有时也给自己的针筒打上记号，但毒瘾发作起来谁还去顾及哪一个针筒是自己的？"

"那殷红的血在针筒里你们就不觉得可怕吗？"我问。

"毒瘾发作起来更加可怕，根本就由不得你再去考虑这些，唯希望能尽快解决那些痛苦。所以有不少人没钱买毒品，为了不受到痛苦的折磨，就不得不去做违法的事。想要钱买毒品时我们会先找最疼爱自己的家人要。实在是无法解决，那只能干那些偷鸡摸狗的事，毒瘾发作起头脑一片空白。海洛因是一种使人兴奋的药物，用后难以入睡，不用又不行，戒断症状出现时通常会使人无法自控。于是一些人便发明在海洛因里加上适量的安定一起注射，这样既可以睡觉又可以减少海洛因的使用量，还节省了不少钱。但使用安定过多，人会觉得昏昏沉沉，头脑会变得更加迟钝；同时因长期静脉注射海洛因，还会引起双下肢静脉炎。所以我们这类人有不少的得了静脉炎。"

"你戒过毒吗？"

"我已经进了六次强戒所，说心里话，强戒对我们来说没有起到什么作用，我们在里面边戒边偷吸。"

　　"在里面怎么还能要到海洛因？那个时候你们难道还不知道毒品的危害吗？"

　　"我们自然有办法要到。当时也没有人给我们讲海洛因的危害，我们也不懂海洛因是毒品，更没有人给我们做心理疏导，让我们做康复锻炼等。我第一次被抓进戒毒所里还这样想：我用自己的钱买海洛因又不是去偷来或是去抢来，为什么要把我抓到这里来？所以我很不甘心。如果能像现在这样，懂得海洛因对人类有那么大的危害，当初我们就不会去吸那种东西，或有信心戒除那种东西。现在回想起过去那种情景都还觉得非常可怕。我们都是没文化、素质很低的人，加上长期使用毒品心理有些扭曲，毒品让人的兽性无限度地膨胀，所以我们之间常有争吵、打架现象。那个时候我们虽然在里面接受强戒，实际上也照样在使用毒品，当然是偷偷用了。常常是10多个人共用针具，如果里面有一个人得了艾滋病，那么所有同使用过这一针具的人可能都被感染上了，那是多么可怕的事！你不知道，那一枚针头由于被人用的次数多，都变短了，针头也变粗了，我们就把针头放在地板上磨细后继续使用。当时别说是使用消毒的针具，能在水龙头上冲一次就不错了。我们是边戒边吸，所以在出狱的当天晚上我就迫不及待地去找海洛因，其实很多人都是这样。那都是过去的事，现在的戒毒所各方面的条件好多了，在管理上既有严格的一面也有人性化的一面。"

"是什么原因促使你远离毒品走到了今天?"

"2011年我从戒毒所里出来,在社工的介绍和说服下,就到了红十字会医院美沙酮门诊参加药物治疗。"

"服了美沙酮后你就能立即停下海洛因吗?"

"不行,尽管你们说美沙酮可以控制海洛因毒瘾的发作,让我们放心。你们没有受过那样的折磨是无法体会那种痛苦的,所以回去的当晚我还是要用海洛因,担心半夜难受无法坚持。几天后才停止用海洛因,其实很多人都是那样,只是你们不知道罢了。"

"你为什么要参加同伴的工作?"

"参加服用美沙酮后还不到半年,有一天郑组长找到我,说让我跟他一起去参加 PSI 的工作,平常他们的工作我也看到,主要是宣传毒品的危害和干预使用毒品,这是好事,是在帮助他人远离毒品,所以我当时二话不说就答应了。在 PSI 小组里我和大家一起参加小组的学习和其他活动,明白了很多有关毒品对人类危害的常识,并掌握了如何预防艾滋病及其他传染病和如何帮助他人降低危害及做好过量时的抢救工作的方法。以前我对这些知识一点不懂才稀里糊涂地跟别人吸上了毒品,虽然参加了好几次强戒,由于没有明白这些道理,因此总戒不掉。通过参加这一工作和在小组里开展的各项活动,我明白了很多道理,后来我就完全能摆脱毒品了,就是别人请我去吸我也不会去,我的心里已经对毒品产生了排斥的感觉,从那以后我找到了自己的存在,我的角色也发生了变化。我想要是其他的同伴也能像我一样脱离毒品那有多好!于是我决心要去帮助他们。后来在我的帮助和说服下，一些同伴也自愿来参加美沙酮治疗，远离了毒品。现在我感觉自己的人生已经有了很大的改变。原来每天行尸走肉的生活已经变得幸福、快乐。我头顶的天空已经由乌黑变蔚蓝了。我的父母更是感到极大的欣慰。他们说原来在邻居们的面前总抬不起头，现在走路的腰杆也挺了起来。一次我妈跟我一起到电视台参加节目录制，她说那是她一辈子最难忘也是最高兴的时候，根本就不敢想自己能跟儿子走进电视台。"

小阳意味深长地说："同伴这一工作不是一天两天就能做好的，必须长期坚持，既要对在吸人员进行帮助也要对青年们进行教育。我决定现身说法，使他们认识毒品的危害，无论是传统毒品还是新型毒品，都要让他们远离。"说到这，他给我讲了一个小插曲，他说2011年他还在戒毒所里，当时郑组长和其他同伴到所里给他们讲毒品的危害及如何才能远离毒品时，他根本就不相信郑组长他们能做到那样。所以他说："我们一定要让他们从心里明白这个道理，只有心理解决了，实际问题才能解决。现在做这一工作虽然没有报酬，但我们也愿意去做，心里只有一个目标——让同伴们早日远离毒品。"

听到他说这些我很感动，我说："你做得很好，相信在你的努力下，一定有不少还在吸海洛因的同伴也像你一样回归社会。"

"我真的希望同伴们也能过上像我一样的生活，现在不但我觉得幸福，连我的父母都觉得很幸福了，因为我不但戒了毒品，不让他们操心，还娶回来了媳妇，现在准备要一个孩子，等明年他们当上了爷爷奶奶他们就没有遗憾了。我真的不能再让他们为我操那么多心了。你不知道，我妈对我特别好，想起自己的过去我就觉得很对不起她。有一年，我进了戒毒所后，我妈心里很高兴，她希望我出来后能戒掉毒瘾。于是她拼命地起早贪黑做买卖，说要为我挣钱，等我出来后有点钱给我用。我一出来她就以为我戒了毒变成了一个好人，很高兴地把这两年来辛辛苦苦赚来的钱交给了我。那个时候我很不懂事，简直是疯子一个！谁都不敢相信，我只用两个月时间就挥霍完了这笔她用两年时间和汗水攒下的钱。后来她很伤心地哭了好几天！我也不难过，反正毒瘾一发作起来我什么也顾不上，这笔钱花光了，以后照样在街头当小混混。现在想起那事都觉得十分对不起妈妈。"说到这他眨了眨充满泪水的双眼继续说，"使我真正下定戒毒的决心的是我外婆去世。因为吸毒我一共有九年的时间是在戒毒所里度过的，九年呀，现在回想起那种生活真是感到后怕。在监狱里，平常只有妈妈一个人去看望我或接我出来。这九年的时间妈妈为我操碎了心。她每一次去到戒毒所看望我，我都觉得她比前一次憔悴。特别是外婆去世后那一年，妈妈去看望我时，我看到她的头上已经添了许多白发，一脸的沧桑，脸上已经刻有一条条深深的皱纹。我对妈妈如此大的变化感到吃惊，就问她原因，她很难过地告诉我'一个月前你外婆已经去世了，你看我也老了，如果你再吸毒，以后我老了再也没有人来看望你，你就一个人孤零零地在牢房里……'说到这，妈妈已经抑制不住心中的悲痛，眼泪不停地往下流。那一刻我感到特别难过，当时我的眼睛里已经含满了泪水，视线也慢慢地变模糊。"听他说到这我的眼泪也夺眶而出，他继续说，"外婆走了，妈妈也慢慢地变老，这给了我很大的触动。在戒毒所里我第一次流下了眼泪，这是忏悔的泪、醒悟的泪。心想，妈妈已经老了，以后我再也不能在戒毒所里耗费青春。我对妈妈说'这一次期满出去后，我一定彻底戒掉毒品'。2011年秋，我终于从戒毒所里出来了。虽说是从戒毒所里出来，但还是不能戒断毒品。那时妈妈和社工便动员我去你们门诊服美沙酮，这才有了我今天的幸福。"

"做同伴工作没有报酬你还愿意一直做下去吗？"

"我们几个人说好了，一定要坚持下去，帮助同伴从毒魔中走出来。记得去年的一天，我曾对一位姓吕的同伴说过注射海洛因过量后如何采取急救方法。谁知事情就是那么巧，两天后吕同伴突然给我来电话说有一同伴注射海洛因过量，已经不省人事，脸已经变黑了，让我立刻过去看看。我挂了电话后立刻从办公室的急救箱里拿了注射器和纳洛酮，当我赶到时只见那同伴已经昏迷不醒，生命处于危险状态，我立刻给他注射了一针纳洛酮，10分钟后他脸上的黑色慢慢地褪去，只见他长长地吐出一口气后恢复了原状。他醒来后那位同伴告诉他，说是我把他从死亡线上拉了回来，当时他非常激动，说要好好感谢我。我说不用谢，以后不再用毒品或使用时多加注意便是。他连连说'知道了，我一定记住'。我很想通过这次的意外让他从此远离毒品，但他一时还接受不了。说自己已经是近50岁的人了，干脆就这样过一天算一天。我想他的改变应该要一个过程，以后再找机会兴许能说服他。也正是因为吕同伴看到我参加同伴工作后，有办法把那位注射毒品过量的同伴从死亡线上抢救回来，他认为这是一件非常了不起的事，因为在这之前，常有不少同伴因为注射过量而永远醒不过来。于是他毅然决定和我们一道参加PSI工作，也想通过自己的力量去帮助还在执迷不悟的同伴们。通过培训，他很快就能独立工作。我们可以一带十，以后就是十带百，再过若干年后，我相信大家逐渐明白了毒品的危害，就自然会远离毒品，这就是我们同伴的力量。"

"你说得好，做得更好。参加PSI工作到现在一共动员了多少人去参加美沙酮治疗？"

"应该不少于30个人，前两天我还转介了一个到其他门诊去治疗。针具交换工作我是今年7月才开始做的，已经说服了三个人去服用美沙酮。每个月至少回收20多支针具，当然回收和发放是等量的。有部分人一时还离不开毒品，我们现在至少能让他们使用消毒过的针具，那样既可以降低危害也可以预防感染艾滋病和其他疾病。平常，我们还给那些不愿意去做艾滋病检测的人宣传，讲道理动员他们去做HIV检测。我们的下一个目标是，找出那些隐蔽的吸毒者，说服他们参加治疗和检测。"

"你的想法很好，要是那样，以后吸毒者就少了。目前你不靠家人的资助能生活下去吗？"

"能呀，我一个人干四份工作啊！在这里做同伴工作没有报酬，做针具交换工作每月有700元补贴。平常政府有什么宣传工作或有关远离毒品、预防艾滋病的讲座等，只要打一声招呼我就去了，一次也能有50元补贴。今年社区招义工，我一直参加社区的工作，有时我还把其他同伴召集来一起做，每月也有几百元，这样我的生活已经没有问题。过年过节我也给家里买用品，平常还给父母买些礼物，他们非常高兴。再说我父母都有了退休金，不需要我帮助。他们说现在我不去吸毒他们就很高兴了，让我多花时间去帮助同伴们。"

（二）

　　我们的咨询台不单是为来参加美沙酮药物维持治疗的人提供咨询，也是病友和家属们提出诉求和可以随时宣泄的地方。不少病友就是通过来服药的机会，到这里来发泄他们心中的不满，寻求心理的寄托。

　　2012年夏天的一个下午，即将下班的时候，有一名30多岁的男子进了门就径直来到我的咨询台前，我看到他那张充满怒气的脸，觉得自己肯定不好受了。当时我的脑子里闪过这一张很熟悉的脸，但一时记不起他的姓名，后来才回忆起来，他姓梁，是我们原来的病友。我先给他打招呼并问他需要办什么事。"我是来投诉你们的！"他愤愤地回答。"别急，先坐下，有话慢慢说吧。"我心平气和地对他说。"我已经戒了毒并且戒了美沙酮，是因为你们把我过去吸毒的情况报到公安局，使我丢了工作。前段时间我和我的老总一行四人出差到宁波，我办理好入住宾馆手续刚安顿好老总，接着当地的公安就进来问谁是某某，我说是我，他们说例行公事你必须跟我们出去一趟。当时我们所有的人都被弄得一头雾水，不知道发生了什么事。我只能跟他们走，还有一位朋友担心我出了什么事不放心也跟我一起去。没想到跟他们到了派出所后他们对我说，'你吸过毒品，现在请配合我们做尿检'，我说那是以前的事，我早就不吸了，他们说尿检后不是阳性你就可以走。检测的结果当然是阴性。可是我为此而丢了工作，我的老总得知我曾是吸过毒的，出差回来就把我给辞了。你不知道我当时是公司的经理职务呀！我好不容易才到这个级别，就这样没了，我多伤心呀！"他像连珠炮似的说了这些，情绪越来越激动，似乎是要把所有的怨气都出在我的头上。"你们要是不把我吸毒的情况说出去，宁波的公安能知道吗？说喝美沙酮是为了我们好，其实是害了我们！"听了他的陈述和斥问，我的心五味杂陈。等他平静下来我就把办证服美沙酮的程序告诉他。他们到门诊填写好申请表，然后我们就把他们的申请表交禁毒办审批。我说："我们对你们所有的资料都是保密，至于说宁波方面为什么知道这件事，这是公安内部的信息。""我们已经戒了毒就不应该再保留这个记录，去到哪都要被公安叫去做尿检，难道要我们一辈子都背上这个臭名？你们永远戴上有色眼镜看我们？请你帮我向上反映这个情况，因为这是关系到我们一辈子的名誉和工作的问题。无论我们到哪里找工作，只要接收单位知道我们是曾经吸过毒的人就不录取我们，就是已接收了也要把我们辞退，我们也是人，也要生活呀！这不是把我们往死里推吗？"针对他这一连串的问话，我一个字也回答不出。历来对他们的境况我都深表同情，但我没有能力给他们多大的帮助。只是尽我的能力督促他们坚持治疗，叮嘱他们不去偷吸。当时我立刻答应为他向上面反映这个情况。

其实这一情况已经有不少病友向我反映过，我也曾向某区禁毒办的廖教导员提过，他说已向上面反映，并说国家也意识到这方面的问题，听说正在做改进工作。我转告他："《戒毒条例》已经有明确的规定：戒毒人员在入学、就业、享受社会保障等方面不受歧视。对戒毒人员戒毒的个人信息应当依法予以保密。对戒断三年未复吸的人员，不再实行动态管控。所以最主要的还是自己做好行为规范。"

自门诊在国际艾滋病联盟组织开展同伴支持项目活动后，每两个月一次的家属座谈会都如期进行，效果也很好。在座谈会上我们让家属给我们反映他们的意见，提出他们的建议、要求，我们也把其家人治疗的情况向他们介绍，这无论是对门诊的工作，还是对参加治疗者和家人来说，都有益。一位姓董的病友曾让我帮他做父母的思想工作，他说："明天我的父亲来参加座谈会，你帮我做他的思想工作，但你不要让他知道是我的意思。"我答应了他的要求。他很不情愿地说出了自己家里的隐情："说起来真不好听，每天我回到家，父母亲都要问，你今天去服药没有？有时回来晚些又追问，为什么那么晚才回来是不是又去找粉仔了？我很烦呀，难道我都没有自己的一点活动空间吗？我偶尔多花了几十元钱和朋友吃一餐饭，就怀疑我又拿钱去买白粉抽。而且那话骂得很难听。我那么大一个人在外面连一个朋友都不交吗？有时车坏了修车也要钱，这样过日子我觉得好难受。曾经有了一次过错难道就要被怀疑一辈子？有时我真想再去买白粉，舒舒服服地抽一次然后好好地睡一觉，什么也不用想。但我还是能控制自己，绝不能那样做。"看得出董病友是在忍无可忍的情况下才对我说了这些。当时我看到他的情绪十分激动，几乎是一口气把这些话说完。后来慢慢地恢复了平静，声音放低下来继续说："医生这件事就拜托你了，他们要是再那样做我只有搬出去住，实在是受不了！"听了这位病人对家长的申诉，我真的为他感到难过。这些委屈埋在他心里很长时间，甚至无法承受了才向我诉求。他们在外受到他人的歧视，社会的排斥；在家又受到家人的怀疑和数落。他们真的很不容易，怪不得有些吸毒的人因为受不了毒品的折磨，也受不了家人和社会的冷漠，干脆破罐子破摔，或者是了结自己的生命。我当时立刻答应了董病友的要求。因为理解他们，所以我平常在工作中总对他们笑脸相迎，对他们的责骂不计较，并耐心说理，尽能力去帮助他们。当时我暗下决心，一定要帮助他解决这个问题。

第二天的家属座谈会，在倾听家属意见这个环节上，家属们也说担心他们边服美沙酮边偷吸，确实这也是一个比较普遍的问题。我就这个问题与他们沟通，让他们平常既要做好监督工作也要信任他们，不能总持怀疑的态度，否则会适得其反。我告诉他们每个月门诊都做常规不定期尿检，如果尿检呈阴性说明没有偷吸行为，至少可以说在尿检的前10天没有。如果家属们不放心，每个月底可以打电话到门诊来咨询，或亲自到门诊来查看他们的尿检结果，不必经常盘问他们本人，否则会加深双方的对立情绪或使他们反感。家属们都觉得这是个好方法，可以让他们放心。过后我单独找了董病友的父亲，让他谈谈对这个问题的看法，他说："参加这次座谈会后，我对孩子放心了，平常和老伴总担心他又去吸那个东西而时常对他盘问，他非常反感。以后要是不放心就到门诊来找你们帮查他的尿检情况。"我很高兴，这个活动解决了不少实质性问题，我们工作人员和家属双方都感到非常满意。

2010年7月15日，一位姓周的病友到门诊来反映一件事，他说："我哥哥前两天到外地出差，在宾馆登记住宿还没有回到房间，当地的警察就来叫他跟他们去做尿检，他感到非常吃惊，就问对方是什么原因。他们说我哥是吸毒人员，他们在例行公务……是这样的，今年3月2日我想来服美沙酮，但没有身份证，因我被强戒过，自己的户口也被从户籍里取消，无法办到身份证，为了能服美沙酮，我就把哥哥的身份证拿来注册，因此才发生了这样的误会。希望你们把我哥哥吸毒的名字取消，不然无论他去哪儿出差办理住宿后，当地公安都把他当成是吸毒人员叫去做尿检。希望你们与服派出所说，让他们设法给我办身份证。"吸毒者不能办身份证的情况有不少，我常听到他们说这样的情况，不是说他们的户口被取消就是说搬迁以后不知道去找哪一个派出所办，那是个很麻烦的事。而他们不敢到派出所去办理，是担心在派出所里被抓。尽管我反复告诉他们说，禁毒办已经与各派出所打过招呼，说原来去参加戒毒已经被释放回去的人员，回去派出所办户口会给予方便，不会随便把他们抓起来。但他们就是不敢去，一听说要到派出所他们就如同是惊弓之鸟。没有身份证就不能办理治疗手续，因此有一部分人宁可继续吸毒也不愿意去办身份证。过后我把这位病友的情况向上反映，把他哥从吸毒名单中去掉，让他去补办身份证。

（三）

一个秋高气爽的下午，来了一位85岁的老大爷。他的背已经很明显地向上弓起，听口音就知道他是外地来的。我招呼他坐在对面的椅子上，我清楚地看到了一张饱经风霜的脸，一双黑褐色的眼睛深陷在眼窝里，下巴留着十多根稀疏的白胡须，看得出他的晚年生活不大如意。他跟其他的咨询者一样，先咨询办证参加药物治疗的相关手续，再提出疑问，服用美沙酮是否可戒断海洛因？我耐心地一一给他回答后，只见他把身子努力地往前倾并问道："如果我的儿子到你们这里来喝药后你能给我开证明吗？"此时我看到他的双眼充满着期待，我问："大爷您要开什么证明，为什么要开证明？"老大爷长叹一声后说："我年轻大了不能干活，也没有退休金，原来是靠儿子出去干活挣钱，可这一年多来他吃上了毒品，不但不能干活，连积蓄都花光了，我问他要生活费他叫我去向政府申请低保。我到了街道办把这情况反映了，他们说让我动员儿子参加什么社区戒毒，来你们这里喝美沙酮，然后开一张儿子已经参加戒毒的证明回来，就给我申请低保。"我终于明白了大爷的意思，并叫他回去动员儿子来参加治疗，我立刻就给他把证明带回去，他很高兴地答应了。我担心他回去后对儿子说不明白，就把办证治疗需要身份证、体检费及门诊上班的时间都在纸条上写清楚给他带回去。大爷回去后，我从第二天就开始盼着他能把儿子带来治疗，但我都是在失望中结束一天的工作。我在想，可能是他的儿子不愿意来，或可能是听不明真相的人或别有用心的人说，派出所的人常来门诊抓人，他儿子也和一些人那样，宁愿在街头混也不愿意被抓进戒毒所，所以就不敢来这里喝美沙酮。一周已经过去，我对此事似乎没抱多大希望，但我心里一直惦着那位大爷。心想，他儿子不来参加药物治疗倒也罢了，只是这老大爷没办法领低保，他的生活将怎么办？

　　一天上午终于看到大爷把他的儿子领到了门诊，那一刻我心里甭说有多高兴了！他的儿子49岁，叫高少杰，他见到我说的第一句话是："我到这里来喝美沙酮，你们能保证我不被派出所抓去吗？"我说："你喝药后，只要不再偷吸，不做违法的事，怎么会被抓呢？如果你与社区工作站签了参加社区戒毒协议书，即使被抓去他们也会设法把你领回。"我立刻让工作人员把参加治疗人员可以享受的其他待遇告诉他，他便决定去体检参加美沙酮治疗。几天来我那颗悬着的心终于得以放下。下午体检结果出来，他符合参与治疗条件。我给他办完所有的手续，交代了一些注意事项，让他服上了美沙酮，同时把证明开好交给大爷。大爷双手接过证明，态度十分虔诚，心情非常激动。他知道自己手上拿着的不仅仅是一张证明，而是他晚年的生活依靠。看到他和儿子慢慢走下台阶的背影，我的双眼潮湿了，愿大爷回去后能顺利地领到低保，愿他的儿子能坚持参加美沙酮药物治疗并远离毒品，使他的父亲能安然度过自己的晚年。

　　白发苍苍的韦大妈已经有70多岁，她站立的姿势就像一张弓，我记得很清楚，那天她是拄着拐杖来到门诊的。她那张沧桑的脸，实在是令人心酸。被风吹散的白发遮住了她的半边脸，影响了她的视线，但她似乎没有察觉。我招呼她坐下后，她便迫不及待地对我诉说："因为儿子吸毒，家里什么东西都被卖光了，我说不让他拿去卖他就吓唬我说，不给卖他就去偷，还要把房子炸掉！我真的是没有办法啊！儿子每天都吸毒，根本就不管我的病痛与死活，还常骂我，连我的外家都被他骂了。"她喘了喘气接着又告诉我："前些日子我得了一场病，身体很虚弱，儿子也不管我是死还是活，每天都很晚才回来。我的外家人实在看不下去了，觉得我在那里只有等死，就把我接回去，住在弟弟家里，他们说方便照顾我的日常生活。我弟让我别管这个儿子了，我不敢把这些话告诉儿子，否则他会去找我外家人的麻烦。这些天在弟弟家休养，已经好些了，能出去走走。我听到熟人说，不争气的儿子因吸毒被抓去戒毒所，刚出来一个月又吸了。他每天要80元钱来买毒品，他又不去做工哪来的钱？"我问大妈："他用的都是你的退休金？""我们是农村的，哪来的退休金，我是靠领政府给的低保生活的。"后来她又告诉我："今年我的地被征用，每月有500元的分红，但不敢告诉儿子有这笔钱，否则他会逼着我拿出来给他买毒品。我只有他这么一个儿子，要是还有一个女儿我就不去管他了。好心人对我说，你们这里有药吃可以戒毒，昨天晚上我去找过他，让他来这里吃药，他的态度很不好，说到这里吃药会被公安抓走的，他不来。我说隔壁那个人去吃药都没有被抓，一天才10块钱，那个人现在什么活都可以干。这样他才说让我来帮他办，我今天先来打听。"我告诉她办证需要他本人来检查身体才行。她连忙问我："检查身体要多少钱，如果不超过500元我都可以帮他出，前天我刚领到低保。"我告诉大妈："这钱足够了，你最好是能给他预交一个月的药费，别把钱给他拿，以免他又拿去买毒品。让他先服一个月的药，以后再说。"听我说到这，大妈的脸上开始舒展起来，她说："今晚我回去再去找他，让他明天跟我来办手续吃药。"说到这她又显出为难的样子："但不知道能不能找得到人，他经常不在家。"我让她回去把别人在这里治疗的情况转告儿子，还把办证的手续和需要的证件一并写在一张字条上，让她带回去给儿子看，说服儿子来门诊参加美沙酮药物治疗。

第三天大妈终于把儿子领来了，没想到检查身体时发现他的儿子得了结核病。医生把他转介到其他医院做复检，庆幸的是病情不重，无须再做什么抽血之类的检查。他回来后我给他办了服药手续，老妈妈还为他交了一个月的服药费。临走前大妈再次叮嘱我："一定要帮我多劝他，因为我不与他在一起住，他是否来服药我也不知道。"我让他放心，答应多给他儿子做思想工作，监督他服药。半个月后大妈又拄着拐杖到门诊，她来了解儿子的服药情况。我告诉他，儿子每天都来服药，表现很好。听到这她才很轻松地说："那样我就放心了。"一个月很快就要过去，大妈又拄着拐杖到门诊帮儿子交下个月的服药费，她告诉我："我儿子说不想喝太长时间的美沙酮，担心以后永远戒不了，往下要减药量，我也管不了他那么多，由他去吧。"我说："大妈这事让我跟他说，您照顾好自己，他已经是近50岁的人了，也有自己的想法。""是的，我的弟弟也这样对我说，别管他了。"我说："您自己多保重，别让外家为您操那么多心。""对，别让外家操那么多心，要不然我就更对不起自己的外家。"她边说边拿起拐杖走出大门，大妈那蹒跚的脚步，驼起的背，夹杂在你来我往的服药人流中……

一个下午我连续为三个人办理参加治疗手续后，坐在长沙发上的一位60多岁的妈妈才向我走来。我记起来了，下午上班不久她已经到了这里，看到一个个要办理服药手续，她很自觉地悄悄坐在沙发上等候。我对她歉意地笑了笑说："不好意思，让您久等了，有什么事要办吗？"她也笑了笑说："看到你那么忙，我真不好意思过去打扰。""现在没人了，您说吧。"她说自己是陈成的妈妈，她知道自己的儿子每天坚持来服药，白天也去干活，在家里各方面也表现很好，但是到了晚上就有问题。他每晚睡觉后都要起来，有时还起来两次。他开电视、吃东西的声音，我都听得很清楚，搅得我无法入睡，哪怕是有一点点声音我都要被惊醒，天天如此。我也说过他多次，但他一点没有改变，我为这事很心烦，平常我也不想跟他多说话。因睡不好觉我已经变得神经衰弱了，所以来找你，让你帮我劝劝他，但不要让他知道是我来告诉你这事。"我体会过睡不着觉的痛苦，于是答应了陈妈妈的要求，心想这件小事还不容易办吗？其实我对陈成这个人已经没有什么印象，但我知道他的卡号。

　　第二天我写了一张字条贴到收费处，让收费员看到这个号的人来交费服药就通知他到咨询台找我。平常我有事要找病友谈心，了解他们服药的情况通常采用这样的方法。下午陈成来到咨询台，我对他说："你来服药已经有三个多月，发现你各方面表现都好，在身体上发现有什么不适没有？"他说："一切都感觉不错，就是晚上睡不好觉。每晚都是睡一两个小时就要起来，不起不行，心里特别难受。就是起来走走也好，有时肚子饿了还要吃东西，否则再也睡不着。""第二天会影响到你的工作吗？""不会，起来一会儿或吃过一些东西就可以睡了。""你起来家里人知道吗？是否会影响到他们休息？""我妈知道，她也说过我，但是我没有办法，坐在那儿就打盹，但人躺在床上脑子静不下来。"我建议他晚些再睡，也许那样半夜就不会醒来。他说："白天干活很累，眼皮都抬不起来，不睡也不行，就是坐在椅子上也会睡着。"我问他找过脑神经科的医生看过没有，他说找过了，没有检查出什么毛病，自己也不想吃安眠药。我也叫他不要服安眠药，并说这可能是大脑一时未适应美沙酮引起的，建议他睡前喝些牛奶，或吃一个苹果，据说这样有助睡眠。另外晚上起来尽量小心，以免影响到老人家休息。他说："好的，这些我会记住，医生谢谢你！"

　　这件事我没法办好，对托付的人心怀歉意。第二周陈妈妈又来到了咨询室，因为不是很忙，她一走进门诊我就看到了。我招呼她坐下后便将与她儿子谈话的情况告知她，我对她说："海洛因含镇静剂，用后觉得温暖、宁静、舒适，并伴有愉快的幻想，可以很安静地入睡（有些人反觉得兴奋，也不能睡）。由于长期使用海洛因，大脑已形成了对海洛因的依赖。海洛因会引发慢性的脑疾病，所以大脑缺了海洛因就会不适，不能很好地休息。美沙酮可以控制毒瘾发作，可还是不能使脑神经镇静下来，这就是他总睡不好的原因，服用美沙酮时间长了，大脑会慢慢适应过来。那时情况或许会有一定的改变，目前你只能慢慢地去适应他。"陈妈妈听后似乎也明白了这个道理，她喃喃地说："原来是这样，他也有自己的苦衷，那就没有办法了。"我还告诉陈妈妈，她的境况比其他人都好，她的儿子参加治疗后能去工作，生活也正常，只是晚上使她的睡眠受到一定的影响。有的人什么活都不去干，只会啃老，有时还经常有偷吃的现象。就他儿子目前的情况看，治疗不久就可以离开美沙酮。陈妈妈对我笑了笑，很客气地向我道谢后离开了。

世界上最遥远的距离是心到心的距离。只有心靠近、心相通才能相互沟通、交流，才能给病友及家属做好服务工作。在这个特殊的岗位上，我一遍遍告诉自己，要听到他们的心声、了解他们的需求，使他们内心感到轻松、愉快，让他们感受到真真切切的关爱，唯有这样，他们才能坚定远离毒品的信心。

后　记

　　这个社会很简单，是生命留给这个世界的美丽的足迹；这个社会很复杂，是生命永远无法打捞的苍凉的梦境。人与社会紧密相连，不可分割，社会是人的社会，人生活在社会之中，必定要受到这个社会主流的影响。人生的道路曲折多艰，但每一个人都得在生活的探寻中前进。当你越过生命的低谷后，在经历过生命的寂寥落寞后，生命的酒酿依然饱含香味，在历经了种种沧桑风雨后，那些顽强的生命，会让你肃然起敬！生命也是走一段炼狱生活的历程，它充分地表现假、恶、丑！在低谷、黑暗的时候，它显现着微弱；当它充分地表现真、善、美、光明和纯洁的时候，它透露着坚强。生命似乎一直都在这样的两极之间徘徊延展着。药物人群经受过毒品的折磨，在美沙酮门诊经过多年的治疗，在工作人员的关心和帮助下，大多回归了社会，回到了亲人的身边。他们历经沧桑再次找回了自己的生命价值。他们的经历，让我对人类生命有了更加深刻的感悟。我在这里工作了六年多，虽然每天都在担惊受怕，但每天也都有了不同的认识和感受。我看到了他们少数人的生命是那样的脆弱，有时在一念之间就断送了一切，使我体会到珍惜生命的重要意义；也看到了他们中一些生命的顽强、乐观，更感受到坚强的真正含义和伟大。我发自内心要称赞那些为了远离毒品几年如一日，甚至是十多年如一日，坚持每天来门诊服药的病友。他们的恒心、毅力令人敬佩。更要称赞那些，为了使更多的人远离毒品，不怕危险，不顾劳累，一如既往地坚持禁毒工作的人。